A GAROTA DE NEVE

JAVIER CASTILLO

A GAROTA DE NEVE

TRADUÇÃO
Alberto Almeida

AVISO DE CONTEÚDO SENSÍVEL: ESTE LIVRO CONTÉM
CENAS DE VIOLÊNCIA, VIOLÊNCIA SEXUAL E PEDOFILIA.

Copyright © 2020 by Javier Castillo Pajares

Grafia atualizada segundo o Acordo Ortográfico da Língua Portuguesa de 1990, que entrou em vigor no Brasil em 2009.

Título original
La chica de nieve

Capa
Yolanda Artola/ Penguin Random House Grupo Editorial

Foto de capa
Brooke Shaden

Preparação
Julia Passos

Revisão
Marina Saraiva
Juliana Cury | Algo Novo Editorial

Dados Internacionais de Catalogação na Publicação (CIP)
(Câmara Brasileira do Livro, SP, Brasil)

Castillo, Javier
    A garota de neve / Javier Castillo ; tradução Alberto Almeida. — 1ª ed. — Rio de Janeiro : Suma, 2024.

    Título original : La chica de nieve.
    ISBN 978-85-5651-226-0

    1. Ficção espanhola I. Título.

24-205534   CDD-863

Índice para catálogo sistemático:
1. Ficção : Literatura espanhola   863

Cibele Maria Dias – Bibliotecária – CRB-8/9427

Todos os direitos desta edição reservados à
EDITORA SCHWARCZ S.A.
Praça Floriano, 19, sala 3001 — Cinelândia
20031-050 — Rio de Janeiro — RJ
Telefone: (21) 3993-7510
www.companhiadasletras.com.br
www.blogdacompanhia.com.br
facebook.com/editorasuma
instagram.com/editorasuma
x.com/editorasuma

*Para minha avó: mesmo que você nunca leia este livro,
com certeza pode senti-lo.*

E para minha mãe: por você ser exemplo de tudo o que eu sou.

Talvez ainda exista alguém que não queira saber que mesmo na mais bela rosa os espinhos crescem sem medo.

1.
NOVA YORK
26 DE NOVEMBRO DE 1998

*O pior sempre se forja sorrateiro,
sem que possamos pressenti-lo.*

Grace olhou para cima e por alguns momentos ignorou a pompa do desfile de Ação de Graças para observar sua filha, sentada nos ombros do pai, radiante de felicidade. Ela balançava as pernas animada, enquanto as mãos do marido seguravam suas perninhas com uma firmeza que mais tarde ela lembraria como insuficiente. O Papai Noel da Macy's se aproximava sorridente em seu trono gigantesco, e de vez em quando Kiera apontava e gritava alegre para a comitiva de duendes, elfos, biscoitos de gengibre gigantes e bichos de pelúcia que desfilavam à frente da carruagem. Chovia. Uma cortina de água suave e fina molhava as capas e os guarda-chuvas, e, em retrospecto, talvez essas gotas já fossem lágrimas.

— Ali! — a menina gritou. — Ali!

Aaron e Grace seguiram o dedo de Kiera, que apontava para um balão de gás branco se afastando em direção às nuvens, cada vez menor à medida que voava entre os arranha-céus de Nova York. Depois abaixou os olhos para fitar a mãe com expectativa, e Grace soube naquele instante que negar não era uma opção.

Grace olhou para uma das esquinas, onde havia uma mulher fantasiada de Mary Poppins com um guarda-chuva e um monte de balões brancos, que ela entregava a todos que se aproximavam.

— Você quer um? — a mãe perguntou, já sabendo a resposta.

Kiera não respondeu, de tanta emoção. Só abriu a boca, fez uma careta de felicidade e acenou com a cabeça, mostrando suas covinhas marcadas.

— Mas Papai Noel já está chegando! Vamos perder! — Aaron protestou.

Kiera mostrou outra vez as covinhas, revelando entre os dentes um pequeno espaço onde a comida às vezes ficava presa. Em casa, um bolo de cenoura os esperava para comemorar o aniversário da menina, que seria no dia seguinte. Aaron pensou nisso e, talvez por esse motivo, aquiesceu.

— Tudo bem — concordou. — Onde conseguimos um balão desses?

— Na esquina, com Mary Poppins — Grace respondeu, meio nervosa. As pessoas começavam a se amontoar ali onde eles estavam, e a tranquilidade dos minutos anteriores se dissolveu.

— Kiera, fica com a mamãe pra gente não perder o lugar.

— Não! Eu quero ver a Mary Poppins.

Aaron suspirou e Grace sorriu, sabendo que ele ia ceder mais uma vez.

— Espero que o pequeno Michael seja menos teimoso — disse Aaron, acariciando a barriga incipiente da esposa, grávida de cinco meses. A princípio ele se preocupou, em especial por Kiera ainda ser tão pequena, mas agora a expectativa de um bebê o entusiasmava.

— Kiera puxou ao pai — Grace disse, rindo. — Isso você não pode negar.

— Tudo bem, garotinha. Vamos lá pegar aquele balão!

Aaron pôs Kiera nos ombros e se esforçou para abrir caminho entre a multidão cada vez mais numerosa. Quando ia se afastando, já a alguns passos de distância, virou-se em direção a Grace e gritou:

— Você vai ficar bem?

— Vou! Não demorem! Ele está chegando!

Nos ombros de Aaron, Kiera deu outro sorriso largo para a mãe. Esse foi o consolo de Grace, anos depois, quando tentava se convencer de que o vazio não era tão escuro, a dor não era tão intensa, nem a tristeza tão sufocante: na última imagem de Kiera que lhe restara, a pequena irradiava alegria.

Quando alcançaram Mary Poppins, Aaron pôs Kiera no chão: um gesto pelo qual nunca mais se perdoaria. Pensou que assim ela poderia tocar a srta. Poppins, ou então, quem sabe, ele poderia se agachar e incentivá-la a pedir o balão sozinha. As pessoas fazem coisas com certa expectativa, mesmo quando podem sofrer as piores consequências. O som da banda se misturava aos gritos do público, centenas de braços e pernas se moviam com dificuldade ao lado dos dois, para a frente e para trás, e Kiera agarrou com firmeza a mão do pai, meio temerosa. Depois estendeu a outra mão para a moça fantasiada de Mary Poppins, que disse palavras que ficariam para sempre na memória daquele pai que estava a ponto de perder tudo:

— Esta garotinha linda quer um pouco de açúcar?

Kiera riu. Também emitiu um som que mais tarde Aaron recordaria como um leve assobio, como um riso ou uma gargalhada prestes a estourar. É o tipo de lembrança que fica na cabeça e à qual as pessoas inevitavelmente se agarram.

Foi a última vez que ele a ouviu rir.

No momento exato em que Kiera segurou a haste do balão que Mary Poppins lhe entregava, houve outra explosão de confete vermelho, mais o grito eufórico infantil e, de repente, pais e turistas se agitaram em uma série de empurrões que vinham de todas as direções e, ao mesmo tempo, de nenhuma.

E então se deu o inevitável, ainda que mais tarde Aaron tenha pensado que poderia ter agido de outro modo naqueles breves dois minutos em que tudo ocorreu: quem sabe ele mesmo não poderia ter pegado o balão, ou insistido que Kiera ficasse com a mãe, ou então ter abordado a mulher pela direita em vez de pela esquerda.

Alguém esbarrou nele, Aaron deu um passo para trás e tropeçou num cercadinho de trinta centímetros que protegia uma árvore na esquina da rua 36 com a Broadway. E ali, naquele exato momento, foi a última vez que ele sentiu o toque dos dedos de Kiera: a temperatura, a maciez da sua mãozinha segurando os dedos do pai. Suas mãos se soltaram, e naquele instante Aaron não tinha como saber que seria para sempre. Aquilo podia ter sido um simples tropeção se não tivessem caído várias pessoas junto com ele, e em vez de se levantar no segundo seguinte, Aaron passou um longo minuto sendo pisoteado por gente que, ao dar um passo atrás para sair do trajeto do desfile e subir de novo na calçada, pisava de modo inadvertido na sua mão ou na sua perna. Do chão, Aaron ainda gritou:

— Kiera! Fique onde você está!

Ainda no chão, Aaron pensou ter ouvido:

— Papai!

Com esforço e machucado pelos pisões, Aaron conseguiu ficar em pé, e então percebeu que Kiera não estava mais ao lado de Mary Poppins. As outras pessoas que tinham caído conseguiram se levantar e tentavam voltar para onde estavam antes. Aaron, no meio delas, gritou de novo:

— Kiera! Kiera!

Quem estava em volta o olhou espantado, sem entender o que acontecia. Aaron correu até a mulher fantasiada:

— A minha filha, você viu?

— A garota de capa de chuva branca?

— É! Onde ela está?

— Dei o balão pra ela e fui empurrada para longe. Depois perdi a menina de vista no meio da confusão. Não está com você?

— Kiera! — Aaron gritou outra vez, interrompendo a mulher e circulando ao redor dela, à procura da filha entre centenas de pernas. — Kiera!

E aconteceu. Algo que acontece nos piores momentos, e alguém que visse de cima teria resolvido num instante. Um balão branco saiu voando, e Aaron o viu. Foi o pior que poderia ter acontecido.

Ele abriu caminho com dificuldade em meio à multidão que bloqueava a passagem e correu em direção ao lugar onde tinha visto o balão, afastando-se do ponto em que estava.

— Kiera! Filha!

Mary Poppins, por sua vez, também começou a gritar:

— Uma menina se perdeu!

Quando Aaron enfim chegou ao lugar onde o balão branco havia se soltado, bem na entrada de uma agência bancária, um homem com a filha de tranças encaracoladas ria e se despedia do balão.

— Vocês viram uma menina com uma capa de chuva branca? — Aaron os interrompeu com a voz aflita.

O homem o encarou preocupado e fez que não com a cabeça.

Aaron continuou procurando por toda parte. Correu até a esquina empurrando todos que atrapalhavam seu caminho. Estava desesperado. As pessoas se amontoavam aos milhares à sua volta, e pernas, braços e cabeças não o deixavam ver nada; nesse momento ele se sentiu tão perdido e desamparado que seu coração parecia ter sumido de dentro do peito. A música das trombetas da comitiva do Papai Noel soou com estridência, uma campainha aguda que fazia seus gritos se diluírem no ar. As pessoas se aglomeravam em volta, Papai Noel ria no carro alegórico, e todos queriam chegar mais perto para vê-lo.

— Kiera!

Aproximou-se como pôde da esposa, que observava, absorta, uma dança de biscoitos de gengibre gigantescos.

— Grace! Não estou encontrando Kiera — exclamou.

— O quê?!

— Não estou encontrando Kiera! Eu pus ela no chão e depois... perdi de vista. — A voz de Aaron tremeu. — Não vi mais Kiera.

— O que você está dizendo?

— Não vi mais Kiera.

O rosto de Grace demorou alguns instantes para ir do entusiasmo à confusão e depois ao pânico, e por fim ela gritou:

— Kiera!

Os dois a chamaram ao redor, e as pessoas se juntaram a eles na busca por Kiera. O desfile continuou, alheio a tudo, com Papai Noel sorrindo e acenando para as crianças que continuavam nos ombros dos pais, até parar na Herald Square e dali anunciar, oficialmente, o início do Natal. Para Aaron e Grace, que haviam perdido a voz e a alma em busca da filha, o fim se instalou uma hora depois.

2.
Miren Triggs
1998

A desgraça sempre procura os que podem assumi-la;
a vingança, ao contrário, os que não podem.

A primeira vez que ouvi falar do desaparecimento de Kiera Templeton eu ainda estudava na Universidade Columbia. Na entrada da faculdade de jornalismo peguei um exemplar do *Manhattan Press*, que era distribuído aos alunos para que sonhássemos alto e aprendêssemos com os melhores. Um pesadelo recorrente em que eu corria por uma rua deserta de Nova York para fugir de minha própria sombra havia me despertado cedo, e aproveitei para tomar banho e me arrumar antes de amanhecer. Cheguei cedo, e os corredores da faculdade estavam desertos. Eu preferia assim. Detestava andar entre desconhecidos, não queria desfilar a caminho da sala de aula sentindo olhares e sussurros atrás de mim. Para eles eu havia deixado de ser Miren para ser "aquela-que..." e também, às vezes, "shh--shh-cala-a-boca-ela-está-escutando".

Por vezes eu achava que eles estavam certos e que eu tinha deixado de ter nome, era como se pudesse ser apenas o fantasma daquela noite. Quando me olhava no espelho e inquiria o fundo dos meus olhos, sempre me perguntava: "Você ainda está aí, Miren?".

Esse dia em particular foi muito estranho. Embora o Dia de Ação de Graças tivesse sido uma semana antes, o rosto de uma garotinha, Kiera Templeton, naquela ocasião era capa de um dos jornais mais lidos do planeta.

A manchete daquele *Manhattan Press* de 1º de dezembro de 1998 — você viu kiera templeton? — era acompanhada de uma foto com a seguinte legenda: "Mais informações na página 12". Kiera encarava a câmera, numa imagem que parecia ter sido captada quase de surpresa, seus olhos verdes perdidos em algum ponto atrás do dispositivo; foi essa imagem que ficou gravada para sempre na memória de todo o país. O rosto dela lembrava o meu de menina, mas seu olhar... era o meu já adulta. Tão vulnerável, tão fraca, tão... arrasada.

O 71º desfile da Macy's, em 1998, ficou na memória dos Estados Unidos por dois motivos. Primeiro, por ter sido considerado o maior desfile da história, com catorze bandas, apresentação do 'N Sync, dos Backstreet Boys, de Martina McBride, flashmobs com centenas de dançarinas *majorettes*, inclusive com todo o elenco de Vila Sésamo, e até uma comitiva interminável de palhaços bombeiros.

No ano anterior o vento havia causado sérios problemas. Alguns balões provocaram ferimentos e estragos, e houve um incidente com o boneco inflável daquele dinossauro roxo, o Barney, que precisou ser perfurado por espectadores para ser controlado e conseguir pousar. O absurdo foi tão grande que depois daquilo a organização concentrou todos os esforços em restaurar a reputação desastrosa que o evento tinha adquirido. Nenhum pai levaria seus filhos a um desfile em que um Barney ou um porquinho Babe de cinco andares pudesse atingi-los. As cabeças pensantes da organização decidiram eliminar todo e qualquer risco potencial. Tudo tinha que dar certo naquele desfile de 1998. Impuseram aos balões limites de altura e dimensões, tirando de cena um majestoso Pica-Pau. Os encarregados de rebocar aquele desfile flutuante fizeram um treinamento intensivo para controlar os bonecos. A apresentação foi tão empolgante que até hoje, tantos anos depois, o país inteiro ainda tem gravada na memória aquela imensa procissão vestida de azul que seguiu o Papai Noel até o final, na Herald Square. Tudo saiu perfeito. O desfile foi um baita sucesso, exceto pelo fato de que foi o dia em que Kiera Templeton, uma menina de três anos, evaporou no meio da multidão, como se nunca tivesse existido.

Meu professor de jornalismo investigativo, Jim Schmoer, chegou atrasado à aula. Na época, ele era editor-chefe do *Wall Street Daily*, um diário de economia que por vezes publicava noticiário geral, e parecia que ele tinha estado no arquivo municipal pescando algum periódico. De pé diante da turma, com uma expressão que reconheci como de contrariedade, ele ergueu o jornal que segurava e perguntou em voz alta:

— Por que vocês acham que eles fazem isso? Por que botam a foto de Kiera Templeton na primeira página, com uma manchete tão curta?

Sarah Marks, uma colega aplicada que sentava duas filas à minha frente, respondeu bem alto:

— Para que todo mundo possa identificar a menina se a vir na rua. Isso pode ajudar a encontrá-la. Se alguém passar por ela e reconhecê-la, talvez possa dar um sinal de alerta.

O prof. Schmoer balançou a cabeça e apontou para mim:

— O que a srta. Triggs acha?

— É triste, mas eles fazem isso para vender mais jornais — respondi, sem hesitar.

— Continue.

— Pelo que li no noticiário, ela desapareceu há uma semana na esquina da Herald Square. Os pais começaram a gritar e, assim que o desfile terminou, a cidade inteira estava procurando por ela. A foto da menina já tinha aparecido num telejornal na noite do desfile, e na manhã seguinte abriu o noticiário da CBS, segundo o artigo. Dois dias depois, o rosto dela já estava nos postes do centro de Manhattan. Publicar essa foto agora, uma semana depois, não é para ajudar, mas para pegar carona na onda mórbida que está se formando.

O prof. Schmoer levou alguns segundos para ter uma reação.

— Você já tinha visto essa foto? Assistiu às notícias daquela noite ou ao telejornal da manhã seguinte?

— Não, professor. Não tenho televisão e moro no Harlem. Os cartazes dos filhos dos ricos não chegam aos postes de lá.

— E então? Eles não atingiram o objetivo? A foto não pode ajudar a identificar a menina? Você não acha que publicaram para aumentar as chances de encontrá-la?

— Não é bem assim, professor. Quer dizer. Em parte é, mas não.

— Continue. — Ele sabia que eu já tinha chegado à conclusão que ele queria.

— Eles mencionaram que o rosto da menina já tinha sido divulgado no noticiário da CBS porque não querem ser vistos como os primeiros a se beneficiar da história, ainda que na verdade o sejam.

— Mas agora que você conhece o rosto dela, também pode participar da busca.

— Sim, mas não era essa a intenção principal. O intuito deles era vender jornais. A notícia da CBS logo nas primeiras horas pode mesmo ter pretendido ajudar. Mas agora parece que só querem esticar o assunto, tirar proveito de uma notícia que despertou o interesse de muita gente.

O prof. Schmoer olhou para o restante da turma e, de repente, sem mais nem menos, começou a aplaudir.

— Foi exatamente isso que aconteceu, srta. Triggs — ele disse, confirmando com a cabeça —, e é assim que eu quero que vocês pensem. O que está por atrás de uma história que chega à primeira página? Por que um desaparecimento é mais importante que outro? Por que todo o país está procurando Kiera Templeton? — E fez uma pausa antes de sentenciar: — Todos se uniram em torno de Kiera porque é uma coisa lucrativa.

Era uma visão simplista, não posso negar, mas esse aspecto triste da injustiça foi o que me moveu para esse caso.

— O mais triste de tudo isso é que... vocês logo vão descobrir: a mídia se une a essa busca por interesse. Quando alguém questiona se uma notícia deve ou não ser divulgada porque é injusta, ou porque é triste, na verdade a única pergunta que o editor faz é: "Vamos vender mais?". Este mundo funciona por interesse. As famílias recorrem à mídia pelo mesmo motivo. Afinal, um caso público recebe mais atenção da polícia que um anônimo. Isso é um fato. Os políticos precisam conquistar a opinião pública, é só isso que lhes interessa, e é aí que o circuito se fecha. Todo mundo está interessado em ficar remexendo no assunto; alguns, para ganhar dinheiro; outros, para recuperar a esperança.

Fiquei em silêncio, incomodada. Bem, acho que a turma toda ficou. Aquilo era desolador. Era detestável. Logo a seguir, como se a notícia de Kiera já pertencesse ao passado, o professor pôs-se a comentar um artigo que acusava o prefeito de Nova York de envolvimento em um possível desvio de recursos da construção de um estacionamento às margens do rio Hudson; por fim, terminou a aula contando detalhes de uma apuração de que participava sobre uma nova droga que tinha se espalhado pelos subúrbios e estava fazendo estragos na população mais carente. Aquela aula era uma saraivada de golpes de realidade na cara. Você chegava cedo, cheia de esperança, e pouco depois saía derrotada e questionando tudo. Agora que penso no assunto, cumpria seu objetivo.

Antes de encerrar a aula e se despedir, o prof. Schmoer costumava nos passar um assunto para trabalhar até a semana seguinte. Na semana anterior tinha sido o assédio sexual de um político contra a sua secretária. Naquela semana, ele apenas deu meia-volta e escreveu no quadro: "Tema livre".

— O que isso significa? — gritou um aluno das últimas filas.

— Que vocês podem apurar no jornal de hoje a notícia que mais lhes interessar.

Esse tipo de tarefa servia para nos dar experiência e descobrir com que área de jornalismo investigativo tínhamos mais afinidade: política e corrupção, questões sociais, preocupações ambientais ou negócios. Uma das principais notícias do dia tratava de um possível vazamento tóxico no rio Hudson, já que haviam aparecido centenas de peixes mortos em uma área privada. O assunto podia render uma aprovação fácil na matéria, e toda a turma, inclusive eu, percebeu isso na hora. Bastava colher uma amostra de água e mandar ao laboratório da faculdade, para determinar qual produto químico havia coberto o rio com aquele manto de peixes flutuantes. Depois, era só rastrear as empresas químicas das redondezas que produziam resíduos ou produtos que contivessem esse material, e *voilà*. Moleza.

Na saída, Christine Marks, que até o ano anterior sentava ao meu lado e era o centro das atenções de todos os rapazes da turma, veio me procurar com uma expressão séria. Antes éramos bastante amigas, mas agora conversar com ela me dava náusea.

— Miren, mais tarde você vem com a gente pegar uma amostra da água? Simples assim: combinamos de ir à tarde ao cais doze encher uns tubos de ensaio e tomar umas cervejas. Está marcado. Acho que os caras mais gatos também vão.

— Acho que vou passar desta vez.

— De novo?

— É que não me anima. Só isso.

Christine franziu a testa, e depois optou pela sua onipresente expressão de tristeza.

— Miren... por favor... acho que faz tempo que... bem, que aconteceu aquilo.

Eu sabia onde aquela conversa iria parar, e também que ela não teria coragem de terminar a frase. Desde o ano anterior tínhamos nos distanciado muito; quer dizer, talvez eu devesse dizer que eu me afastei de todo mundo e desde então preferi ficar sozinha e focar nos estudos.

— Isso não tem nada a ver com o que aconteceu. E, por favor, não venha falar comigo como se eu fosse uma coitadinha digna de pena. Estou cansada de todos me olharem com essa cara. Eu estou bem. Ponto-final.

— Miren... — Christine lamentou, como se eu fosse uma boba. Tenho certeza de que ela também fazia aquela voz quando conversava com crianças —, eu não queria...

— Eu não me importo, ok? Além disso, não vou pesquisar sobre o vazamento. Não estou nem um pouco interessada nisso. Considerando que é uma das poucas vezes que podemos escolher, prefiro trabalhar com outra coisa.

Christine parecia chateada, mas não disse nada. Ela também era covarde.

— Com o quê?

— Vou apurar a notícia do desaparecimento de Kiera Templeton.

— Tem certeza? É muito difícil descobrir alguma coisa a respeito de histórias como essa. Semana que vem você não terá informações novas nem nada do tipo para apresentar ao Schmoer.

— E qual é o problema? — respondi. — Pelo menos alguém vai investigar o caso por opção, e não por dinheiro. Essa família merece uma pessoa preocupada com a menina, e não em salvar a própria pele.

— Ninguém está ligando para essa garota, Miren. Você mesma já disse. Esse trabalho é para melhorar a nota, não para diminuir. Não perca essa chance.

— Melhor para vocês, não?

— Miren, não seja idiota.

— Talvez eu sempre tenha sido — falei, já querendo encerrar a conversa.

E tudo poderia ter terminado aí. Poderia ter sido uma investigação malsucedida levada a cabo ao longo de uma semana por uma estudante insignificante de jornalismo. Uma nota ruim num trabalho irrelevante não afetaria minha avaliação final de jornalismo investigativo, ou JI, como chamávamos a matéria, mas o destino quis que eu descobrisse uma coisa que mudaria para sempre o curso da busca da pequena Kiera Templeton.

3.
NOVA YORK
26 DE NOVEMBRO DE 1998

*Mesmo nos poços mais escuros e profundos
é possível cavar um pouco mais.*

Alguns minutos depois de Kiera ter desaparecido, Grace pegou o telefone de Aaron, ligou para a emergência e explicou, transtornada, que a filha tinha se perdido. A polícia chegou logo depois de algumas testemunhas terem visto Grace e Aaron gritando, em desespero.

— Vocês são os pais? — perguntou o primeiro policial, que tinha avançado pelo meio da multidão e chegado à esquina da Herald Square com a Broadway.

Dezenas de transeuntes formaram um círculo em torno do casal e da polícia para assistir ao colapso de duas pessoas que tinham perdido o que tinham de mais importante.

— Por favor, me ajude a encontrá-la. Por favor — Grace implorou, em prantos. — Alguém deve ter pegado minha filha. Ela não iria embora com um desconhecido.

— Calma, senhora. Nós vamos encontrá-la.

— Ela é muito pequena. E está sozinha. Vocês têm que nos ajudar, por favor. E se alguém...? Ah, meu Deus... e se alguém a levou?

— Fique tranquila. Deve estar em algum canto, assustada. Agora tem muita gente por aqui. Vamos passar a informação para todos os policiais e dar o sinal de alerta. Há quanto tempo ela desapareceu? Quando a viu pela última vez?

Grace olhou em volta, viu o rosto preocupado das pessoas e parou de escutar. Aaron entrou na conversa para não perder tempo:

— Uns dez minutos no máximo. Foi aqui, bem aqui. Ela estava nos meus ombros, a gente ia pegar um balão... depois botei minha filha no chão e... e perdi ela de vista.

— Quantos anos ela tem? Pode descrevê-la? Como estava vestida?

— Três anos. Bem, amanhã ela completa três. Ela é... morena... Está com um rabo de cavalo, quer dizer, maria-chiquinha. De jeans... e... um moletom... branco.

— Era rosa-claro, Aaron. Pelo amor de Deus! — Grace corrigiu.

— Tem certeza?

Grace suspirou pesadamente. Estava a ponto de desmaiar.

— Era um moletom claro — Aaron disse.

— Se foi há dez minutos, ela ainda deve estar por perto, é impossível sair daqui com tanta gente.

Um dos policiais pegou o rádio e passou o alerta:

— Atenção a todos os inspetores: 10-65. Repito, 10-65. Menina de três anos, de cabelo escuro, vestindo calça jeans e um moletom de cor clara. Perto da Herald Square, na esquina da 36 com a Broadway — parou um instante e se virou para Grace, cujas pernas começavam a tremer: — Qual é o nome dela, senhora? Nós vamos encontrá-la, eu prometo.

— Kiera. Kiera Templeton — Aaron respondeu antes de Grace, que parecia estar quase perdendo os sentidos. Ele viu a esposa ficar cada vez mais mole, como se suas pernas estivessem falhando. A cada segundo que passava, era mais difícil mantê-la de pé.

— O nome da menina é Kiera Templeton — o policial continuou a falar pelo rádio. — Repito, 10-65. Menina de três anos, morena...

Grace não conseguiu ouvir de novo a descrição da filha. Seu coração disparou, já à beira de um colapso, e seus braços e suas pernas não suportaram a tensão que circulava pelas artérias. Quando fechou os olhos e se atirou nos braços de Aaron, as pessoas que a rodeavam soltaram um grito de espanto.

— Não, Grace... agora não... — o marido sussurrou. — Por favor, agora não...

Aaron a amparou como pôde e, nervoso, deitou-a no chão.

— Não é nada... querida, relaxa — sussurrou no ouvido dela. — Logo passa...

Grace estava no chão, com o olhar perdido, e os policiais se agacharam para tentar ajudar. Uma senhora se aproximou e logo depois Aaron se viu rodeado de gente.

— É uma crise de ansiedade! Por favor... afastem-se. Ela precisa de espaço.

— Já aconteceu outras vezes? — um dos policiais perguntou. Outro pediu uma ambulância pelo rádio. Na rua, pessoas andavam em todas as direções. O tráfego havia sido bloqueado; Papai Noel continuava a sorrir em seu carro. Em algum lugar poderia estar Kiera, encolhida num canto, assustada, perguntando-se onde estavam seus pais.

— De vez em quando. Droga, fazia um mês que isso não acontecia. Vai passar em alguns minutos, mas, por favor, encontrem Kiera.

O corpo de Grace, que parecia estar dormindo, começou a se contorcer um pouco.

— Não é nada. Não é nada. Vai passar, querida — Aaron sussurrou no ouvido de Grace. — Vamos encontrar Kiera. Respire... não sei se você está me ouvindo agora... Concentre-se na respiração, isso vai passar logo.

A calma no rosto de Grace foi aos poucos sendo substituída por uma expressão de terror, seus olhos viraram para cima, e tudo o que Aaron queria é que ela não se machucasse.

O círculo que se formara em torno deles estava cada vez mais fechado, vozes vinham de todos os lados dando conselhos ao mesmo tempo e se misturavam ao som do rádio da polícia. Então as pessoas começaram a se afastar para dar lugar à equipe médica de emergência que chegava com uma maca e um estojo de primeiros socorros.

Aaron recuou dois passos para deixá-los trabalhar. Estava arrasado. Sua filha havia desaparecido minutos antes, e agora a esposa tinha uma crise de ansiedade. Deixou escapar uma lágrima. Isso não foi fácil para ele, que não gostava de demonstrar suas emoções em público.

— Como ela chama? — gritou um paramédico.

— Grace — Aaron gritou de volta.

— É a primeira vez que isso acontece?

— Não... acontece às vezes. Ela está se tratando, mas... — Um nó na garganta o interrompeu.

— Moça... Grace... escute — o paramédico a chamava num tom reconfortante. — Vai passar... está passando... — Depois virou para Aaron e perguntou: — Ela é alérgica a algum medicamento?

— Não — ele respondeu, aturdido. Aaron se sentia dominado pelos acontecimentos, não sabia para onde dirigir sua atenção. Ficou andando de um lado para o outro, olhando para o chão e para longe, vasculhando entre os pés da multidão, numa tentativa desesperada de avistar Kiera.

— Kiera! — gritou. — Kiera!

Um dos policiais o chamou.

— Precisamos da sua ajuda para encontrar sua filha, senhor. Sua esposa está bem. A equipe médica vai tomar conta dela. Para qual hospital prefere que a levem? Precisamos do senhor aqui conosco.

— Hospital? Não, não. Isso vai passar em cinco minutos. Não é nada.

Um dos paramédicos se aproximou de Aaron e do policial e disse:

— É melhor que ela fique em um lugar mais calmo. A ambulância está na próxima esquina, vai ser mais conveniente para ela se recuperar da crise lá. O que acha de esperarmos o senhor na ambulância? Só iremos para um hospital se houver complicações. Vai passar em poucos minutos, e quando passar ela precisa estar relaxada.

De repente, um dos policiais fez uma expressão de surpresa e foi até o rádio.
— Central, pode repetir?
Aaron estava a poucos metros, e reparou alguma coisa na expressão do policial.
— O que foi? — gritou. — O que está acontecendo? É a Kiera?
O policial ouviu com atenção o rádio e viu Aaron se aproximando rapidamente.
— Sr. Templeton, fique calmo, está bem?
— O que houve?
— Encontraram algo.

4.
27 DE NOVEMBRO DE 2003
Cinco anos após o desaparecimento de Kiera

Só encontram a si mesmos aqueles que não desistem de procurar.

Na esquina da rua 77 com a Central Park West, em Nova York, às nove da manhã do dia 27 de novembro, centenas de ajudantes e voluntários se aglomeravam em volta dos grandes bonecos infláveis que estavam prontos para subir aos ares. As pessoas que acompanhariam esses balões até a loja Macy's, na Herald Square, se dividiam em grupos uniformizados de acordo com o personagem que iriam conduzir: os encarregados de levar Babe, o porquinho atrapalhado, estavam de moletom cor-de-rosa; os que puxariam o carismático Sr. Monopoly vestiam um terno preto elegante; os que acompanhariam o Homem-Aranha estavam de macacão vermelho. Na Herald Square a manhã havia começado com um majestoso flashmob dos America Sings, com seus agasalhos multicoloridos, e em seguida houve apresentações de alguns dos melhores artistas do país.

Toda a cidade parecia uma festa grandiosa, as pessoas sorriam nas ruas, e as crianças, animadas, passeavam pelos pontos por onde o desfile passaria. No céu, o magnata Donald Trump voava em seu helicóptero, proporcionando à NBC uma visão aérea do percurso que o desfile ia desenhar ao longo das linhas retas de Manhattan.

O desaparecimento de Kiera Templeton já havia caído no esquecimento, mas ficou no subconsciente de todos. Pais e mães andavam abraçados com seus filhos, tomando precauções que antes nem lhes passavam pela cabeça. Evitavam os pontos mais agitados, os lugares onde se previam as maiores aglomerações. Na esquina da Times Square, o destino final, e até mesmo nas regiões mais baixas da Broadway, só se viam turistas, adultos e gente das cidades vizinhas. As famílias com crianças prefeririam desfrutar do evento perto de onde o desfile começava, na paralela da Central Park West, uma região menos arriscada, com calçadas largas e grandes espaços para andar sem atropelamentos.

Eram 9h53 da manhã e, justamente quando o balão do Garibaldo, da Vila Sésamo, alçava voo diante do olhar atento de centenas de crianças e pais sorridentes e entusiasmados, um bêbado apareceu no meio da rua, gritando enfurecido, aos prantos:

— Tomem conta dos seus filhos! Esta cidade vai engolir as crianças, como faz com tudo o que há de bom em suas ruas! Não amem nada nesta cidade! Se ela descobrir, vai tirar de vocês, como faz com tudo o que vê.

Alguns pais olharam para o bêbado, desviando a atenção do gigantesco pássaro amarelo que se erguia a vários metros do chão. O homem, que vestia um terno todo manchado e sem gravata, tinha uma barba escura, muito espessa e descuidada, e seu cabelo era um emaranhado de fios desgrenhados. Em seu lábio havia uma ferida, e o sangue que escorria manchava o colarinho da camisa; seus olhos estavam impregnados de dor e desesperança. Ele andava com dificuldade, pois estava com um dos pés descalço, só com uma meia branca, cuja parte inferior já estava completamente preta.

Dois voluntários se aproximaram dele com a intenção de acalmá-lo.

— Ei, amigo! Não é um pouco cedo para estar assim? — um deles perguntou, tentando levá-lo para um dos lados da rua.

— Hoje é Dia de Ação de Graças, não tem vergonha, não? — disse o outro. — É melhor sair daqui antes que seja preso. Tem crianças olhando. Comporte-se.

— Eu teria vergonha é de participar... disso aí. De alimentar essa... essa máquina de devorar crianças — o homem gritou.

— Espere aí... — um deles o reconheceu. — Você é... o pai daquela menina que...

— Nem pense em mencionar a minha filha, seu desgraçado.

— Sim! É você... Acho que não devia ter vindo a essa... — o homem gesticulou, tentando demonstrar empatia.

Aaron abaixou a cabeça. Tinha passado a noite toda bebendo de bar em bar, até não achar mais nenhum aberto. Foi a uma delicatéssen e comprou uma garrafa de gim, que o balconista paquistanês só aceitou lhe vender por compaixão. Bebeu um terço do conteúdo no primeiro gole e logo depois vomitou. Em seguida sentou e chorou. Faltavam algumas horas para começar o desfile que marcava o quinto aniversário do desaparecimento de Kiera, e na véspera ele tinha acordado chorando, exatamente como acontecera nos anos anteriores. Antes de perder a filha, Aaron nunca bebia. Era uma pessoa tranquila, mantinha um estilo de vida saudável e só tomava uma taça de vinho quando recebia visitas em sua antiga casa em Dyker Heights, um bairro de classe alta no Brooklyn. Desde o desaparecimento de Kiera e a tragédia subsequente, não passava um dia sem beber pela manhã um copo de uísque. A diferença entre o Aaron Templeton de 1998 e aquele de 2003 era colossal, sem dúvida a vida lhe dera um golpe violento.

Um policial viu a cena e se aproximou correndo.

— Senhor, tem que se retirar — disse, segurando Aaron pelo braço e apontando a saída, do outro lado das grades. — Aqui só podem ficar os membros da comitiva.

— Não encoste em mim! — Aaron gritou.

— Senhor... por favor... eu não quero prendê-lo. Tem muita criança olhando.

Aaron percebeu que todos os olhos nas laterais da rua estavam fixos nele. A gigantesca sombra que o pássaro amarelo projetava, ou a figura do Homem-Aranha crescendo ao longe, preparando-se para voar, pouco importavam. Ele abaixou a cabeça. Estava derrotado. Outra vez. Nocauteado e posto a pique. O choque emocional do dia do desfile era intransponível, e provavelmente a única coisa que podia fazer era dormir e chorar na solidão de seu novo apartamento, em Nova Jersey. Mas o policial puxou seu braço, e isso foi a pior coisa que ele podia ter feito. Aaron acertou-lhe um soco forte no rosto, jogando-o no chão diante do olhar perplexo de centenas de pais e crianças.

— Que vergonha! — gritou um deles.

— Vai embora, palhaço! — gritou outro.

Quando uma garrafa de água atingiu seu rosto, Aaron olhou em todas as direções, atordoado, sem saber de onde tinha vindo o impacto.

Não teve tempo de pensar por que o ofendiam, por que achavam errado ele estar ali: logo dois policiais correram em sua direção e, com um forte empurrão, o derrubaram. Seu rosto se estatelou contra o asfalto. Em menos de cinco segundos, ele estava com os braços atrás das costas e trazia nos pulsos algemas que lhe cortavam a circulação. Seu cérebro não tinha processado a dor da pancada, o que só aconteceria dois minutos depois, mas já registrara o que haviam feito as mãos dos policiais e de um dos voluntários que o levantaram de súbito, sob os aplausos de todos que assistiam. O som abafava os gritos e lamentos de um pai despencando em um poço sem fundo.

Dentro da viatura policial, ele adormeceu.

Quando acordou, uma hora mais tarde, estava sentado na delegacia da Seção Oeste da Polícia de Nova York com as mãos algemadas nas costas, ao lado de um homem mais velho, de aparência amigável e expressão triste. O rosto de Aaron doía, e ele fez uma careta para aliviar o repuxo do sangue seco. Mas isso não foi uma boa ideia, porque a dor se irradiou em todas as direções.

— Dia ruim? — perguntou o homem que estava ao seu lado.

— *Vida* ruim... — respondeu Aaron, sentindo vontade de vomitar.

— Bem, a vida fica ruim se a gente não faz nada para mudar.

Aaron o encarou e concordou com ele. Pensou por um instante que aquele homem jamais pareceria um delinquente se também não tivesse as mãos algemadas atrás das costas. Imaginou que talvez estivesse lá por não pagar multas de estacionamento.

Uma mulher de cabelo castanho apareceu entre as mesas da delegacia e se dirigiu ao homem mais velho:

— Sr. Rodríguez, certo? — disse, tirando um papel de sua pasta.

— Isso mesmo — o homem respondeu.

— O meu colega da equipe de homicídios chegará em poucos minutos e vai lhe fazer algumas perguntas. Quer que avisemos seu advogado?

Aaron olhou surpreso para o homem.

— Não será preciso. Eu já disse tudo — o sr. Rodríguez respondeu, tranquilo.

— Bem, como preferir. Mas quero que saiba que tem direito a um defensor público para acompanhar seu depoimento.

— Estou com a consciência tranquila. Não tenho nada a esconder — ele disse e sorriu.

— Tudo bem — a policial respondeu. — Daqui a pouco o investigador chega, e aí vocês conversam. E você... é... Templeton, Aaron. Pode vir comigo, por favor?

Aaron se levantou do jeito que pôde e se despediu do sr. Rodríguez com um aceno de cabeça. Foi atrás da policial, que andava mais rápido que ele, até chegarem a uma espécie de sala de espera.

— Aqui estão as suas coisas. Telefone para alguém vir buscá-lo.

— É isso? — Aaron perguntou, confuso.

— Olha... o policial que você agrediu ficou com pena. Ele te reconheceu, te viu na TV quando aconteceu aquilo com a sua filha. Disse que você já sofreu o suficiente, e hoje é Dia de Ação de Graças. Não registrou nenhuma queixa, e no relatório consta que você só foi preso porque estava muito agitado. Uma infração leve.

— Então... posso ir para casa?

— Não tão rápido. Só pode ir embora se alguém vier buscá-lo. Não podemos deixar você sair sozinho porque ainda está... bem, ainda está bêbado. Se quiser, pode cochilar na sala de espera até ficar sóbrio, mas não recomendo, é Dia de Ação de Graças. Vá logo para casa, durma um pouco e depois jante com sua família. Sem dúvida tem um bom jantar à sua espera.

Aaron suspirou e olhou para onde o sr. Rodríguez estava sentado.

— Posso perguntar o que ele fez?

— Quem?

Aaron apontou com a cabeça em direção ao homem.

— Parece ser um bom sujeito.

— Ah, amigo, ele é. Ontem à noite matou os quatro homens que estupraram a filha dele.

Aaron engoliu em seco e olhou para o sr. Rodriguez com uma espécie de admiração renovada.

— Com certeza vai passar o resto da vida na prisão, mas não o culpo. Eu no lugar dele... não sei o que faria.

— Mas você é policial. Seu trabalho é botar os criminosos na cadeia.

— É por isso mesmo que eu digo. Não confio muito nesse sistema. Esses mesmos homens que ele matou já tinham várias acusações de crimes sexuais, e... sabe onde estavam? Soltos por aí. Sei lá. Cada vez confio menos em tudo isso. É por esse motivo que fico na delegacia mexendo com a burocracia e não arrisco minha pele para defender o sistema. Aqui estou melhor, amigo.

Aaron fez que sim com a cabeça. A policial pegou uma caixa plástica que continha uma carteira de couro, chaves penduradas num chaveiro com a figura do Pluto e um telefone Nokia 6600, e a pousou sobre o balcão. Aaron guardou a carteira e as chaves nos bolsos e procurou algo na agenda do telefone. Viu doze chamadas perdidas de Grace e escreveu um SMS, que apagou antes de enviar. Preferiu ligar e tentar sair de lá o mais rápido possível.

Pôs o aparelho no ouvido e alguns segundos depois ouviu uma voz feminina do outro lado da linha:

— Aaron?

— Miren, você pode vir me buscar? Me meti numa pequena encrenca.

— Hein...?

— Por favor...

Miren suspirou.

— Estou na redação. É urgente? Onde você está?

— Numa delegacia de polícia.

5.
MIREN TRIGGS
1998

*A gente é aquilo que ama,
mas também aquilo que teme.*

Naquela mesma tarde, depois das aulas resolvi dar uma olhada em tudo o que havia sido publicado sobre o desaparecimento de Kiera Templeton. Só havia passado uma semana, mas os artigos, as notícias e os boatos sobre o caso cresciam num ritmo descontrolado. Fui pesquisar no arquivo da biblioteca da universidade e perguntei à estagiária se podia examinar as notícias que incluíam as palavras "Kiera Templeton", publicadas a partir do dia do ocorrido.

Ainda lembro do rosto da garota e da sua resposta fria:

— Os jornais da semana passada ainda não foram digitalizados. Só chegamos até 1991.

— Até 1991? Mas estamos em 1998 — respondi. — Vivemos em plena era da tecnologia, e você me diz que há um atraso de sete anos?

— Isso mesmo. É tudo muito novo, sabe? Mas é possível consultar manualmente. Não são tantos jornais.

Suspirei. Por um lado, ela não estava errada. Mas de quanto tempo eu precisaria para encontrar notícias que mencionassem o desaparecimento?

— Posso ver os jornais da semana passada?

— Quais? *Manhattan Press, Washington Post*...

— Todos.

— Todos?

— Os nacionais e os do estado de Nova York.

Ela me encarou meio que sem entender e, pela primeira vez, suspirou.

Quando me sentei diante de uma das mesas, a estagiária desapareceu por uma porta lateral. Essa espera me pareceu uma eternidade, e sem querer minha mente viajou para aquela noite. Por fim me levantei, para não pensar mais. Andei um pouco pelos corredores e me distraí sussurrando alguns títulos em espanhol.

Ouvi um som de rodinhas atrás de mim, e quando me virei topei com o rosto sorridente da garota, empurrando um carrinho com mais de cem jornais.

— Tudo isso? — perguntei, espantada. Não imaginava que seria tanta coisa.

— Foi o que você me pediu, não? Os jornais publicados na última semana. Só os nacionais e os do estado de Nova York. Não sei que trabalho você precisa fazer, mas tem certeza de que não basta ver os nacionais?

— Está perfeito assim.

A garota voltou para trás do balcão, depois de deixar o carrinho ao lado de uma das mesas perto da janela. Peguei o primeiro e comecei a folhear rapidamente as páginas, enquanto lia os títulos; meus olhos voavam de um para o outro como aves de rapina perscrutando os arbustos.

Existem várias maneiras de se documentar para uma pesquisa, e a escolha depende muito do instinto e do assunto a ser investigado. Em alguns casos é melhor ir aos arquivos da polícia; em outros, bastam arquivos municipais ou registros públicos. Às vezes as pistas decisivas são fornecidas por uma testemunha ou um informante, e em muitos outros casos é puro instinto. No caso Kiera Templeton, eu estava às cegas. Ainda era cedo para tentar conseguir o relatório policial, e além disso nenhum inspetor do FBI ousaria compartilhar informações com uma estudante do último ano da faculdade de jornalismo. Se o FBI colaborava com alguém, era com os jornalistas dos principais meios, e à medida que isso fosse necessário e pudesse ajudar a esclarecer algum caso. Já havia acontecido em algumas ocasiões. Às vezes a polícia precisa dos olhos de milhões de pessoas, e por isso fornece à mídia informações confidenciais de algum caso com o objetivo de tentar identificar um assassino ou encontrar uma vítima com a ajuda dos cidadãos. Nos casos mais badalados, como o de Kiera, publicar detalhes do que ela vestia, onde fora vista pela última vez e até mesmo o que gostava de fazer poderia estimular essa busca e deixar a população em estado de alerta caso alguma pista importante aparecesse.

Passei rápido pelos jornais de 26 de novembro, o Dia de Ação de Graças daquele ano, já que que era a data exata em que Kiera desaparecera. As edições tinham sido fechadas na manhã anterior, então traziam notícias e acontecimentos que haviam ocorrido em 25 de novembro, de modo que não poderiam falar nada sobre Kiera.

Na imprensa do dia seguinte, e depois de folhear algumas centenas de páginas com fotos do desfile e manchetes sobre o início oficial do Natal, encontrei a primeira referência ao desaparecimento de Kiera. No canto inferior da página dezesseis do *New York Daily News*, num boxe em destaque, apareceu a primeira fotografia de Kiera, a mesma que sairia dias depois na primeira página do *Manhattan*

Press. A legenda informava, em tom neutro, que na véspera haviam começado a procurar uma menina de três anos que tinha desaparecido e se chamava Kiera. Segundo o texto, ela estava de calça jeans, moletom branco ou rosa-claro e capa de chuva branca. Não dizia mais nada. Nem a hora do desaparecimento, nem o lugar em que tinha sido vista pela última vez.

No dia seguinte, não me surpreendi ao encontrar um artigo mais extenso. Outro jornal, dessa vez o *New York Post*, dedicava meia página ao caso. A matéria, assinada por certo Tom Walsh, dizia o seguinte:

> Segundo dia de buscas por Kiera Templeton, perdida durante o desfile de Ação de Graças. A menina de três anos desapareceu no meio da multidão há dois dias. Seus pais, desesperados, pedem a ajuda da população para encontrá-la.

Uma imagem de Aaron e Grace Templeton segurando uma foto da filha acompanhava a matéria. Os dois com os olhos fundos de tanto chorar. Foi aí que os vi pela primeira vez. Continuei lendo os jornais e selecionando páginas onde havia menções a Kiera ou ao desfile. Fui avançando até chegar àquele mesmo dia e à capa do *Manhattan Press*.

Olhei a hora e me assustei, eram quase nove da noite. Não havia mais ninguém na biblioteca, que ficava aberta até meia-noite naquela época do ano por causa do período de provas que se aproximava, mas ainda distante o suficiente para que ninguém tivesse urgência de estudar.

Eu não deveria ter permanecido lá até tão tarde. Guardei às pressas minha papelada na mochila e levei o carrinho até o balcão. A garota resmungou ao ver aquela montanha de jornais bagunçados.

Quando saí, de repente me vi na escuridão da noite de Nova York. Olhei para o lado e não havia ninguém naquela parte da cidade. Do outro lado da rua, duas silhuetas envoltas em fumaça conversavam na porta de um bar. Voltei para a biblioteca e, ao me ver, a estagiária deu um sorriso amarelo detrás do balcão:

— Posso usar o telefone? — perguntei. — Não trouxe dinheiro para o táxi... Não pretendia ficar até tão tarde.

— Ainda são nove horas. Tem bastante gente na rua.

— Posso usar o telefone ou não?

— Cla... claro — ela respondeu, me dando o aparelho.

Eu alugava um apartamento a uns dez minutos a pé da faculdade, no centro do Harlem, num prédio de tijolos marrons na rua 115, a oeste do Morningside Park. A faculdade ficava exatamente do outro lado do parque, a leste, e eu só precisava percorrer algumas ruas e cruzar o parque para chegar em casa. O problema era que essa região era bem conturbada. Havia muitos condomínios e moradias sociais por ali, o que reuniu, em uma única área, logo acima do Central Park, gangues, grupos de pequenos delinquentes, viciados em drogas e assaltantes ansiosos por topar com alguma vítima distraída. Durante o dia não havia roubos nem assaltos, mas de noite a situação era crítica.

Disquei o único telefone que me atenderia àquela hora.

— Alô? — disse uma voz masculina do outro lado.

— Podemos nos ver? — perguntei. — Estou na biblioteca da faculdade.

— Miren?

— Meu dia foi difícil. Você vem ou não?

— Está bem. Daqui a quinze minutos estou aí.

— Vou esperar dentro.

Desliguei e fiquei ali parada, observando como a estagiária tentava arrumar a bagunça que eu tinha feito com os jornais. Algum tempo depois, no limiar da porta apareceu o prof. Schmoer, com seu paletó com cotoveleiras e óculos redondos de acetato, me fazendo um gesto para encontrá-lo do lado de fora.

— Tudo bem? — ele me cumprimentou assim que pusemos os pés na calçada.

— Sim, é que acabou ficando tarde.

— Levo você até sua casa e depois vou embora, ok? — ele disse, me dando as costas e começando a andar no sentido leste. — Problemas na redação. O diretor quer publicar alguma coisa sobre Kiera Templeton, seja lá o que for, na capa, e tenho a sensação de que amanhã toda a mídia vai fazer o mesmo depois da manchete de hoje do *Manhattan Press*. Eles realmente vão se aproveitar dessa história e, para ser honesto, me dá nojo fazer parte disso.

Acelerei o passo e o alcancei.

— E o que vocês vão publicar? — perguntei por curiosidade.

— O telefonema da mãe para o serviço de emergências. Temos uma gravação.

— Uau, barra pesada — suspirei, levantando as sobrancelhas. — Bela guinada para o sensacionalismo, tratando-se do *Daily*. Não era para ser um jornal de economia?

— Claro. É por isso que me enoja o que eles querem fazer.

Esperei um minuto antes de prosseguir. Ouvi o som de nossos passos na calçada; também vi nossas sombras nos alcançarem depois de passarmos por um poste de luz, para logo desaparecerem.

— E você não decide nada? Não pode publicar outra coisa? Você é o editor-chefe.

— Vendas, Miren. As vendas são tudo — ele respondeu, desconfortável. — Você mesma disse isso hoje. O que você talvez ainda não entenda é como elas controlam realmente tudo. Na verdade, são a única coisa que interessa.

— Tanto assim?

— O *Manhattan Press* de hoje arrasou. Vendeu dez vezes mais que ontem, Miren. Os outros jornais, todos eles, ficaram encalhados. A jogada deu certo.

— Dez vezes?

— Não sabemos o que eles vão fazer amanhã, mas a coisa funciona assim. Se a menina não aparecer antes, ao longo dos próximos meses essa busca vai virar o grande enigma de toda a mídia, quer a gente goste ou não. Haverá até jornais torcendo para que ela não apareça nunca, assim vão poder continuar esticando a história o máximo possível. Quando o público se esquecer do assunto e os jornais se esquecerem dela, aí começarão as homenagens que todo mundo vai ignorar, e o tema só voltará a ser mencionado se a própria Kiera, ou seu corpo, aparecer em plena Times Square.

Parecia abatido. Estava tão arrasado que não tive coragem de dizer qualquer coisa.

Chegamos à estátua de Carl Schurz, ao lado do parque, e lhe pedi para contorná-la em vez de cruzar para o outro lado, por mais que isso duplicasse o tempo do trajeto. Ele aceitou sem protestar.

A partir desse momento ele seguiu ao meu lado em silêncio. Na certa era a idade. Ele era uns quinze anos mais velho e sabia que eu não precisava explicar nada. Talvez pensasse que eu ia trazer o assunto à baila depois da minha recusa de atravessar o parque, mas eu não queria falar disso. Quando chegamos à entrada do meu prédio, depois de subir a avenida Manhattan, agradeci:

— Obrigada, professor.

— De nada, Miren. Você sabe que só quero ajudar...

Eu pulei e lhe dei um abraço de agradecimento. Era reconfortante me sentir um pouco protegida.

De repente ele me empurrou, um tanto preocupado, e me senti uma merda.

— Isso... isso não está certo, Miren. Eu não posso. Tenho que voltar para a redação.

— Foi só um... um abraço, Jim — respondi, séria e zangada. — Você está doido?

— Miren, você sabe que eu não... não posso. Tenho que ir embora. Isso não devia acontecer. Se nos virem...

— É tão urgente? — perguntei, tentando ignorar aquela rejeição.

— Não, é só que... — ele parecia vacilar. — Enfim, na verdade, é. Não posso ficar — disse.

— Desculpa, eu... — expliquei — pensava que éramos... amigos.

— Não, Miren. Não é isso... É que eu preciso voltar para a redação. De verdade.

Percebi que ele estava mais nervoso do que o necessário e esperei que continuasse.

— É a ligação da mãe de Kiera Templeton para o serviço de emergências — ele disse por fim. — Tem algo que não cheira bem. E não creio que seja o melhor caminho.

— Você pode me dizer mais alguma coisa? Escolhi o caso Kiera Templeton para o trabalho desta semana.

— Não vai apurar o vazamento? — ele respondeu, surpreso. — Pensei que você quisesse ser aprovada.

Achei bom ele não ter insistido na questão do abraço, assim a tensão se dissipava.

— Quero, claro, mas não sendo igual ao resto da turma. Todos vão fazer a mesma coisa. É moleza. Mas Kiera merece que seu caso seja visto com olhos limpos, sem o símbolo de um cifrão.

O prof. Schmoer concordou com a cabeça.

— Tudo bem. Só vou te contar uma coisa sobre a gravação.

— Diga.

— Na ligação para o serviço de emergências, os pais...

— O que tem eles?

— Pareciam estar escondendo alguma coisa.

6.
26 DE NOVEMBRO DE 1998, 11H53
*Telefonema de Grace Templeton
para a emergência*

— Nove-um-um, qual é a emergência?
— Eu não... não estou encontrando a minha filha.
— Ok... Quando foi a última vez que a viu?
— Faz alguns... minutos... Nós estávamos aqui no... no desfile e... ela saiu com o pai.
— Mas está com o pai ou está perdida?
— Estava com ele... mas não voltou. Ela se perdeu.
— Quantos anos ela tem?
— Tem dois anos, quase três. Faz aniversário amanhã.
— Certo... em que área você está?
— ...
— Moça, em que área você está?
— Na... na rua 36 com a Broadway. Tem muita gente aqui, e ela se perdeu. É muito pequena. Meu Deus!
— E... e que roupa ela estava usando na última vez que a viu?
— Estava com um... espera um segundo... não lembro exatamente. Calça azul e... não sei.
— Um suéter ou algo parecido? Não lembra da cor?
— Hum... sim. Um moletom rosa.
— Pode descrever brevemente sua filha?
— Ela é... morena, de cabelo curto. Sorri para todo mundo. Mede 86 centímetros. Ela é... é baixinha para a idade.
— Cor da pele?
— Branca.
— Certo...
— Por favor nos ajude.
— Você saiu de onde estava? Procurou nos arredores?

— Isso aqui está cheio de gente. É impossível.
— Sua filha estava com algum casaco ou sobretudo?
— Como assim?
— Perguntei se ela estava usando algum agasalho por cima do moletom rosa que você mencionou. Está chovendo em Nova York.
— Hã... sim. Uma capa impermeável.
— Você lembra da cor?
— Eu... branca, com capuz. Sim. Tinha um capuz.
— Ok... Fique na linha. Vou passar agora mesmo para a polícia, está bem?
— Certo.

Alguns segundos depois, e após vários toques de espera, outra mulher atendeu.
— Alô?
— Sim?
— Por acaso você viu para onde sua filha foi?
— Eu... não. Ela saiu com meu marido e não voltou. Já... já tinha se perdido.
— Você está com seu marido?
— Sim. Ele está aqui.
— Poderia passar o telefone para ele?
— ...
— Alô — atendeu Aaron, com a voz embargada.
— Olá, você viu para onde sua filha foi?
— Não. Não vi.
— Tudo bem... Pode confirmar a hora em que ocorreu o desaparecimento?
— Faz no máximo cinco minutos. Tem muita gente. É impossível encontrar ela.
— Nós vamos encontrá-la.
— ...
— O senhor está me ouvindo?
— Sim, estou.
— Uma unidade está indo até a esquina da rua 36 com a Broadway. Esperem aí.
— Vocês acham que vão encontrá-la? — perguntou Aaron.

Longe, ao fundo, a voz de Grace disse alguma coisa, mas a frase era ininteligível.
— Grace, agora não é o momento — o marido tentou cortar a conversa.
— Não se preocupe, senhor. Sua filha vai aparecer.

Ouviu-se mais uma vez a voz de Grace, a distância:
— Aaron, limpa o sangue de você.
— ...
— Moço? — chamou a atendente.

— Graças a Deus — disse Aaron.
Ao longe ouviu-se a voz grave de alguém que mais tarde se identificaria como um policial.
— Vocês são os pais?

7.
27 DE NOVEMBRO DE 2003
Cinco anos após o desaparecimento de Kiera

*Só a esperança emite a luz capaz
de iluminar as sombras mais escuras.*

Miren chegou à delegacia vestindo um conjunto de saia e casaco pretos e uma blusa branca. Seu cabelo castanho estava preso num rabo de cavalo alto e bem-feito; da sala de espera, Aaron a viu andar decidida em direção ao balcão e perguntar por ele. A policial indicou onde ele a aguardava, e Miren, depois de assinar um documento, virou-se para ele com uma cara séria e se aproximou.

— Vamos? — ela propôs.

Fazia um ano que não se viam, mas encontrá-lo naquela situação não a surpreendeu muito. Nos primeiros anos da busca de Kiera, ainda falava com Aaron vez por outra e o viu mergulhar minuto a minuto naquela espiral de tristeza e desesperança que consumia tudo o que tocava. Com o tempo e o dia a dia atribulado de Miren, que agora trabalhava como jornalista no *Manhattan Press*, os dois se distanciaram, e os encontros se tornaram esporádicos. A última vez que se viram havia sido na mesma data do ano anterior, o aniversário de Kiera, quando Aaron entrou gritando na redação perguntando por ela e suas promessas não cumpridas.

— Obrigado por vir, Miren... Eu não tinha mais ninguém a quem recorrer.

— Tudo bem, não é nada. Deixa para lá, Aaron...

Eram quatro da tarde, o trânsito começava a voltar à normalidade. O desfile tinha acabado, as risadas das crianças sossegaram, e todo mundo estava indo para casa, na esperança de preparar o jantar de Ação de Graças a tempo. Miren indicou onde estava seu carro, um Chevrolet Cavalier champanhe estacionado entre duas viaturas. Ela entrou e esperou que Aaron fizesse o mesmo.

— Lamento que você me veja desse jeito — ele disse, fedendo a álcool e com um aspecto lamentável.

— Não tem importância, esquece. Eu quase já me acostumei — ela respondeu, um pouco incomodada.

— Hoje é o oitavo aniversário de Kiera. Só... não aguentei.

— Eu sei, Aaron.

— Não consegui suportar. O desfile, o aniversário, tudo no mesmo dia. São tantas lembranças. Tanta culpa. — E levou as mãos ao rosto.

— Não precisa se justificar. Pelo menos não comigo, Aaron.

— Não é isso... quero que você me entenda, Miren. É que na última vez que nos vimos eu me comportei como...

— Aaron, deixa isso para lá. Não precisa falar nada. Sei que é difícil.

— Como seus chefes reagiram?

— Bom... Não gostaram nem um pouco. Imagino que ninguém ficaria contente ao ver o pai da menina mais procurada dos Estados Unidos aparecer bêbado na recepção gritando que nós inventamos tudo o que publicamos. Você sabe muito bem que não é verdade — ela disse enquanto Aaron mantinha o olhar perdido. Seu lábio estremeceu, e sua mão direita também, como se a tristeza vez por outra assumisse o controle de algumas partes de seu corpo.

Miren deu partida no carro e arrancou em silêncio.

— Você teve algum problema depois daquilo? — perguntou Aaron.

— Recebi um ultimato. Me disseram para esquecer a história de Kiera, porque não ia me levar a lugar nenhum.

Aaron a olhou e deixou escapar a seguinte frase, que parecia ter sido mastigada por algum tempo e já estar preparada de antemão:

— O desaparecimento de Kiera foi bom para você.

Miren pisou no freio. Já estava irritada por ter tido que ir buscá-lo, por vê-lo bêbado mais uma vez, principalmente naquele dia, mas aquilo a machucou.

— Não se atreva a dizer uma coisa dessas, Aaron. Você sabe que fiz tudo o que podia. Ninguém fez mais do que eu para encontrar a sua filha. Como tem coragem...?

— Só disse que acabou sendo bom para você. Pensa bem... trabalhando no *Press*.

— Desce do carro — Miren disse, furiosa.

— Ora...

— Desce do carro! — ela gritou.

— Miren... por favor...

— Escuta, Aaron. Sabe quantas vezes li o inquérito policial do caso? Quantas pessoas entrevistei nos últimos cinco anos? De quantas coisas tive que abrir mão para investigar o que aconteceu? Ninguém passou tanto tempo procurando por ela quanto eu.

Aaron entendeu que tinha ido longe demais.

— Desculpe... Miren. É que eu não aguento mais... — desabou. — Todo ano penso a mesma coisa quando chega este dia: "Aaron, este ano você vai sorrir pelo menos uma vez no Dia de Ação de Graças. Você vai encontrar Grace e vocês dois vão rememorar juntos a família que formavam". Sempre digo isso para mim na frente do espelho, mas, quando acordo, basta pensar nela e em tudo o que perdi, em tudo o que poderia ter sido e nunca foi, em cada... em cada sorriso que perdemos, e não consigo mais me controlar.

Miren o observou chorar e fez um muxoxo, mas após alguns segundos vendo-o daquele jeito ficou difícil para ela manter o prumo.

— Droga — exclamou, antes de pousar as mãos no volante e pisar no acelerador.

— Você vai me levar para a minha casa? Preciso dormir.

— Eu falei com Grace.

Dessa vez foi Aaron quem reclamou.

— Para quê?

— Ela ligou para você o dia todo e você não atendeu. Então ligou para mim, perguntando se eu sabia onde você estava. Achei que ela não estava muito bem, talvez por causa do dia de hoje, que mexe em muitos sentimentos e abre todas as feridas.

Aaron olhou para Miren. Pelo seu tom, achou-a mais séria que de costume. Sua aparência tão profissional e seu olhar quase inexpressivo reforçavam a sensação que ela sempre lhe transmitia: que era uma pessoa fria.

— Para ser honesta, quando você me telefonou, só concordei em ir à delegacia por causa de Grace. Retornei a ligação dizendo onde você estava e ela me pediu que o levasse para a casa dela o quanto antes. Parecia ser urgente.

— Eu não quero ir — declarou Aaron no mesmo instante.

— Isso não é negociável, Aaron. Eu prometi. Disse que levaria você pessoalmente.

— Você está doida se acha que vou me encontrar com minha ex-mulher logo no dia do aniversário de Kiera. É a pior data para ficar junto dela.

— Não me interessa. Eu tenho que levar você. Vai lhe fazer bem. Vocês estão passando por um momento difícil. Só os dois entendem o que o outro está vivendo. Grace está precisando que alguém também se preocupe com ela. Ela ficou tão mal ou pior que você, mas não sai por aí enchendo a cara e esbravejando contra o mundo.

Aaron não respondeu, e Miren entendeu seu silêncio como um "tudo bem". Da delegacia do vigésimo distrito, na rua 82 Oeste, logo chegaram à margem do rio Hudson. No caminho, Miren ficou em silêncio enquanto Aaron olhava pela janela, com evidente desagrado, a cidade que tanto havia amado. Os anos felizes tinham ficado para trás; as promoções no trabalho, as brincadeiras no jardim de casa, acariciando a barriga de Grace antes da chegada de Michael. Mas tudo isso desapareceu quando aquele balão branco subiu em direção às nuvens.

Logo depois atravessaram o túnel Hugh L. Carey, que passa sob a água para ligar Manhattan ao Brooklyn, e quando voltaram à superfície o tráfego estava mais lento. Aaron tentava puxar conversa, mas Miren respondia com monossílabos. Por fora podia parecer irritada por ter que perder tempo com ele no Dia de Ação de Graças, mas aquilo na verdade era uma barreira para tentar se afastar do caso Kiera, que tinha penetrado em suas entranhas a ponto de ela não conseguir se desvencilhar dele.

Chegando a Dyker Heights, onde ficava a antiga moradia da família Templeton, Miren notou que alguns vizinhos já estavam providenciando a decoração de Natal. Após ziguezaguear um pouco, vislumbraram ao longe Grace na calçada, olhando para os dois lados da rua, à espera. Parecia inquieta. Estava de chinelo, com seu roupão vinho de ficar em casa e o cabelo preso.

Aaron desceu do carro um pouco desnorteado e foi falar com ela.

— O que foi, Grace? — ele perguntou, levantando a voz.

— Aaron... é a Kiera.

— O quê?

— É a Kiera! Está viva!

— O que você está dizendo? — Aaron tentava entender.

— Ela está viva, Aaron. Kiera está viva!

— O que você está dizendo? Do que está falando?

— Disto aqui!

Grace ergueu as mãos e mostrou uma fita VHS. Ele continuava sem entender, mas, quando fixou os olhos, reparou na etiqueta. Havia um número escrito com marcador, e logo abaixo, em letras maiúsculas, a palavra mais dolorosa e esperançosa que aqueles pais poderiam ler: KIERA.

8.
MIREN TRIGGS
1998

*Ela dançava sozinha quando queria,
e também brilhava na noite sem que quisesse.*

Eu não podia deixar barato. Aquela frase do professor havia mexido comigo. O que tinha naquela ligação para o serviço de emergência? Por que os pais pareciam esconder alguma coisa? A busca por Kiera Templeton estava despertando minha curiosidade bem mais do que eu poderia prever.

— Me deixa ouvir essa fita — pedi, como se ele fosse me atender.

— Não posso, Miren. É o furo de amanhã.

— Você acha que vou transcrever tudo e passar para outro jornal? Sou uma estudante de jornalismo, nem conheço ninguém nesse mundinho, só você. Ninguém iria prestar atenção em mim.

Ele só me respondeu com um olhar. Depois disse:

— Sei que não, mas...

Interrompi sua frase com um beijo. Dessa vez o professor entrou no jogo.

Ele sabia que estava sendo usado, mas não parecia fazer a menor objeção. Desde o que me aconteceu, eu tinha me afastado dos homens de forma radical. Não queria chegar perto de ninguém, em nenhuma circunstância: construí uma barreira intransponível e achava que ninguém seria capaz de fazer com que eu me sentisse segura. Até que um dia, numa reunião de orientação acadêmica, falei daquela noite horrível como se fosse algo alheio a mim. Ele chegou a me incentivar a escrever sobre isso e, com o tempo, senti que ele era a única pessoa que me tratava com a maturidade de que eu precisava. Meus colegas eram machões típicos, e em todos eles eu via Robert, que eu tinha decidido esquecer.

Desde o começo percebi que durante as aulas seus olhos sempre pousavam em mim. Entre todas as aspirantes a jornalistas, era consenso que ele era o professor mais charmoso de todos que haviam passado por Columbia. Sob os ternos que ele sempre usava se notava um corpo esguio. Aquele rosto de bom menino era um ímã para todas nós, que imaginávamos o fogo escondido sob aquela aparente inocência que se vislumbrava atrás dos óculos. Mas o que mais me seduzia era a sua mente. Seus artigos para o *Daily* estavam sempre impregnados de um tom reivindicativo com o qual eu me identificava. Seus textos apresentavam uma abordagem crítica perfeita, e ele escrevia com um rigor e um ritmo que a cada parágrafo atraíam e capturavam ainda mais o leitor. Os poderosos temiam ser alvo da sua mira certeira, os políticos ficavam nervosos quando o viam numa coletiva, coisa que acontecia com pouca frequência. Como seus textos sempre giravam em torno da política e do mundo das empresas, ele se limitava a vasculhar arquivos, documentos, contas e faturas, investigando os fatos duvidosos que ocorriam nos dois únicos mundos que pareciam monopolizar a atenção do país: o dinheiro e a política — dois mundos que, na verdade, sempre andam de mãos dadas. O desaparecimento de Kiera ia alterar o seu universo e, sem que eu soubesse, definir o meu para sempre.

— Por que está fazendo isso, Miren? Eu não acho que... que seja a melhor...

— O que aconteceu comigo não tem nada a ver com você, Jim. Não seja como todo mundo. Isso não tem a ver com ninguém. Só comigo, e sou eu quem decide como estou, certo?

— Já faz um bom tempo que não falamos disso. Acho que não vai adiantar fingir que não foi nada.

— Por que todo mundo está tão empenhado em me fazer falar disso? Por que você não pode me deixar resolver sozinha como devo agir?

Dei meia-volta e entrei no prédio.

— Obrigada por ter me trazido, Jim — eu disse com ironia.

— Miren, eu não queria... — ele respondeu, sem saber o que dizer.

Subi os degraus aos pulos, de dois em dois, e o perdi de vista assim que pisei no patamar do primeiro andar. Ainda o ouvi gritar meu nome, mas era tarde demais.

Entrei em casa, joguei na sapateira o tênis Converse branco e, enquanto desabotoava a calça jeans, mergulhei na escuridão do meu quarto. Voltei para a sala de pijama. Era a primeira coisa que eu sempre fazia ao chegar em casa, um apartamento minúsculo que tinha alugado num prédio na região mais conturbada da cidade. Era um conjugado pequeno, sem janelas, sem manutenção, sem elevador, sem nada que pudesse lhe agregar valor. A cozinha era um fogãozinho de duas bocas que só comportava uma panela, porque se havia duas elas ficavam se encostando. Era quase a pior coisa que se poderia arranjar na Big Apple, e mesmo assim o preço era um verdadeiro disparate. Segundo meus pais, aquele lugar parecia uma toca e eu não pagava um aluguel, mas um resgate que nunca parecia satisfazer o senhorio. Na verdade, era o único imóvel com o qual eu podia arcar sem consumir todo o meu empréstimo universitário, e além do mais ficava perto da faculdade.

A segunda coisa que eu fazia ao chegar em casa era ligar para os meus pais para dizer que estava tudo bem. Depois de vários toques, ouvi a voz do meu pai.

— Finalmente, filha. Já íamos ligar para você. Voltou meio tarde hoje, não foi?

— Desculpe. Fiquei na biblioteca adiantando um trabalho. Mamãe está bem?

— Aqui, quase doida. Você tem que telefonar mais cedo. Combinado? Se vai se atrasar, avise. Sua mãe não gosta de saber que você ainda está na rua a esta hora.

— São só nove e meia, pai.

— Sim, mas essa região...

— É a única que eu posso pagar, pai.

— Você sabe que podemos te ajudar. Economizamos para isso, é o que queremos fazer.

— Vocês já me ajudaram com o computador. Não preciso de mais nada, de verdade. Foi para isso que pedi o empréstimo da universidade.

Olhei para o iMac Bondi Blue que meus pais tinham me dado. Havia chegado algumas semanas antes e consistia em uma tela com um gabinete translúcido verde-azulado, um teclado branco e um mouse que dava a impressão de que ia sair rodando. O aparelho era bem mais ágil do que eu podia imaginar. Tinha uma navegação super-rápida, e o vendedor parecia muito empolgado porque tinha assistido a uma apresentação do próprio fundador da Apple, de quem não parava de falar maravilhas. Quando tirei o aparelho da caixa, não tive dificuldade em ligá-lo, mas levei um bom tempo para configurar minha conta de e-mail e manipular os comandos até entender o funcionamento.

— Mas foram só mil e trezentos dólares.

— Mil e trezentos dólares que vocês não aproveitaram.

Ele esperou uns instantes e depois disse:

— Sua mãe quer falar com você.

— Passa.

Mamãe pegou o telefone e eu percebi que estava triste assim que abriu a boca. Você percebe quando seus pais estão mal só de ouvir o ritmo de suas frases.

— Miren — ela disse —, promete que vai ser mais cuidadosa? Detestamos que fique na rua até tão tarde.

— Está tudo bem, mãe — respondi. Não queria contrariá-la. Mais de novecentos e cinquenta quilômetros nos separavam: eles em Charlotte, na Carolina do Norte, e eu em Nova York, e agora ela não podia mais controlar o que a filha fazia nem com quem saía. A menina tinha escapado da sua sombra, e agora ela queria estender os braços para que o sol nunca a queimasse.

— Por que não compra um celular? Assim pode nos ligar a qualquer momento.

Suspirei. Odiava ter que tomar tantas precauções por causa de um bando de idiotas incapazes de manter a braguilha fechada.

— Tudo bem, mãe — concordei outra vez sem protestar. — Amanhã compro um.

Na verdade, eu não gostava muito de celulares. Muitos dos meus colegas já tinham sido fisgados por um joguinho em que uma cobra perseguia comida pela tela e não faziam outra coisa durante os intervalos. Outros não paravam de trocar mensagens a manhã inteira, ignorando as aulas. Era fácil ver as interações, quem flertava com quem, ou quem se deixava seduzir por uma frase feita transmitida em cento e sessenta caracteres. Alguém escrevia alguma coisa, e logo em seguida outro ria. Depois o processo se invertia, e começava tudo de novo. Além do mais, eu não gostava da ideia de me sentir localizável o tempo todo. Não via necessidade de estar sempre alerta e disposta a conversar quando havia cabines telefônicas em toda parte. Tinha a sensação de que podia passar sem aquilo, mas acabei cedendo para não contrariar minha mãe.

— Amanhã eu ligo de novo para dizer o número do celular.

— Vou comprar um também, assim você pode me telefonar quando quiser, filha — ela disse com uma voz mais alegrinha.

— Maravilha. Boa noite, mamãe.

— Boa noite, filha — respondeu.

Desliguei e me sentei atrás da escrivaninha. Peguei os recortes de jornal e vi o rosto de Kiera me espiando com expectativa. Parecia pedir ajuda com os olhos. Eu me senti mal. Tive a sensação de que aqueles pais nunca mais voltariam a ver a filha. Menos de um minuto depois que tinha desligado, voltei a pegar o telefone e disquei outra vez o número da casa dos meus pais. Minha mãe atendeu preocupada.

— Você está bem? Aconteceu alguma coisa?

— Não. Não aconteceu nada, mãe. É só para dizer que amo vocês.

— E nós também te amamos, filha. Você está mesmo bem? Se quiser, podemos viajar para aí agora mesmo.

— Não, não, de verdade. Era só isso. Quero que saibam disso. Eu vou ficar bem.

— Que susto, filha. Pode contar com a gente, está bem?

— O que vocês acham de nos vermos no fim de semana? Posso pegar um voo.

— Sério?

— Sim. Eu quero muito.

— Claro! Amanhã ligo para a agência do Jeffrey e reservo os voos.

— Obrigada, mãe.

— Eu é que agradeço. Até amanhã, querida.

— Até amanhã, mamãe.

Fiquei olhando para o telefone e pensando no que havia feito, mas tinha muito trabalho pela frente. Voltei a sentar e liguei o computador. Enquanto inicializava, comecei a examinar as notícias sobre o desaparecimento de Kiera. O *Daily*, o jornal no qual o prof. Schmoer trabalhava, só havia publicado uma pequena coluna na página doze, comentando os poucos progressos da polícia. A matéria também mencionava que, segundo fontes internas da investigação, o FBI estava prestes a iniciar a busca da garota porque já considerava a possibilidade de um sequestro, mas não dava muito mais informações que os outros jornais. Dava para perceber que eles pareciam saber muito mais do que estavam contando, mas que não queriam dizer mais nada, por cautela ou para não cair na curiosidade mórbida e na violência que aquele caso prometia. Pelo que Jim me disse, uma dessas informações adicionais era o telefonema de Grace Templeton, a mãe, para o serviço de emergência — mas o que eu não sabia é que aquilo era só a ponta do iceberg.

Quando enfim começou a funcionar, conectei o computador à internet e fiquei esperando que o modem de cinquenta e seis kilobytes terminasse sua sinfonia, emitindo uma sucessão interminável de sons e guinchos em todas as frequências possíveis, enquanto eu dava uma olhada nas outras manchetes. Quando se conectou, abri o Netscape e digitei o endereço do servidor de e-mail da minha universidade. Na minha caixa de entrada só havia uma mensagem não lida, um material sobre novas práticas sustentáveis, proveniente de uma revista sobre meio ambiente. Sinalizei para responder mais tarde e voltei às notícias.

Passei duas ou três horas lendo tudo, sublinhando o que havia de importante e anotando num Moleskine preto os pontos que me pareciam mais significativos: "Herald Square", "família abastada", "pai gerente de empresa de seguros", "católicos", "ocorreu aproximadamente às 11h45 da manhã", "26 de novembro", "chuva", "Mary Poppins".

Achei irônico que a babá por excelência da Disney estivesse presente no momento do desaparecimento de uma menina de três anos. Sublinhei o nome para pesquisar quem era aquela figurante e o que ela fazia lá. Fui até a geladeira e peguei uma Coca-Cola, meu único jantar nos últimos meses, e quando voltei vi que tinha recebido vários e-mails. O primeiro tinha por assunto: "Desculpe", e os outros eram apenas uma numeração de dois a seis.

Eram todos do prof. Schmoer. Tinham sido enviados do seu e-mail pessoal, jschmoer@wallstreetdaily.com. Fiquei surpresa, porque ele nunca tinha me escrito desse endereço. A mensagem dizia:

Miren, estou te mandando vários e-mails com tudo o que temos no *Daily* até agora sobre Kiera. Prometa que não vai sair do seu computador. Com certeza seus olhos enxergam mais longe que os meus.
Jim.
PS: Desculpe ter sido um idiota.

A mensagem vinha com um arquivo anexado denominado "Kiera1.rar". Os e-mails seguintes, sem texto, traziam arquivos compactados semelhantes e continuavam a numeração. Abri o primeiro com o programa UnRAR, que eu ainda podia usar porque estava em período de teste, e fiquei chocada com o que vi: dois arquivos de vídeo, datados de 26 de novembro, com gravações de câmeras de segurança da área onde Kiera Templeton havia desaparecido.

9.
26 DE NOVEMBRO DE 1998

O pior do medo não é que ele nos paralisa,
mas que cumpre o que promete.

Aaron seguiu um policial em meio à multidão que começava a se dissipar depois do desfile. Enquanto andavam, ouviu no rádio algumas frases que não conseguia discernir por causa do barulho da rua. De vez em quando o policial parava para ver se Aaron ainda estava atrás dele. Passados alguns minutos, ele virou na rua 35 e parou em frente a um portão onde se reunia um grupo de policiais uniformizados que pareciam preocupados.

— O que aconteceu? Eles a encontraram? — Aaron quis saber.

— Por favor, acalme-se, senhor — disse o inspetor Mirton, um jovem policial louro, de um metro e oitenta, o mesmo que dera o alerta sobre o que havia achado.

— Como quer que eu me acalme? Minha filha de três anos está perdida e minha esposa teve uma crise de ansiedade. Não tem como ficar calmo!

Aaron reconheceu aquela frase em sua mente. Já a tinha ouvido tantas vezes, dita por pessoas sentadas do outro lado de sua mesa, que se surpreendeu ao constatar que agora era ele quem a dizia. Aaron era gerente de uma corretora de seguros no Brooklyn; ao longo de sua carreira, muitas vezes teve que pedir calma à pessoa que estava à sua frente e, ao mesmo tempo, confirmar que a cobertura de uma apólice havia sido negada ou que o seguro de saúde contratado não cobria um tratamento indispensável, mas cujo custo era absolutamente proibitivo. O medo e o desespero que ele via no escritório, refletidos em olhos de todas as cores e formatos, eram os mesmos que ele sentiu quando percebeu que agora estavam lhe pedindo para ficar calmo. Era impossível.

— Por favor. É importante que você se concentre e nos confirme alguns dados — disse o policial que o acompanhara.

— O quê? — Ele mal conseguia ouvir. Sentia-se destroçado.

Os policiais se entreolharam, como se decidissem quem dava o primeiro passo.

Estavam em frente a um prédio residencial na rua 35 Oeste, número 225, em cujo térreo insistia em sobreviver uma loja de vestuário infantil. Na vitrine, roupas de todas as cores vestiam vários manequins infantis, desenhando um arco-íris que contrastava com o bolo cinzento que Aaron trazia na garganta. Ele logo imaginou sua filha com uma daquelas peças. Sem refletir, pensou que devia falar com Grace sobre essa loja, porque talvez Kiera gostasse de usar um daqueles vestidos no jantar de Ação de Graças que tinham planejado para aquela noite.

— Venha comigo — disse o inspetor Mirton, empurrando com cuidado a porta de vidro do número 225.

Aaron o seguiu e, quando entraram, viu que havia mais policiais à sua espera, agachados num canto.

— O senhor é o pai? — um deles perguntou, levantando-se e estendendo a mão para cumprimentá-lo.

— Sim. O que está havendo?

— Eu sou o inspetor Arthur Alistair. Poderia nos responder algumas perguntas?

— Hã... sim. Claro. O que for preciso. Mas... podemos voltar para a Herald Square? Kiera pode estar nos procurando. Sabe, minha esposa teve uma crise de ansiedade e eu quero ficar por perto, porque pode ser que Kiera apareça.

— Não se preocupe, senhor... — E esperou que Aaron completasse com seu sobrenome.

— Templeton.

— Templeton — continuou. — Temos policiais vasculhando toda a área ao redor da Herald Square. Se sua filha aparecer, acredite, ela estará a salvo. Eles nos avisarão pelo rádio e tudo não terá passado de um susto. Agora precisamos que nos ajude.

Aaron fez que sim.

— O quê?

— Pode descrever outras vez as roupas da sua filha?

— Sim... ela estava com uma capa de chuva branca e um moletom rosa, além de calça jeans azul e tênis... não lembro a cor.

— Tudo bem. Já está bom.

Os policiais que estavam agachados se levantaram e se afastaram. Um deles foi até a saída e, ao passar por Aaron, deu uns de tapinhas em seu ombro.

— Ela é morena — continuou Aaron, que não sabia mais se já tinha dito isto —, tem cabelo liso, que costuma usar solto, mas hoje estava com duas marias--chiquinhas.

— Bem. Muito bem — o inspetor Alistair disse.
— Foi para isso que me fizeram vir aqui?
O inspetor esperou alguns segundos antes de prosseguir.
— Pode me dizer se as roupas que estão ali naquele canto são da sua filha?
— O quê?! — Aaron gritou.
No mesmo instante deu dois passos até o lugar onde os policiais haviam estado agachados momentos antes. Viu uma pilhazinha de roupas e reconheceu, no ato, o moletom rosa de Kiera. E também a capa branca que nas últimas semanas tantas vezes havia vestido nela de manhã, depois de repreendê-la com bom humor porque ela não queria se agasalhar para sair. Aaron sentiu o chão tremer e o ar fugir de seus pulmões no momento em que viu, ao lado da roupa, umas mechas curtas de cabelo em cima da calça jeans que estivera em seus ombros pouco antes, enquanto assistiam juntos ao desfile.

Gritou com força. Depois gritou de novo, e outra vez, e gritou tantas vezes que parecia que era um só grito, enquanto a dor mais intensa que já havia sentido o catapultou para as profundezas do lugar mais escuro da face da Terra.

— Não!

10.
27 DE NOVEMBRO DE 2003
Cinco anos após o desaparecimento de Kiera

Uma luz acende e ilumina seu rosto, mas também cria sombras nos cantos da sua alma.

Grace correu para dentro de casa, dizendo:

— Você tem que vê-la, Aaron. Ela está bem. A nossa menina. Kiera está bem.

Aaron e Miren se entreolharam atônitos, como se Grace tivesse surtado.

— De que você está falando, Grace? Que fita é essa?

— A nossa menina. É Kiera. Ela está bem. Está bem — sua ex-mulher repetiu num sussurro que ele não chegou a escutar.

Aaron entrou atrás dela, que parecia ter desaparecido. Então Grace falou e ele seguiu sua voz:

— Você tem que vê-la. É ela, Aaron. É Kiera!

Aaron sentiu um nó na garganta pela segunda vez naquele dia. Grace estava se comportando de um jeito muito estranho. Foi até a porta e acenou para Miren, que tinha ficado ao lado da caixa de correio, chamando-a para entrar. Ela o seguiu, ainda sem entender o que estava acontecendo.

— Grace, querida — disse Aaron, entrando na cozinha onde havia um rack de rodinhas com a televisão e um aparelho de videocassete. — O que está gravado nessa fita? Nossas férias de Natal? É isso?

Miren chegou à porta da cozinha e ficou encostada no batente, observando.

— Hoje fui olhar a caixa de correio e encontrei este envelope, Aaron. Alguém nos deixou esta fita em que Kiera aparece.

Miren, confusa, interveio:

— Uma pista de Kiera? É isso? Uma nova gravação das câmeras de segurança? Eu já conferi todas elas muitas vezes, quadro por quadro, segundo por segundo. Todas as imagens estão no inquérito policial. Já verifiquei em todas as ruas e lojas da região. Não tem... não tem mais nada, Grace... A investigação está num beco sem saída.

— Não — Grace disse, brusca. — Isto aqui é outra coisa.

— O que é? — Miren perguntou outra vez.

— É Kiera — ela sussurrou, de olhos arregalados.

A fita era uma TDK de cento e vinte minutos, com um adesivo branco colado no centro, perfeitamente alinhado e sem sair do espaço previsto para ele. Ali, escrito com marcador em letras maiúsculas bem desenhadas, lia-se: KIERA.

Grace inseriu a fita no aparelho VHS e ligou a televisão. No mesmo instante uma neve invadiu a tela, com pintinhas pretas e brancas dançando em todas as direções. Dos alto-falantes estereofônicos da TV Sanyo cinzenta saía um ruído branco que evocava um filme de terror. Grace aumentou o volume. Miren não estava gostando nada daquilo e já se dispunha a ir embora. Lembrou-se das palavras de seu chefe, o lendário Phil Marks, responsável pelas reportagens sobre o atentado de 1993 contra a Torre Norte do World Trade Center com um caminhão-bomba, aconselhando-a a esquecer o caso Kiera:

— Sei que as melhores qualidades de um jornalista investigativo são tenacidade e perseverança, Miren, mas o caso Kiera vai acabar com você. Pare de apurar essa história. Se cometer um erro, vai ser lembrada para sempre como a jornalista que se enganou no caso da menina mais procurada dos Estados Unidos. Não seja essa jornalista. Eu preciso de você na redação, caçando corruptos, escrevendo histórias que mudam o mundo. Você já dedicou tempo demais a esse caso.

A neve continuava flutuando na tela, crepitando, enchendo de pontos brancos onde momentos antes havia pontos pretos, e de pontos pretos onde antes havia pontos brancos. Miren tinha lido uma vez numa revista de curiosidades que essa neve que aparecia na televisão era formada, em parte, por restos do Big Bang e da origem do universo. Dizia que a radiação em formato de micro-ondas que se gerou naquele momento colide com o tubo de raios catódicos e cria a imagem na tela, provocando aquelas faíscas dançantes tão apreciadas pelos fantasmas nos filmes dos anos 1980. Ficou olhando o chuvisco nevado na tela e pensou em Kiera e em qual teria sido o seu destino. Aquela imagem inerte e ao mesmo tempo viva parecia despertar pensamentos dolorosos, como se quisesse resgatar lembranças tristes, e então entendeu por que Grace estava tão abalada. Miren estava prestes a dizer alguma coisa, mas de repente uma imagem substituiu a neve da tela.

— Kiera? — Aaron suspirou, surpreso.

Na imagem, gravada de cima, de um ângulo lateral, via-se um quarto com paredes revestidas de um papel com flores laranja que se repetiam um sem-número de vezes sobre um fundo azul-marinho. A um lado havia uma cama de solteiro coberta com uma colcha também laranja, combinando com as flores das paredes.

As cortinas de voile brancas penduradas numa janela no centro da imagem, imóveis como se não houvesse nenhum movimento de ar, deixavam vislumbrar um dia claro lá fora. Mas o mais trágico estava no canto inferior direito: ao lado de uma casinha de boneca, via-se o que provocou lágrimas de felicidade em Aaron e Grace: uma menina morena de uns sete ou oito anos, agachada, brincando com uma das bonecas.

— Não pode ser — Miren sussurrou, seu coração batendo tão forte como na noite em que sua vida mudou para sempre.

11.
NOVA YORK
12 DE OUTUBRO DE 1997
Um ano antes do desaparecimento de Kiera

*Depois de um dia brilhante, às vezes
nos espera a noite mais escura.*

No final da aula, Christine foi saltitando até Miren, que ainda copiava as anotações do quadro minutos depois da saída do professor de arquivos públicos.

— Miren, diz que vai, por favor! Vai ter uma festa no apartamento do Tom e... tenho ótimas notícias.

— Festa? — perguntou, sem muito entusiasmo.

— É. Sabe o que é uma festa?

— Ha-ha-ha.

— Aquelas coisas que os universitários fazem, e nossa... Oh, que surpresa! Você também é um deles — disse Christine em tom de zombaria, arrancando da mão de Miren a caneta com que ela escrevia, e que levava à boca e mordia-lhe a ponta.

— Você sabe que eu não gosto muito de festas.

— Deixe eu terminar — insistiu. — O Tom... perguntou se você vai. Ele gosta de você, mana. Muito.

O rosto de Miren se tingiu de rosa, e Christine pegou a deixa.

— Ah! Você gosta dele! Você também gosta dele! — gritou de repente, e logo abaixou a voz para que os outros não ouvissem.

— É... bonitinho.

— Bonitinho? Você está me dizendo que esse cara... — Christine estava sentada em cima da carteira, sobre as anotações de Miren, e apontou Tom Collins com o olhar — ... é bonitinho?

— Bem, é charmoso.

— Vamos, diz logo que você ficaria com ele. Chega de criancice, Miren. Nós duas somos iguais.

Miren lhe devolveu o sorriso.

— Eu nunca admitiria uma baixaria dessas — ela disse, retratando-se, para depois acrescentar: — Eu ficaria com ele e não contaria pra você.

Christine caiu na risada.

— Com que roupa você vai? Temos que combinar antes.

— Combinar?

— Você não vai assim, de jeans e tênis, vai? Você sabe, se encontrar e combinar o que vestir, como todas as garotas normais fazem, Miren. Você é um pouquinho... esquisita.

— Esquisita?

— Pronto, resolvido. Eu vou até sua casa e levo uma roupa. Comprei uns vestidos na Urban Outfitters, uma marca que eu amo e que seria legal que você conhecesse; tenho certeza de que vão ficar ótimos em você. Seu tamanho é P, não é?

— Hum... não precisa... eu prefiro ir assim, de jeans e camiseta.

— Chego às cinco — Christine disse sem lhe dar ouvidos, com um sorriso. — Nós nos trocamos e vamos juntas. Combinado?

Miren sorriu, e Christine interpretou isso como um sim.

As aulas tinham terminado, e Miren foi para casa. Tomou um banho e ficou algum tempo diante do espelho mexendo no cabelo, sem saber como se pentear. Ela era morena, o cabelo liso na altura dos ombros, e seu olhar abria um leque de inseguranças diversas, fruto dos anos em que passou despercebida no ensino médio em Charlotte. Ela sempre tinha sido a caxias, a careta, a certinha, aquela que ninguém queria por perto. Quando conseguiu uma vaga em Columbia, se esforçou para ter uma postura mais aberta, tentando se encaixar numa cidade que tinha um ritmo muito diferente do seu, mas era difícil sair da concha. O ano passou rápido e, exatamente como acontecia no ensino médio, as únicas pessoas com quem ela se relacionava eram seus professores.

Christine, que desde o primeiro dia sentava na carteira ao lado, parecia ser seu contraponto perfeito. As duas eram muito diferentes, e talvez por isso tenham se conectado: Miren era a inteligente, a aluna que aos olhos de todo mundo sempre tinha a resposta certa. Christine nunca respondia às perguntas, levava os trabalhos na brincadeira, mas orbitava em torno de Miren com o simples objetivo de sempre saber o que devia ser feito — se bem que, na hora da verdade, acabava optando pelo caminho mais fácil. Quando tinha que escrever um artigo, Miren escolhia determinada notícia ou lugar, e com isso construía seu argumento, lançando mão de exemplos e controvérsias que despertavam no leitor a curiosidade de saber mais. Christine, pelo contrário, fazia seus trabalhos com o mínimo esforço e sem pôr de verdade a mão na massa — falava do ocorrido de maneira superficial e sem entrar em muitos detalhes para além dos fatos em si. Eram duas abordagens muito diferentes do jornalismo, e também de qualquer questão vital. Se você quer fazer alguma coisa na vida, tem duas opções: ou mergulha na lama até o pescoço e sai triunfante, ou contorna a poça para não ter que lavar a roupa depois.

A campainha tocou, e Miren correu para abrir a porta.

— Pronta para ficar bem gata? — Christine a cumprimentou. Miren riu.

— Vamos, entre logo! — ela respondeu, sorrindo.

Christine jogou sobre o sofá uma bolsa de viagem que abriu na mesma hora, deixando à mostra paetês, brilhos, estampas e couro.

— Tem algum som aqui? — Christine perguntou, olhando em volta.

— Tenho um CD da Alanis Morissette, que já estava no apartamento quando aluguei.

— Mas que som merda você anda ouvindo! Bem, tanto faz. Põe para tocar. Esta noite minha amiga vai transar com o Tom.

Miren não sabia como interpretar que Christine já desse aquilo como favas contadas. Na verdade, começava a ficar nervosa. Tanto que não respondeu, só entrou no jogo.

Passaram uma hora experimentando vestidos, gargalhando enquanto se maquiavam e cantavam "Walking on Sunshine" em voz alta, sem música para acompanhar seus berros desafinados. E quando Miren menos esperava, Christine a segurou pela cintura por trás e a botou de frente para o espelho. Ela se assustou com a própria mudança. Nunca tinha se pintado tanto, não gostava, achava que se esconder atrás de maquiagem era sinal de fraqueza, uma tática para se ocultar sob uma camada artificial.

— Olhe bem, Miren. Você é lindíssima — Christine sussurrou.

Miren jogou o cabelo para um lado e deixou o rosto à mostra, perplexa. Estava surpresa por se ver assim. Tinha escolhido um vestido laranja sem alças que terminava no meio das coxas. Examinou a sombra que Christine passou em suas pálpebras com uma habilidade de quem já fazia isso há anos e se surpreendeu com o resultado. Pela primeira vez parecia atraente. Seu lado tímido surgiu nesse momento com uma frase:

— Eu não gosto de usar tanta maquiagem... não me sinto confortável.

— Só passei blush e sombra nos olhos, Miren, pelo amor de Deus. Não precisa de mais nada. É só... é só o toque das divas.

— O toque das divas... — ela repetiu em voz baixa, insegura.

— O toque das divas putas!! — Christine berrou eufórica, num uivo que mais parecia um grito de guerra, e começou a cantarolar uma música que Miren nunca tinha ouvido na vida.

Saíram juntas por volta das sete da noite e caminharam durante algum tempo até um edifício de estilo moderno na rua 139 com vista para o Hudson. Na porta havia uns caras fumando, segurando uns copos. Um sujeito se debruçou numa das janelas e gritou que alguém tinha aceitado algum desafio absurdo com um nome que Miren não conseguiu entender bem. Subiram juntas, e na escada um bêbado que nenhuma das duas conhecia sussurrou no ouvido de Miren umas palavras que ela preferiu ignorar.

— É sempre assim?
— O quê?
— Sentir-se observada.
— Mas não é legal? — Christine respondeu.

Miren olhou para ela, estranhando.

Pouco depois de chegarem à festa, Christine foi conversar com umas pessoas que Miren não conhecia. Isso, aliás, não era nada difícil: ela não conhecia ninguém naquele apartamento. Olhava para todos os lados e só via garotas de uma turma acima da sua flertando com garotos de uma turma acima da delas. Bufou. Também não viu Tom, o anfitrião, mas ouviu sua risada alta e grave, que parecia invadir toda a casa, embora a música estivesse num volume muito superior à tolerância de qualquer vizinho. Miren foi sentar sozinha em um banco da cozinha, e, toda vez que alguém vinha se servir de uma bebida ou pegar mais gelo, ela fingia estar mexendo nos copos.

Um garoto moreno, sem barba, se aproximou e, com um sorriso que ia quase de orelha a orelha, lhe ofereceu um copo.

— Não diga nada. Miren, não é mesmo?
— Hein... sim — ela respondeu. Era reconfortante ter alguém para conversar. Assim não ia se sentir tão sozinha. — Christine mandou você vir falar comigo?
— Não faço ideia de quem seja Christine — ele respondeu, com um sorriso.
— Não diga nada. Você é amigo do Tom. Da turminha dele — disse Miren.
— Puxa! Que observadora. Mas quase acertou.
— Todo mundo aqui é amigo do Tom. Quem não é amigo dele? É o cara mais popular, o cara que todas as garotas querem... bem, você sabe.
— Bem, eu o conheço de raspão.
— Como assim?
— Eu estava dirigindo e raspei no carro dele. Desde então somos amigos...
— Sério? — Miren perguntou, arregalando os olhos.
— Para dizer a verdade, não — ele respondeu, sorrindo de novo. — Não tenho a menor ideia de quem seja Tom. Vim porque me convidaram.

Miren não conseguiu conter uma gargalhada. Depois, vendo para onde as coisas estavam caminhando, procurou com o olhar e não viu Tom nem Christine por perto.

— Não está ruim a festa — ela disse, tentando quebrar um silêncio de três segundos.

— Não, não está mesmo. Um brinde às boas festas?

Esse trocadilho bobo ecoou na cabeça de Miren, que estava quase decidida a ir embora.

— Mas acho que não vou ficar muito. Eu não sou muito de...

— De se divertir? — ele perguntou, confuso, arqueando as sobrancelhas e acentuando na testa umas linhas de expressão que costumavam deixá-lo mais atraente.

— De beber — Miren respondeu. — Em geral prefiro ler ou ficar em casa.

— Pois é, eu que o diga. Estudo literatura comparada. Passo o dia lendo sem parar os clássicos. Mas uma coisa não impede a outra. Eu gosto de me divertir. Assim como Bukowski gostava ou... enfim, todos os escritores.

— Você não é do jornalismo? — Miren olhou para ele surpresa, feliz por ele ter mencionado um dos seus autores favoritos, e prosseguiu: — "Encontre o que você ama e deixe que te mate."

— Bukowski também disse: "Algumas pessoas nunca cometem uma loucura. Que tipo de vida horrível devem viver?" — ele disse, sorrindo. — Eu me chamo Robert — continuou, batendo seu copo no de Miren, que estava sobre o balcão da cozinha.

— Miren. Muito prazer — ela respondeu com um sorriso e levantando o copo.

12.
Miren Triggs
1998

*A criatividade se esconde na rotina, e só quando cansada
é que foge dela, travestida de uma faísca que muda tudo.*

Comecei a explorar os arquivos que o prof. Schmoer me enviara por e-mail. Descobri que não continham apenas vídeos, mas também documentos, o B.O. assinado por Aaron Templeton, o pai, e a gravação do telefonema para o serviço de emergência. Parecia parte do relatório da investigação policial, ou pelo menos alguma coisa que o *Daily* havia obtido por conta própria.

Os arquivos de vídeo eram identificados por um código cujo padrão logo reconheci: indicava a rua, o número e a hora do início da gravação. Por exemplo, o primeiro se chamava BRDWY_36_1139.avi. Sem dúvida, se referia ao cruzamento da Broadway com a rua 36, perto da Herald Square, onde termina o desfile de Ação de Graças. Outro se chamava 35O_100_1210.avi, referindo-se à rua 35 Oeste e ao número 100. E assim em uns onze vídeos diferentes.

Abri o primeiro, sem saber o que ia encontrar nem o que devia procurar. Pelo que tinha lido, o desaparecimento de Kiera ocorrera por volta das 11h45, perto do cruzamento da Broadway com a rua 36; se a numeração dos arquivos estivesse correta, o que quer que fosse teria acontecido alguns minutos depois.

A primeira coisa que vi foram guarda-chuvas. Centenas deles, em toda parte. Não lembrava que tinha chovido naquele dia, mas isso complicava muito o que as câmeras de segurança podiam captar.

O vídeo tinha sido gravado de um ponto vários metros acima dos guarda-chuvas que aguardavam o desfile. O que se via na imagem era uma camada compacta de guarda-chuvas, um tapete de cores vivas tremendo e oscilando quadro a quadro; um pouco mais adiante, dava para ver o pessoal fantasiado de biscoito de gengibre desfilando no centro da rua. Do outro lado do cortejo havia muita gente protegida por capas e guarda-chuvas, esperando atrás de uma cerca de metal cinza. Acima delas reconheci o edifício Haier, no outro lado da calçada, e por isso não foi difícil me localizar. A câmera havia registrado a cena com uma foto a cada dois segundos, de maneira que havia grandes lacunas entre uma imagem e a seguinte.

No centro da tela se destacava um guarda-chuva claro, imóvel, cercado de muitos outros de cor preta nas proximidades da câmera. Fiz o vídeo avançar várias vezes, convencida de que toda a gravação ia ser assim. Descobri que o que mudava era só a composição de cores do tapete de náilon, e aos poucos os biscoitos de gengibre se transformavam em *majorettes*. Procurei a Mary Poppins que distribuía balões na esquina com a rua 36, mas a câmera não estava apontando naquela direção.

Notei uma *majorette* se aproximar da cerca mais próxima à câmera. Ela permaneceu ali por alguns fotogramas, como se estivesse falando com a pessoa que segurava o guarda-chuva branco. Vi uns seis minutos completos da gravação, tentando detectar alguma coisa para além do que a câmera permitia: gestos, mudanças de posição dos guarda-chuvas, a velocidade com que se moviam, mas não aconteceu nada digno de nota. Então de repente um homem correu entre aqueles guarda-chuvas até o ponto onde a *majorette* havia parado minutos antes. A seguir seu guarda-chuva sumiu, imagino que deve ter caído no chão nos segundos que se passaram entre um fotograma e o seguinte, e me deparei com o rosto de Grace Templeton, a mãe de Kiera.

A imagem não era lá muito nítida, mas intuí em seu rosto uma expressão de incredulidade. No próximo quadro sua expressão era de terror absoluto. Aaron Templeton apareceu a seu lado, e tive a impressão de que lhe dizia alguma coisa. Depois, eles já estavam alguns metros mais à direita, entre dois guarda-chuvas verdes, e a seguir desapareceram do enquadramento da câmera.

Meu estômago se contraiu. Não dava para imaginar o que eles devem ter sentido naquele momento. Decidi ver aquelas cenas outra vez para conferir se não tinha perdido alguma coisa, mas não extraí nada de novo.

Abri um documento com extensão .pdf e vi que se tratava de um relatório de internação no Centro Hospitalar Bellevue com os dados de Grace Templeton. Aparentemente ela tivera uma forte crise de ansiedade e fora levada para lá de ambulância. O horário de entrada registrado era 12h50, portanto não devia fazer muito tempo que Kiera tinha desaparecido. No relatório constavam o número do seguro social de Grace, seu endereço em Dyker Heights e o número de telefone da pessoa de contato: Aaron Templeton.

Anotei os demais nomes dos arquivos de vídeo e fui procurar a casa num mapa da cidade que eu sabia que estava em algum lugar. Quando enfim o encontrei, marquei os pontos exatos em que se situavam as câmeras que fizeram as gravações. Eu não sabia por que tinham se concentrado tanto na rua 35: parecia haver uma dezena de gravações de diferentes pontos dessa rua, feitas nos minutos anteriores e seguintes ao desaparecimento. Tudo parecia indicar que a investigação estava avançando naquele local, e fiz um círculo no mapa que abrangia a rua inteira.

Num dos e-mails, outro arquivo me chamou a atenção. Era um documento com extensão .jpg que levei alguns segundos para identificar.

Era uma foto na qual se via um montinho de roupas jogadas num piso de mármore bege. Também se viam pequenas mechas de cabelo castanho. Essa imagem me perturbou. Será que tinham encontrado um cadáver e ainda não haviam comunicado à imprensa? Havia algo mais na investigação que não fora divulgado? Na época em que o caso começou, a morbidez em torno desse tipo de assunto era bem menor do que é hoje. A informação que vazava era sempre a correta e a mais importante para ajudar na busca, mas essa realidade estava prestes a mudar para sempre. O caso Kiera seria a pedra angular em que se basearia o jornalismo dos anos seguintes, e esse movimento foi iniciado pelo *Press* daquele dia, que estava ao lado do computador. De vez em quando eu desviava a vista para a foto de capa do jornal, que parecia me olhar de volta, sussurrando: "Você não vai me encontrar".

Passei as horas seguintes abrindo arquivos de vídeo e analisando as imagens, mas não consegui descobrir nada de relevante. Na verdade, não havia nada que pudesse apontar para algum indício ou esclarecer alguma coisa. Era como se o material que o professor me enviara tivesse sido selecionado com o intuito de desviar a atenção, ou como se a pessoa da polícia que havia passado aquele pacote ao *Daily* estivesse reservando a bomba para mais tarde.

Espiei o relógio, eram quase três da manhã. Tinha marcado com um "x" no mapa os pontos onde as câmeras não pareciam dar nenhuma pista. Já tinha visto as gravações de duas delicatessens com pessoas passando na frente da loja, mas nada além disso. E também as gravações de um supermercado que só registravam o interior do estabelecimento, onde nada de relevante estava acontecendo, e as de uma Pronto Pizza que tinha acabado de abrir na esquina da Broadway com a rua 36.

Um dos arquivos de vídeo tinha um formato um pouco diferente. Chamava cam_4_34_penn.avi, e pelo título não adivinhei seu conteúdo. Quando o baixei, demorei alguns instantes para entender a imagem, que se movia com mais fluidez que nos vídeos anteriores, mas em compensação tinha uma qualidade muito inferior. A lente parecia desfocada, dando à gravação uma névoa translúcida difícil de atravessar. Na cena em preto e branco se via a plataforma de uma estação de metrô com várias pessoas esperando a chegada do trem. A duração do vídeo era de dois minutos e quarenta e cinco segundos, e eu não esperava encontrar nada de relevante numa gravação tão curta. Uma senhora com um chapéu de Papai Noel estava em pé junto a uma das colunas de ferro, dois homens de terno conversavam ao fundo, um morador de rua aparecia deitado ao lado de um banco situado três colunas depois da mulher. Havia vários outros grupos esperando o metrô, mas aquela câmera só conseguia enquadrar suas pernas no topo da imagem.

De repente o trem chegou, fazendo a câmera vibrar com a frenagem. Nesse momento também entrou no plano uma família de meia-idade com um garotinho de calça branca e casaco escuro, e contei um total de dezesseis passageiros saindo do vagão que aparecia no centro da imagem. Depois, tanto a família quanto as mulheres e os homens embarcaram. Quando o metrô deixou a estação, as pessoas tinham desaparecido e só ficou o morador de rua, olhando o vazio, como se nada houvesse acontecido.

13.
26 DE NOVEMBRO DE 1998

*Só ao perder uma peça é que se percebe que
o quebra-cabeça não faz mais sentido.*

Aaron passou as horas seguintes perambulando por aquela área, procurando por toda parte e, ao mesmo tempo, em lugar nenhum. Cada vez que via uma família com uma criança pequena, ia correndo para ver se não era Kiera. Mais tarde algumas testemunhas disseram à polícia que tinham visto Aaron desesperado, gritando e gritando enquanto toda a cidade parecia ignorá-lo. Os inspetores do Departamento de Polícia de Nova York também vasculharam todos os cantos da cidade, deitando-se no chão para olhar sob veículos, abrindo portões na esperança de encontrar a menina desamparada. Mas à medida que as horas passavam e a noite tomava conta da cidade, as vitrines e os postes foram se acendendo, um a um, como se tentassem neutralizar a escuridão em que mergulhava Aaron, que já não conseguia emitir nada além de um sussurro imperceptível e dilacerado.

À uma da madrugada, um policial o encontrou, no cruzamento da rua 42 com a 7, deitado ao lado de um hidrante e chorando convulsivamente. Já não sabia mais onde procurar. Tinha percorrido a cidade, correndo e gritando, de um lado a outro, da rua 28 até a 42. Vez por outra voltava à esquina da rua 36, no meio do caminho, onde tudo havia acontecido. Tinha procurado nos parques daquela área, tinha gritado o nome de Kiera nas entradas do metrô, tinha implorado a um deus em que não acreditava e feito um pacto com demônios que nem sequer existiam. Nada funcionou, como costuma acontecer no mundo real, onde as vidas se truncam e os sonhos nos golpeiam sem o menor pudor.

Já finalizando a operação montada para a transmissão do desfile da Macy's, um repórter da CBS que ouvira o alerta emitido pelo rádio da polícia gravou Aaron correndo de um lado para o outro, destroçado. No dia seguinte, aquela imagem abriria o noticiário da manhã. Um locutor, num tom de voz mecânico e sem emoção, leu a notícia: "Desde ontem está sendo procurada a menina Kiera Templeton, de três anos, que desapareceu no centro de Manhattan durante o desfile de Ação de Graças. Se alguém viu alguma coisa ou tem alguma pista, favor entrar em contato com Amber, o serviço de alerta de menores desaparecidos, cujo telefone aparece na tela". Em seguida, e sem alterar o tom de voz nem a expressão facial, começou a falar de um engarrafamento na Ponte do Brooklyn devido a umas obras na outra margem do rio East. Nesse momento, as redações de todos os meios de comunicação da cidade começaram a procurar imagens daquele pai destroçado, pondo em ação o maquinário do sensacionalismo.

Aaron olhou o celular e viu várias chamadas de um número desconhecido, enquanto o policial o ajudava a se levantar.

— Alô?

— Aqui é do Hospital Bellevue. Nós tivemos que trazer sua esposa para cá por causa do quadro de ansiedade que ela apresentava. Ela está estável há algumas horas e quer ter alta. Alô? Está me ouvindo?

Aaron só tinha escutado a primeira frase. À sua frente estava o policial que lhe havia mostrado as roupas de Kiera na porta do número 225. Não lembrava o nome dele, mas sua expressão séria destruiu todas as suas esperanças. O inspetor Alistair lhe fez um gesto com a cabeça, balançando-a de um lado para o outro, que Aaron interpretou como a mensagem criptografada mais dolorosa que poderia receber.

E chorou.

Não parou de chorar enquanto vários policiais o faziam entrar num carro com as sirenes ligadas. Eles tinham se oferecido para levá-lo ao hospital, prometendo que todas as unidades disponíveis ficariam na área, vasculhando cada trecho. No caminho, Aaron ficou olhando para as sombras à procura da filha, que imaginava ver em cada esquina. No hospital, acompanharam-no em silêncio até o final de um corredor comprido, onde Grace estava em pé à sua espera. Ao ver que Kiera não estava com ele, correu em sua direção gritando "Minha filha, minha filha!", e o eco daqueles berros reverberou em todo o prédio, berros que ficariam gravados para sempre na memória de enfermeiros, pacientes e médicos, que entenderam que a dor daqueles pais era a coisa mais trágica que já tinham ouvido. Eles estavam acostumados com a morte, a lidar com doenças, a testemunhar processos lentos que consumiam aos poucos a vida de alguém, mas não com aquela situação. Aproximando-se de Aaron, Grace deu vários socos em seu peito, e ele os recebeu sem sentir dor, porque já se sentia morto, já estava completamente afundado dentro de si mesmo. Com o rosto cheio de lágrimas e sem dizer uma palavra, esperou enquanto Grace gritava e o culpava até não ter mais fôlego.

14.
27 DE NOVEMBRO DE 2003
Cinco anos após o desaparecimento de Kiera

*Muitas vezes a esperança só precisa
de um fio para se segurar.*

Grace, Aaron e Miren aguardavam impacientes a chegada de Benjamin Miller, responsável pela investigação na época em que Kiera desaparecera, em 1998. Miller só chegou duas horas depois. Aaron teve que telefonar várias vezes para o único número que tinha dele, e em todas as vezes a secretária o deixava alguns minutos ouvindo uma melodia desesperante e depois desligava sem mais nem menos. Foi só na quinta tentativa que a mulher enfim ouviu com atenção as palavras que Aaron lhe dizia:

— É Kiera! Está viva! Preciso falar com o inspetor Miller! Kiera está bem!
— Como é que é?
— Kiera Templeton, a minha filha, está viva! — repetiu, já gritando ao telefone.
— Olha... sr. Templeton... não podemos reabrir o seu caso agora... Não apareceu nada de novo, e o inspetor Miller deixou bem claro que não quer que eu passe mais telefonemas seus enquanto não houver pistas adicionais. Todo ano o senhor nos liga no Dia de Ação de Graças com alguma história. Devia procurar ajuda.
— Você não está entendendo... Kiera está viva! Nós a vimos! Em um vídeo! Recebemos uma fita. Ela está viva!

A secretária ficou alguns segundos em silêncio e depois disse:
— Um segundo, por favor.

Após alguns instantes, atendeu uma voz grave, falhando por causa da ligação.
— Sr. Templeton? É o senhor?
— Inspetor Miller, graças a Deus! Vocês têm que vir aqui. Deixaram em casa um pacote com uma fita de vídeo. Kiera aparece no vídeo.

— Uma gravação nova de alguma câmera de segurança? Já temos várias dos momentos subsequentes ao desaparecimento, e nenhuma nos levou a nada.
— Não. Não é uma gravação da rua. Foi feita de dentro de uma casa. E é Kiera. Agora. Com oito anos. Brincando num quarto.
— Como é que é?
— Kiera está viva! Ela não morreu. Kiera está viva! — Aaron gritou, eufórico.
— Tem certeza do que está dizendo? — o outro duvidou.
— É ela, inspetor. Eu não tenho a menor dúvida.
— Sua esposa concorda? Também acha que é ela?
— Venha ver com seus próprios olhos.
— Estou a caminho. Espere aí e não toquem mais na fita. Talvez... talvez haja mais alguma coisa nela.

Enquanto esperavam, Grace não parou de sorrir e de chorar de felicidade por ter visto Kiera brincando tranquila num quarto. Aaron se sentou à mesa da cozinha com um olhar perdido e lágrimas de alívio. Mas Miren ficou sem palavras. Tinha passado tanto tempo analisando pistas, entrevistando pessoas, havia lido tantas vezes o inquérito policial de mais de duas mil páginas sem encontrar nada, e aquela simples imagem da menina brincando parecia ser um teste para as suas forças.

No breve minuto que durava a gravação, via-se uma Kiera crescida, brincando com uma boneca numa casinha de madeira; então ela se levantava e deixava a boneca na cama. Momentos depois, após hesitar por alguns instantes, andava para o lado e encostava o ouvido em uma porta. Usava um vestido laranja que chegava à altura dos joelhos. A imagem dava a impressão de ter congelado, mas o cronômetro continuava avançando. Quando marcou trinta e cinco segundos, Kiera tirou a orelha da porta, como se aquilo tivesse sido um gesto inútil, e deu uns pulinhos até a janela. Ao chegar ali, abriu a cortina de voile branca e olhou para fora, de costas para a câmera.

No momento exato em que o cronômetro marcou o quinquagésimo sétimo segundo, Kiera se virou para a cama e, durante alguns fotogramas, olhou para a câmera com um rosto inexpressivo. Antes que se visse a menina voltar para pegar a boneca, o aparelho ejetou a fita e a tela foi preenchida outra vez com a neve que muito em breve iria inundar de ruído branco o mundo da família Templeton.

— Tem certeza que é ela? — Miren perguntou, sabendo a resposta. Ela vira centenas de fotos de Kiera em diferentes álbuns de família, e de fato a semelhança era evidente, apesar da diferença inevitável da menina desaparecida aos três anos.

— É a Kiera, Miren. Não está vendo? Olha o rostinho dela... pelo amor de Deus... Eu poderia reconhecer minha filha mesmo que tivessem passado cinquenta anos. É ela!

— É que a qualidade da gravação deixa muito a desejar. Talvez nós devêssemos...

— É ela! Não está vendo?! — Grace respondeu, ríspida.

Miren fez que sim, como se a irritação não tivesse sido com ela, e foi esperar do lado de fora. Acendeu um cigarro e viu que a noite já tinha caído. Tirou o telefone do bolso e ligou para a redação, desculpando-se por não ter chegado a tempo de terminar o artigo em que estivera trabalhando.

Depois reparou nas outras casas, em cujos telhados várias famílias haviam pendurado luzes de Natal. Pensou que devia ser difícil para os Templeton ver como o Natal, com sua felicidade desmesurada e seus reencontros com as pessoas queridas, agora os rodeava com milhares de luzinhas apontando para a única casa que não as acendia. Num mundo iluminado, uma área sombria é um sinal. A casa dos Templeton era a única da rua que parecia não aderir àquele desperdício de eletricidade, e também, visivelmente, a que menos gastava com jardineiro, bastava ver a grama ressecada. Lembrou da primeira vez que visitara aquela casa, pouco depois de começar a investigar por conta própria, e que a primeira coisa que chamara sua atenção fora o gramado impecável. Lembrou também de sua impressão de estar numa casa abastada, com um carro bom estacionado na porta e, para completar a imagem familiar perfeita, a bandeirinha sobre a caixa de correio. Agora, tudo aquilo tinha virado fumaça, a dor conquistara cada recanto, tingindo de cinza não só a fachada, o jardim e as janelas, mas também a alma de seus moradores.

Pouco depois, surgiu no final da rua um Pontiac cinza com as luzes acesas. Desceu do carro um homem de uns cinquenta anos, de terno, gravata verde e gabardina cinza.

— Não posso dizer que esteja feliz em revê-la — o inspetor Miller disse.

Miren apagou o cigarro e devolveu o cumprimento arqueando as sobrancelhas.

— Isso é mesmo sério? — o policial perguntou, antes de entrar.

— Parece que sim — ela respondeu, seca.

Aaron saiu para recebê-lo e agradeceu.

— Obrigado por vir — disse, ofegante.

— Minha mulher me espera, o peru já está no forno. Espero que seja importante — disse Miller, tentando justificar que a visita seria breve.

Entraram. Grace estava na cozinha, e o policial foi lhe dar um abraço.

— Como vai, sra. Templeton?

— O senhor precisa ver a fita. É Kiera. Está viva.

— Como a fita chegou aqui?

— Estava na caixa de correio, naquele envelope — disse Grace, apontando para a mesa. O policial examinou o número escrito com marcador na superfície.

— Vocês tocaram nele?

Grace fez que sim e fez uma careta de culpa.

— Onde está a fita?

— No videocassete.

A fita sobressaía alguns centímetros da entrada do compartimento, mostrando a sua frente preta, onde costuma estar o adesivo com o título. Na tela, a neve dançava e se refletia nos olhos de todos.

O policial tirou uma caneta do bolso e com ela empurrou a fita para dentro. Grace apertou um botão para rebobinar. Alguns segundos depois, ouviu-se um clique, e Kiera apareceu outra vez na tela, com oito anos, inocente, brincando com sua boneca, deixando-a na cama, escutando na porta, olhando pela janela. Quando se virou para a câmera, a imagem parou, e o aparelho ejetou a fita como se nada tivesse acontecido.

— É ela? — o policial perguntou, sério. — Vocês a reconhecem?

Grace confirmou, tremendo.

— Tem certeza?

— Absoluta. É Kiera.

O policial suspirou e sentou. Depois de alguns instantes, disse:

— Você não pode publicar isto — dirigia-se a Miren, que estava sob o arco da porta da cozinha. — Não podemos deixar essa história se transformar de novo no circo que foi.

— Dou minha palavra — ela respondeu. — Mas só se vocês reabrirem o caso.

— Reabrir? Ainda não sabemos o que é isso. É só a gravação de uma menina que... convenhamos, pode ser qualquer garota que se pareça um pouco com Kiera.

— Está falando sério? — Aaron perguntou.

— Não posso mobilizar recursos para isso, sr. Templeton. É tudo muito vago. Uma fita que aparece do nada, cinco anos depois... É tudo tão bizarro que o escritório do FBI não vai aprovar. O senhor sabe quantas crianças desaparecem por ano? Sabe quantos casos temos em aberto?

— Inspetor, o que faria se fosse sua filha? Diga, o que faria? — Aaron protestou, levantando a voz. — Diga. Se a sua filha de três anos tivesse sido sequestrada por um desgraçado, e anos depois, na data do aniversário da menina, o senhor recebesse um vídeo em que ela aparece brincando como se nada tivesse acontecido, como se sentiria? Como se sentiria se lhe tirassem o que mais ama no mundo e, anos depois, viessem esfregar na sua cara que ela está muito bem sem o senhor?

O inspetor Miller não sabia o que responder.

— Nós só temos esta gravação e a palavra de vocês. Vai me custar horrores convencer meus superiores. Não posso prometer nada.

— É Kiera... inspetor — Miren disse. — Você sabe perfeitamente que é ela.

— Como pode ter tanta certeza?

— Porque quando eu me levanto de manhã, esse rosto é a primeira coisa que vejo.

15.
MIREN TRIGGS
1998

A verdade é mais esquiva que o engano, mas bate com mais força quando se abaixa a guarda.

Na manhã seguinte, o despertador tocou mais cedo do que meu corpo gostaria. Eu tinha ido me deitar muito tarde, examinando os arquivos que o prof. Schmoer me mandara, e tentei tomar um café com baunilha que tinha trazido da Starbucks. Em seguida fui a uma loja de celulares e comprei um Nokia 5110 preto, me parecia ser o telefone que todo mundo usava, num pacote que incluía cinquenta mensagens e sessenta minutos de ligações gratuitas. Depois fui a pé até o fórum. Fazia um dia esplêndido. Na entrada, uma policial simpática me pediu que deixasse o telefone numa bandeja.

— Não é permitido o ingresso com celular — ela disse, e com isso meu mais recente acesso ao mundo digital saiu das minhas mãos apenas quinze minutos depois de estar em meu poder.

— Já prepararam a informação que pedi há duas semanas? — perguntei à secretária judicial, que praguejou quando me viu. Era uma mulher afro-americana de uns quarenta anos muito parecida com a mãe de Steve Urkel em *Family Matters*.

— Você, de novo?

— É um direito, sabe? A Lei Megan obriga as autoridades a disponibilizar a lista de agressores sexuais do estado, com informação sobre os endereços e fotos atualizadas.

— Nosso site ainda não está pronto. Você sabe. É a internet. Essa coisa que todo mundo comenta.

— Você me disse a mesma coisa há duas semanas. Não pode negar meus direitos. É uma lei federal, sabia?

— Estamos trabalhando nisso, acredite. É que tem pedidos demais.

— Tantos assim?
— Você nem imagina — ela disse.
— Posso dar uma olhada eu mesma?
— Nos arquivos dos criminosos sexuais? Nem de brincadeira.
— Que parte você não entendeu de que essas informações têm de ser públicas?
— Certo, está bem — concordou por fim. — Espere aqui, por favor.

A secretária judicial saiu por um corredor e voltou pouco depois. Enquanto isso, aproveitei para ir à recepção pegar o telefone e ligar para minha mãe, com a intenção de passar o meu novo número. Como ela não atendeu, devolvi o telefone e voltei.

— Moça, venha comigo, por favor. Vou levá-la aos arquivos.

Descemos para o subsolo, onde um homem de gravata e camisa de manga curta lia o jornal. Quando nos cumprimentou, parecia surpreso por ver um visitante ali.

— Bom dia, Paul. Tudo bem? A garota veio por causa da Lei Megan.
— Agressores sexuais? Estamos até aqui dessas coisas. O material ainda está sendo digitalizado, afinal... são trinta anos de crimes. É trabalho que não acaba mais.

Apertei sua mão com um sorriso falso.

— Bem, então vamos ver... assine aqui e aqui — ele disse. — É uma declaração de que você não vai usar as informações que obtiver para assediar, perseguir ou fazer justiça com as próprias mãos. E que, se fizer, sofrerá as punições cabíveis.
— Claro — respondi. — Com certeza. Mesmo os criminosos têm direitos, não?

Atravessamos um longo corredor de azulejos amarelos iluminado por lâmpadas fluorescentes e Paul parou em frente a uma porta.

— Esta seção tem tudo o que estamos digitalizando. Agressores do nível um ao três — ele disse antes de abrir a porta e me mostrar um labirinto gigantesco de prateleiras de metal repletas de caixas de papelão. — Na internet deve haver um pouco menos de informação, mas é nisso que estamos trabalhando agora — continuou. — Talvez daqui a uns anos vamos ter tudo pronto e resumido, mas... sabe, o Natal está chegando e... quem vai querer ficar clicando em arquivos numa tela de computador?
— Tudo isso aqui? Está brincando, não?

Ele balançou a cabeça e franziu os lábios.

— Naquelas três prateleiras estão os arquivos dos anos setenta até o início dos oitenta. As outras duas avançam em grupos de cinco. Como vê, é tudo muito intuitivo. As caixas com etiquetas amarelas contêm os de nível três, os mais perigosos: estupradores, assassinos, pedófilos reincidentes. O resto... são assediadores e abusadores de nível mais baixo.

Engoli em seco.

Alguns anos antes havia ocorrido o estupro e o assassinato de Megan Hanka, uma menina de oito anos, cometido por um pedófilo reincidente que era vizinho da família. Os pais da menina alegaram que se soubessem que o vizinho era um agressor sexual não a deixariam brincar sozinha nos arredores. O caso chocou o país, que aprovou em pouco tempo, não sem controvérsias, uma lei federal obrigando as autoridades a disponibilizar ao público a lista de agressores sexuais em liberdade, com fotos, endereços atualizados e perfil das vítimas, com o objetivo de informar a população sobre predadores em potencial. Era questão de saber quem morava perto de sua casa. Mas a implantação da lei ainda era incipiente em Nova York, e esse registro público e facilmente acessível ia demorar para funcionar de verdade; naquele momento, só havia aquela sala cheia de arquivos em que alguém podia se perder durante horas.

— Se precisar de mais alguma coisa, é só pedir. Estou na recepção.

Paul saiu e me deixou sozinha, cercada de caixas com cheiro de violência sexual.

Peguei a primeira e me surpreendi com seu peso. Podia conter mais de duzentas pastas de papelão amarelo. Puxei o primeiro arquivo e senti náuseas no mesmo instante. A foto no canto superior direito era de um homem branco na casa dos sessenta anos, com o olhar perdido e a barba por fazer. A ficha dele consistia em um simples formulário preenchido à mão. Meus olhos pararam de imediato no campo intitulado "Condenado por": abuso sexual de criança menor de seis anos.

Fechei o arquivo. Não era o que eu estava procurando, e preferi não parar para pensar o que faria com aquele filho da puta. Passei várias horas indo de um arquivo para outro, checando fotos e lendo o que encontrava. O país estava podre. Quer dizer, os homens estavam podres. Em meio a quase quinhentos arquivos, só vi seis mulheres. O que elas fizeram me repugnava tanto quanto as atrocidades cometidas por homens, mas ficou evidente que agressões sexuais são uma coisa masculina. Alguns acumulavam um histórico crescente de crimes: um assédio, um abuso, um estupro, um estupro com assassinato. Outros apresentavam um comportamento repetitivo que parecia patológico: fixação doentia por um tipo de menina, com cabelo semelhante, sempre da mesma altura e da mesma faixa etária, e iam piorando com o passar do tempo, mesmo após pagarem pelos primeiros crimes cometidos, vinte ou trinta anos antes. Mas o que mais me chocava eram os casos, na verdade a maioria, em que o agressor e a vítima pertenciam à mesma família. Os expedientes detalhavam o perfil dos abusadores, e não era incomum ler nas descrições que se tratava de um "parente de primeiro ou de segundo grau" da vítima.

— Que filhos da puta — exclamei em voz alta.

Saí para perguntar a Paul até que horas eu podia ficar. O trabalho que me esperava ia levar muito mais tempo do que eu tinha imaginado. Podia ficar até as seis da tarde, tudo bem. Resolvi comer alguma coisa por ali e depois voltar; enquanto esperava a comida, usei meu celular novo para ligar para o segundo e último número que sabia de cor:

— Quem é? — o prof. Schmoer respondeu do outro lado da linha.
— Professor? Está me ouvindo? É a Miren.
— Miren. Conseguiu ver o material que mandei?
— Sim... quer dizer, não todo. Mas obrigada.
— Acho que quanto mais olhos examinarem isso... melhor. E tenho a impressão de que os seus estarão entre os mais atentos. Sei que você é diferente. Talvez essa história ainda não tenha acabado.
— Obrigada, professor. Mas como assim, acabado?
— De onde você está me ligando? Sua voz está indo e voltando.
— Do meu celular novo.
— Pois o sinal é uma porcaria.
— Ótimo. Custou mais de duzentos dólares. É que eu gosto de jogar dinheiro fora.

Ele fez uma pausa, sério.
— Imagino que esteja me ligando por causa das notícias.
— Ainda não vi o jornal. Vocês publicaram a transcrição do telefonema para o serviço de emergência?
— Publicamos, mas ninguém leu.
— Como assim?
— Isso mesmo... ninguém leu. Esse telefonema não importa, Miren. Ninguém se interessa por isso — ele disse. Devia estar na rua, ouvia-se um som de carros ao fundo. — É coisa do passado. O *Press*... bem, você ainda não soube? Em que mundo você vive?
— Estou no fórum, tratando de um assunto pessoal — respondi, me desculpando.
— Que assunto pessoal? Você está com alguma pendência? Pegaram algum culpado por... bom, por aquilo? Devia ter me avisado, eu iria com você.
— Não, não. Estou pesquisando nos arquivos por conta própria.

O professor suspirou e depois disse, numa espécie de lamento:
— Tudo bem... Se precisar de alguma ajuda nisso me avise, está bem?
— Certo. Por enquanto estou me virando bem por aqui, sério — menti.
— Ok. Você ainda não sabe mesmo?
— De quê?
— Espie o *Press* de hoje. É incrível. Não sei como eles fazem, mas...
— O que aconteceu?

Fiquei inquieta. Aquilo estava me matando.

— Leia a primeira página do *Press*, depois me telefone de novo. — E desligou.
— O que houve? — perguntei, mas ele não estava mais na linha.

Perguntei ao garçom se tinha um exemplar do *Manhattan Press* daquele dia, mas ele disse que não. Antes de deixar o telefone na recepção, liguei outra vez para os meus pais, de novo ninguém atendeu. Do que o professor estava falando?

Esperei a comida, um espaguete à carbonara que custava 7,95 dólares incluindo o refrigerante, e comi às pressas para sair rápido e comprar o jornal. Aquele restaurante era uma espelunca decadente com as paredes cheias de espelhos, cuja principal clientela eram os criminosos e seus parentes que passavam a manhã no fórum. Olhei para a parede ao lado de onde tinha me sentado e vi o rosto de Kiera no reflexo da televisão. Olhei para o outro lado, mas não consegui identificar onde estava a tela real naquele labirinto de espelhos.

— Dá para aumentar o volume? — pedi ao garçom.

Alguns segundos depois, o rosto de Kiera desapareceu e foi substituído por um homem sério, branco, de uns cinquenta anos e cabelos grisalhos, de quem eu nada sabia até aquele momento; na legenda que acompanhava a imagem e percorria a tela da direita para a esquerda pude ler: PRINCIPAL SUSPEITO É PRESO.

Quando o garçom enfim aumentou o volume, ouvi a apresentadora terminar a frase e logo passar para outro assunto:

— ... casado e pai de dois filhos, é o principal suspeito do sequestro da doce e pequena Kiera Templeton. Já foi detido e está à disposição da Justiça.

16.
NOVA YORK
12 DE OUTUBRO DE 1997
Um ano antes do desaparecimento de Kiera

Falar de dor é sinal de força; não fazê-lo é sinal de coragem, porque, quando nos calamos, as coisas ficam lá dentro, lutando contra nós.

Miren não sabia bem o que tinha acontecido, mas de alguma forma estava abraçada à Robert, um pouco tonta, sentada num banco do parque Morningside sob um poste cuja lâmpada incandescente piscava, prestes a queimar.

— Para... por favor — ela sussurrou, meio atordoada.

— Ora... não vem se fazer de difícil agora.

Robert continuou a beijá-la, e ela fechou os olhos para não vomitar. Tudo girava à sua volta, não conseguia se localizar entre os lampejos do poste que iluminavam de forma intermitente a sombra do homem que estava sobre ela. Não lembrava ter bebido tanto para ficar daquele jeito. Talvez não estivesse acostumada ao álcool, já que nunca bebia, mas aquela sensação era muito angustiante.

— Por favor, PARA! — gritou, empurrando-o.

— Você é idiota? O que há de errado com você?

— Eu não posso... não me sinto bem — respondeu, distante.

De repente sentiu o ar gelado de Nova York nas suas coxas, e quando olhou para baixo ficou horrorizada ao descobrir que seu vestido estava enrolado até a barriga e a calcinha, rasgada e pendurada numa das pernas.

— Por favor... para — repetiu. Mas Robert não prestou atenção e meteu suas enormes mãos na virilha dela. Miren tentou resistir com as poucas forças que tinha, mas não conseguiu se desvencilhar dele, que movia a mão de maneira ritmada.

Ao longe, Miren ouviu uma voz masculina. Na verdade não uma, várias, intercaladas, e com um último resquício de consciência gritou para que alguém a ouvisse. Nesse momento não sabia que isso era a pior coisa que poderia ter feito.

A seguir outras vozes se sucederam, algumas risadas, umas sombras viris que se intercalavam na escuridão cortada pela luz do poste a cada dois segundos. Ouviu Robert discutir com alguém. Depois vislumbrou o rapaz estirado no chão, inconsciente, com o rosto coberto de sangue. E diante de si viu três rostos cujos sorrisos eram a única coisa que brilhava em suas almas escuras. Uma braguilha se desabotoou. E depois outra. E a seguir talvez outra, ou quem sabe fosse a mesma.

Miren fechou os olhos e chorou desejando que o tempo passasse. Entendeu o que certa vez havia lido sobre Einstein, que o tempo é relativo. E de fato é, mas só na medida do sofrimento de cada um.

Depois de um tempo, não tinha ideia de quanto, acordou na escuridão do parque. Seu corpo doía, seu vestido estava rasgado na altura do peito. O batom tinha escorrido, a sombra que Christine lhe passara nos olhos estava borrada, desenhando em seu rosto o olhar mais triste de Nova York. A lâmpada tinha se apagado definitivamente e não se via nada alguns metros à frente. Olhou ao redor e levou alguns minutos para encontrar no chão a bolsinha onde só levava as chaves de casa. Estava entorpecida e tremia de frio. Nesse dia soprava um vento gelado vindo do oeste, e então lembrou que tinha levado para a festa um casaco de pele, que agora não via em lugar nenhum. Passou os braços em volta do corpo e tentou andar. Percebeu que tinha perdido um sapato e tirou o outro, que empunhou de forma instintiva como uma arma. Seus ossos doíam, todos eles. Sentia a cintura estalar toda vez que apoiava o pé direito nas pedrinhas do chão. Estava com os joelhos cheios de hematomas e uma forte ardência na virilha. Começou a chorar.

Andou por alguns minutos em meio à mais absoluta escuridão, até que por fim saiu do parque, pela escada da avenida Morningside no cruzamento com a rua 116. Estava perto de casa. Olhou para o pulso, seu relógio tinha sido roubado. Procurou na bolsa, a carteira também sumira.

A voz de um homem entrou mais uma vez em seus tímpanos, oferecendo ajuda:
— Tudo bem com você, mana? O que aconteceu?

Mas antes de poder identificar de onde vinha aquele som, Miren largou o sapato no chão e começou a correr. Estava assustada, parecia um coelho que tinha ouvido um tiro e agora temia que o próximo caçador o derrubasse. Olhou para todos os lados enquanto corria descalça; quando enfim chegou à entrada de seu edifício, tinha um gosto de sangue na boca. Subiu as escadas se apoiando no corrimão e sentiu um fio fino e morno escorrendo por sua coxa. Olhou para baixo, era sangue. Continuava chorando, quase em silêncio, para que ninguém a descobrisse, com medo de que algum outro cara a visse assim e se convidasse para a festa de seu corpo, agora destroçado em mil pedaços.

Levou um tempo para acertar a chave no buraco da fechadura. Não conseguia interromper o tremor das mãos, o chaveiro chacoalhava como uma cascavel ameaçada. Engoliu em seco e, quando enfim entrou em casa, bateu a porta atrás de si e se jogou contra ela, gritando e gritando com toda a energia que lhe restava.

Depois olhou para o telefone na mesinha de canto ao lado do sofá. Rastejou pelo chão, chorando e ofegando sem parar, e pegou o aparelho. Esperou alguns segundos até que ouviu do outro lado da linha uma voz feminina num tom sonolento:

— Alô? Quem está ligando a essa hora?

— Me ajuda, mãe — Miren sussurrou, soluçando.

17.
26 DE NOVEMBRO DE 1998

Pode-se esconder uma cicatriz enorme na pele, mas é impossível fazer o mesmo com um simples corte na alma.

O inspetor Alistair ficou algum tempo por ali, sem se fazer notar, quando a mãe e o pai de Kiera desabaram abraçados no hospital, pensando em tudo o que poderiam ter feito de diferente naquele dia para que a filha ainda estivesse com eles. Grace lembrou que, prestes a sair de casa, viu que chovia e aventou que talvez fosse melhor não ir ao desfile. Nas últimas semanas, Kiera tivera um resfriado leve; ela receou uma possível recaída, mas a dúvida se dissipou ao notar a alegria da menina, pronta para ver seu primeiro desfile de Ação de Graças. Depois veio à sua mente a lembrança de que nesse dia Kiera estava meio aborrecida porque tinham acabado os cereais Lucky Charms, seus favoritos, e a mãe a obrigara a comer uma marca mais saudável e menos colorida. A mente de Aaron tentava revisitar cada momento daquela manhã, cada gesto de Kiera, cada instante em que ele poderia ter mudado o curso dos acontecimentos, e havia tantas decisões capazes de evitar aquele infortúnio. Então lembrou que na noite anterior tinha chegado tarde do trabalho e, como Kiera já estava dormindo, não pôde brincar com ela nem ler uma história como fazia quase sempre na hora de dormir. O desaparecimento de Kiera havia acionado um mecanismo de autodestruição na mente de ambos, e os dois procuravam algo que pudesse machucá-los em cada atitude que tinham tomado. Os momentos perdidos, os beijos não dados, os dias de trabalho, as reprimendas.

— Sr. e sra. Templeton... — o inspetor Alistair disse —, sei que é difícil ir para casa, mas confiem em nós. Vamos encontrar Kiera. Todas as unidades disponíveis estão na área recolhendo informações das câmeras de segurança que registraram alguma coisa.

— Mas... a roupa... o cabelo... Alguém a levou — disse Aaron, ainda sem saber se devia mesmo soltar essa bomba perto da esposa, que ainda não estava sabendo.

— Cabelo? Do que você está falando? — Grace perguntou, surpresa.

O inspetor Alistair apertou os lábios. Não estava acostumado a dizer coisas pesadas como aquelas que teria de dizer agora àqueles pais, e tentou medir as palavras.

— É sobre isso que queríamos falar com vocês. Neste momento não descartamos nenhuma linha de investigação, e por isso o FBI vai entrar em ação. Precisamos que respondam a algumas perguntas do inspetor Miller, da Unidade de Pessoas Desaparecidas do FBI, que está esperando para saber onde pode conversar com vocês.

— O FBI? Claro. Tudo o que for preciso para encontrar Kiera. Onde ele está?

— Vocês terão de ir à delegacia para registrar a ocorrência. Que tal falar com ele lá? Tenho certeza de que vai ajudá-los. É um dos melhores.

O inspetor Alistair levou Grace e Aaron à delegacia do distrito Sul, e eram cerca de três da madrugada quando chegaram. O lugar estava deserto. Só havia meia dúzia de policiais com rostos cansados e olhos vermelhos. Mas o subsolo, em contrapartida, estava cheio de gente: havia uns trinta presos, em sua maioria batedores de carteira e ladrõezinhos de segunda, que teriam que comparecer ao tribunal na manhã seguinte. Aaron e Grace sentaram diante de uma mesa e prestaram depoimento ao inspetor Alistair, que parecia mais interessado em passar o tempo enquanto o FBI não chegava do que em saber mais detalhes. Não queria mexer na ferida.

Segundo disse o inspetor Alistair no relatório policial, a mãe e o pai ficaram na esquina da Broadway com a rua 36 com a menina entre 9h45 e 11h45; nesse momento, Aaron se afastou da esposa para buscar um balão para a filha. Foram nesses minutos imediatamente posteriores que ela desapareceu. Aaron indicou como potenciais testemunhas uma mulher vestida de Mary Poppins e todas as pessoas que estavam nos arredores. Fez um esforço mental para ver se recordava algum rosto, mas foi em vão. Eram todos desconhecidos para ele e, àquela hora da noite e depois de todo o estresse do dia, era impossível que aqueles rostos pudessem estar gravados em sua mente. Grace mencionou uma família que estava por perto e tinha um menino da idade de Kiera. Só lembrou deles porque imaginou Michael, o filho que estava esperando, com a idade do garotinho e ficou comovida. Depois ela disse que uma *majorette* tinha vindo brincar com Kiera, porque achou graça no sorriso da menina e na sua alegria. Aaron confirmou cada uma dessas lembranças da esposa, e então Grace declarou que não estava presente quando a confusão aconteceu, o que deixou o marido desconcertado.

O inspetor Alistair terminou de escrever e pediu uma fotografia de Kiera. Aaron tinha na carteira uma três por quatro na qual a menina parecia olhar para a câmera com cara de surpresa. Essa imagem era a mesma que, uma semana depois, o *Press* publicaria na capa e se espalharia pelo país com a manchete: "Você viu Kiera Templeton?".

O inspetor Miller chegou no momento em que Aaron estava assinando o depoimento e cumprimentou os dois com a pergunta "Sr. e sra. Templeton?", que parecia sair de suas entranhas. Tinha uma voz profunda e rouca, mas quando eles se viraram encontraram um rosto gentil.

— É o inspetor do FBI?

— Inspetor Benjamin Miller, Departamento de Pessoas Desaparecidas. Sinto muito pelo que aconteceu a vocês. Montamos uma equipe especial para o caso e já estamos trabalhando para encontrar sua filha. Não se preocupem. Ela vai aparecer.

— Acha que alguém a sequestrou? — Aaron perguntou, realmente preocupado.

— Vamos ser honestos, sr. e sra. Templeton. Não vou amenizar a situação, porque isso faria mais mal do que bem. O FBI só se envolve em casos assim quando existe a possibilidade de sequestro. Precisamos que fiquem em casa, para que possam atender alguma ligação pedindo resgate. É um caso de alto risco e... os sequestradores vão tentar entrar em contato de alguma forma.

— Um resgate? Pelo amor de Deus... — Grace pôs as mãos na frente da boca.

— Não seria a primeira vez que... bem, que acontece algo assim. Ao que parece, é mais comum aqui do que em outros países. Vocês têm algum inimigo? Alguém que queira prejudicá-los? Têm meios para pagar um possível resgate?

— Inimigo? Dinheiro? Eu sou gerente de uma seguradora! Assino contratos de seguro — Aaron respondeu, exasperado. — É... um trabalho normal e comum.

— Alguém a quem você tenha recusado uma apólice recentemente?

Grace olhou para Aaron como que o acusando.

— O que foi? Vai querer me culpar pelo que aconteceu?

— Seu trabalho, Aaron. Foi por causa do seu maldito trabalho. Todas aquelas pessoas... toda aquela gente desamparada — sentenciou, irada. — Com certeza...

— Meu trabalho não tem nada a ver com isso, Grace — ele cortou. — Como você pode insinuar uma coisa dessas? É claro que às vezes recuso alguma apólice, inspetor, mas a decisão não é minha. Sempre vem de cima. São parâmetros, sabe? Se o cliente não tem renda suficiente, não podemos aceitar. Que hotel permitiria a entrada de um hóspede conhecido por destruir os quartos?! — respondeu, alterado.

— Não estou criticando o seu trabalho, sr. Templeton. Mas há uma realidade que não se pode negar: seu trabalho tem o potencial de criar inimigos. E em casos desse tipo... É possível que alguém queira fazer algum mal a vocês. Por vingança pessoal ou por alguma questão econômica.

Grace suspirou e apertou os lábios.

— Vamos precisar de uma lista dos clientes a quem recusou uma apólice ou a cobertura de algum tratamento nos últimos anos — o inspetor Miller decretou, anotando alguma coisa num pedaço de papel.

— Eu avisei, Aaron. E você sempre se gabando dos seus malditos índices de rentabilidade. Como foi capaz de...

— Pode conseguir a lista? — o inspetor Miller insistiu, tentando liquidar o assunto.

Aaron fez que sim, depois engoliu em seco para tentar dissolver o nó que tinha se formado em sua garganta e não o deixava respirar.

— De todo modo, temos agora todas as frentes abertas. Se não houver notícias até amanhã, pensem em espalhar cartazes e chamar um pouco de atenção para o caso. Talvez alguém tenha visto alguma coisa.

Grace assentiu com a cabeça e confiou nas palavras do inspetor Miller, que ela achou ser a única pessoa ali que parecia ter controle da situação.

— Por favor, encontrem logo a minha filha — implorou.

— Ela vai aparecer. Na maioria das vezes esses casos são resolvidos nas primeiras vinte e quatro horas. Por enquanto só passaram... — Fez uma pausa e olhou para o relógio. — Catorze, se não me engano. Faltam dez, e aqui nesta cidade, com tantos olhos em toda parte, isso é mais do que suficiente.

18.
27 DE NOVEMBRO DE 2010
Doze anos após o desaparecimento de Kiera

*Ao cavar entre minhas ruínas, só encontrei
os escombros da minha alma.*

A campainha tocou estridente no fim do corredor e interrompeu o silêncio que sufocava a vida naquela casa. Uma fina camada de poeira tinha coberto tudo, e a atmosfera era tão plúmbea que parecia que as cinzas de um incêndio haviam sido a causa daquele estado triste e deprimente. Mas não se tratava disso. As fotografias emolduradas sobre a mesa de mogno da sala estavam reluzentes, como se os porta-retratos fossem polidos todos os dias. Eram a única coisa que brilhava naquele cômodo. Nas imagens se via um casal jovem e feliz: ele com não mais que trinta anos; ela, um pouco menos. Em outras fotos, o mesmo casal aparecia ao lado de uma menina sorridente de uns três anos, de cabelo castanho e olhos verdes. Em todas as imagens a menina ria, mostrando seus dentinhos de leite com uma falha bem no meio.

A campainha tocou de novo, dessa vez por mais tempo, e Grace Templeton se levantou da mesa da cozinha e foi até a porta. Talvez fosse preguiça, talvez desesperança, mas aqueles passos já não tinham a mesma velocidade de antes. Era 27 de novembro, e o telefonema do marido tinha despertado seus medos mais primários.

Grace tinha acordado com uma mistura sombria de sentimentos: expectativa, esperança, desgosto, tristeza e desespero. Cada um deles provocado pelo mesmo desfile que todos os anos lhe recordava sua desgraça. Ela pousou a mão envelhecida na maçaneta e, quando abriu a porta, tremendo, se deparou com um homem de uns cinquenta anos, barbudo e de expressão preocupada.

Os dois se entreolharam em silêncio, e ela abaixou os olhos para ver as mãos do homem, que trazia um envelope acolchoado.

— Onde estava desta vez? — Grace perguntou, inquieta, com a voz cansada.

— Na caixa de correio da nossa antiga casa, como da primeira vez. Os Swaghat me ligaram. Já avisei o Miller, ele está vindo. Pediu que esperemos por ele.

— Outra vez no dia do aniversário dela, Aaron. Como aconteceu com a primeira fita. Que diabo eles querem? Por que fazem isso conosco? — disse.

Aaron continuava inexpressivo. Sua dor era tão profunda que ele já não se importava mais.

— Eu já tinha tirado o bolo da geladeira, antes de... saber que havia chegado outra fita. Comprei naquela confeitaria que vimos quando estávamos passeando no Central Park. Eles fizeram um belo trabalho. Decoraram o bolo com umas florezinhas de laranjeira feitas de fondant.

— Grace... por favor, quer parar de transformar o aniversário de Kiera em uma festa? Eu trouxe uma fita nova. Por favor... desta vez não. Todo ano nos vemos no dia do aniversário dela, mas... hoje tem uma fita nova. São emoções demais. Eu prefiro... assistir e pronto, não é melhor? Esta é a quarta fita. Quero vê-la e depois chorar tranquilo.

— O bolo é a única coisa que me impede de enlouquecer, Aaron. Não tire isso de mim também. Você já me fez sofrer bastante, não acha?

Ele respondeu com um suspiro. Grace foi para a cozinha e pouco depois voltou com uma caixa branca nas mãos. Foi para a sala de jantar; quando Aaron a alcançou, ela já estava abrindo a embalagem e tirando o bolo.

— Não é lindo? Kiera iria adorar.

— Com certeza, Grace — ele respondeu, sussurrando.

— O que você está esperando? — ela perguntou, enquanto procurava os fósforos numa gaveta de madeira cheia de caixinhas. — Desta vez o número é quinze. Um e cinco.

Grace foi para outro cômodo e voltou com duas velas. Aaron ficou imóvel, observando a ex-mulher se mover de um lado para o outro e teve que conter as lágrimas para não desabar na frente dela.

— Quer um milk-shake de chocolate? — Grace perguntou.

— Também avisei a Miren — Aaron disse. — Acho importante ela estar aqui. Talvez haja algo novo nesta fita, pode ser útil que ela veja.

Grace saiu e logo depois voltou para a sala, sem mudar de atitude.

— De chocolate ou baunilha? O bolo é de cenoura com recheio de creme.

— Você me ouviu? Eu avisei a Miren. Ela já deve estar chegando.

— Baunilha, então — Grace decidiu, fingindo não escutar e começando a despejar a bebida num copo.

— Grace, por favor. Talvez ela veja alguma coisa diferente na fita. Tenha esperança. Ela é boa nisso, de verdade. É o mais perto que chegaremos de...

De repente, uma taça de cristal se espatifou contra a parede, bem atrás de Aaron, que não teve tempo para se abaixar.

— Nem por cima do meu cadáver. Entendeu? Ligue para ela agora e diga que nem pense em vir aqui. Não aguento mais essa imprensa querendo meter o bedelho em tudo.

Aaron suspirou. A cada ano esse dia ficava mais difícil. Na superfície, Grace parecia se comportar normalmente. Sorria, conversava e só mencionava o desaparecimento de Kiera muito de vez em quando. Mas, com Aaron, era o único assunto possível. Havia anos que os dois tinham parado de falar de outras coisas. Quando estavam juntos, só existia aquilo que não tinham ao seu lado: Kiera.

— Está bem. Vou escrever dizendo que foi um alarme falso. Depois mostro a fita.

Grace fez que sim, com os olhos já cheios de lágrimas.

Aaron mandou uma mensagem para Miren: "Não venha. Grace não quer te ver".

Miren parecia não ter lido essa mensagem, nem as anteriores em que ele falava daquela quarta fita.

— Vamos começar de uma vez? — Grace perguntou, já ligando uma televisão de vinte e seis polegadas que estava na frente da mesa da cozinha, em um móvel de metal, em cuja parte de baixo havia um videocassete Sony VHS prateado, uma antiguidade que ainda funcionava por empenho pessoal de Grace e Aaron. Eles o haviam comprado em 1997, quando Kiera estava com dois anos, para que ela visse uma coleção de filmes infantis que tinha ganhado no Natal. Seu filme favorito era *Mary Poppins*, que Aaron passou a odiar, com suas canções, sua retidão e sua correção — e sua maldita felicidade. Quando pensava em Kiera, vinha-lhe à cabeça a imagem de Mary Poppins oferecendo um balão à menina; se não fosse isso, Kiera ainda estaria com eles.

Aaron abriu o envelope com um número quatro escrito na frente e despejou na mesa o conteúdo: uma fita VHS marca TDK de cento e vinte minutos com uma etiqueta branca onde se lia, em letra manuscrita: KIERA.

Grace teve que sentar. Naquele dia havia acordado feliz, pensando que dessa vez ia suportar bem o choque emocional do aniversário de Kiera, mas a ligação de Aaron falando de uma nova fita tinha destruído em um segundo toda a sua firmeza.

— Você está bem? — Aaron perguntou, prestes a cair no choro.

Ela fez que sim sem muita convicção. Bebeu um gole de água.

— Vamos começar, por favor.

Aaron tirou do bolso um par de luvas de látex branco e as calçou. Depois pegou a fita com muita delicadeza e a inseriu com suavidade no videocassete. A seguir sentou à mesa, atrás do bolo e ao lado da ex-mulher. Grace riscou um fósforo e acendeu as velas com os números um e cinco, que iluminaram com sua luz morna as florezinhas de cor laranja que enfeitavam o bolo. Os dois se deram as mãos.

Era o único momento em que se permitiam uma trégua. Todo ano eles se encontravam no dia do aniversário da filha para assistir à última fita que tinham. Depois conversavam um pouco e se despediam. Mas dessa vez era diferente. Estavam com uma fita nova, e talvez nenhum deles estivesse preparado para o acúmulo de emoções no mesmo dia: o aniversário da filha e a possibilidade de vê-la de novo após vários anos.

Os dois se entreolharam, fecharam os olhos e choraram. Ficaram em silêncio, até que de repente começaram a cantar "Parabéns pra você". Ao final, sopraram as velas.

— O que você pediu desta vez? — Aaron perguntou à ex-esposa.

— O mesmo que todos os anos. Que ela esteja bem.

Aaron assentiu com a cabeça.

— E você?

— O mesmo que todos os anos. Que ela volte para casa.

Grace soltou um suspiro e encostou a cabeça no ombro de Aaron. Ele pegou o controle remoto da televisão e ligou o aparelho, fazendo a neve branca e preta dançar na tela. Aumentou o volume, e se ouviu o ruído branco. Aquela velha televisão de tubo não sintonizava nenhum canal. Era uma Phillips preta de vinte e seis polegadas em formato quatro por três. Uma relíquia que também tinha uma entrada direta para o reprodutor de vídeo VHS e continuava a funcionar bem, apesar dos anos e dos golpes que Aaron lhe dera na noite da primeira fita. No canto superior direito da caixa de plástico havia duas rachaduras, resultado de uma queda daquela mesma mesa em que estava agora. Pegou o outro controle remoto e ligou o videocassete. A tela ficou totalmente preta, mostrando os reflexos de Aaron e Grace olhando de forma melancólica para o aparelho. Pouco depois, apareceu no canto direito um contador de segundos congelado em 00:00.

Grace apertou a mão de Aaron enquanto observava o contador que começava a avançar. Instantes depois, que para eles pareceram uma eternidade, quando o marcador só estava em 00:02, a tela preta foi substituída por um quarto idêntico ao que Grace esperava, mas com uma diferença que gelou seus corações.

— O que é isso? — Grace gritou.

Na imagem, gravada lateralmente de cima, se via um quarto com as paredes forradas por um padrão de flores laranja que se repetiam contra um fundo azul-marinho. Num lado havia uma cama de solteiro com uma colcha laranja que combinava com as flores das paredes. No outro, umas folhas de papel, cadernos e uma caneta em cima de uma escrivaninha de madeira, diante da qual havia uma cadeira que parecia mais de cozinha que de escritório. As cortinas de voile brancas, no centro da tela, não se mexiam.

— Onde está Kiera? — Grace perguntou. Aaron estava imóvel.

Eles esperavam vê-la a qualquer momento, como sempre. Nas três fitas anteriores, Kiera sempre estava presente, em cada uma alguns anos mais velha. O marcador dos segundos continuava a avançar, implacável, diante da incredulidade de ambos.

— Não! Deve ter algum erro — Grace gritou. — Onde está a minha filha?

Bateram na porta, mas eles estavam absortos, olhando para a imagem daquele quarto vazio, sem nenhum vestígio de Kiera, perplexos.

Quando o contador chegou a 00:59, a imagem congelou e na mesma hora o aparelho ejetou a fita. A tela ficou azul por um momento, depois passou para a neve da televisão sem sinal, com pintas brancas e pretas dançando de um lado para o outro.

— Não! — gritaram ao mesmo tempo, sentindo que Kiera desaparecera de novo.

19.
28 DE NOVEMBRO DE 2003
Cinco anos após o desaparecimento de Kiera

*Existe algo mais poderoso do que a
esperança de encontrar o que se procura?*

O inspetor Miller concordou em reabrir o caso, com a condição de que Miren não publicasse nada durante uma semana; depois ela faria um breve resumo do assunto, para não prejudicar a investigação nem expor seu ponto de vista em um primeiro artigo que marcaria o ritmo e o tom da imprensa para os acontecimentos que se seguiram.

A fita caiu como uma bomba no escritório do FBI em Nova York. Vários inspetores se ofereceram para ajudar a esclarecer a origem do vídeo, analisando fotograma por fotograma. Fizeram cópias, a fita original foi desmontada para análise de vestígios incriminatórios e da banda magnética. Também passou por escrutínio o pacote em que a fita havia sido entregue. Não tinha selo nem havia sido postado em nenhuma agência de correio, portanto alguém devia tê-lo deixado pessoalmente na caixa de correio de Grace.

Uma equipe foi até o bairro dos Templeton perguntar aos vizinhos se, na véspera, tinham visto alguém andando perto da casa, mas todos declararam que havia apenas crianças brincando na rua, já que era feriado. Nenhum sinal de alguém suspeito.

Tanto a fita quanto a embalagem estavam coalhadas de impressões digitais de Grace. A fita era uma TDK de cento e vinte minutos, mas só tinha cinquenta e nove segundos gravados. Não havia nada em nenhum dos cento e dezenove minutos restantes. A fita era de uma marca e de uma duração muito comuns, ainda disponível em várias lojas espalhadas pela cidade apesar da chegada abrupta do DVD. Sabia-se que as fitas VHS estavam destinadas a desaparecer devido à sua qualidade limitada, sua duração e sobretudo sua durabilidade. Era inevitável que a carga magnética de uma fita fosse diminuindo até o material gravado desaparecer, em outra velocidade, mas da mesma forma que Kiera.

Com um compact disc, os novos formatos digitais permitiam aumentar o tempo da gravação e a qualidade da imagem e do som, além de introduzir elementos atraentes, como menu, material adicional ou uma seleção de cenas. Além disso, se bem preservados, os CDs podiam durar mais de cinquenta anos, entre duas e cinco vezes mais que uma fita VHS, em cujas gravações as cores já esmaeciam depois de alguns anos. Os arquivos digitais de um DVD também forneciam informação adicional sobre o tipo de gravador, a data em que o material havia sido produzido e por vezes até a localização de onde tinham sido gravados, escondida nos metadados Exif de cada arquivo copiado no disco. Mas essas informações inexistem numa fita cassete.

Não havia nada que permitisse descobrir, localizar ou determinar quando ou onde havia acontecido o que estava registrado. A única particularidade era que, assim como uma arma deixa uma marca única em cada bala que dispara, a partir da disposição das partículas magnéticas as fitas podiam ser analisadas para identificar em que aparelho haviam sido gravadas. Pelas marcas laterais da banda magnética, um especialista conseguiu identificar que a fita fora gravada em um equipamento Sanyo VCR de 1985: um defeito de fabricação já conhecido em uma de suas séries fazia com que seu cabeçote magnético, responsável por reorganizar as partículas para gravar a imagem e o som, deixasse um padrão contínuo no limite de cada fita. Entretanto, esse dado era de pouca utilidade, já que na época a Sanyo era uma das marcas líderes do mercado.

Ao longo daquela semana, uma equipe de caligrafia analisou a letra escrita no adesivo e o número um no envelope, e a única conclusão da análise química da tinta foi que aquilo tinha sido escrito à mão, com um marcador Sharpie, a marca mais vendida no país. A julgar pela pressão no papel e pela maneira como o autor mudava de direção nos vértices do A e do um, letra e número haviam sido escritos pela mesma pessoa. Quando chegou o relatório da perícia sobre as possíveis pistas fornecidas pela fita, três dias depois, Miller perdeu a esperança. A única impressão digital era de Grace. Os resultados da análise do envelope teriam que esperar até o final daquela manhã, mas o inspetor foi visitar a família Templeton para informar a respeito dos resultados inconclusivos.

Aaron e Grace estavam ansiosos por essa visita. Miller desceu do carro, olhou em volta e viu que o bairro transbordava de felicidade. Duas crianças andavam de bicicleta, ziguezagueando entre cones na calçada. Uma senhora regava as hortênsias em seu jardim, um senhor terminava de instalar em frente à cerca de sua casa uns Soldados Quebra-Nozes em tamanho natural. Aquele era o bairro do Natal, e o investigador engoliu em seco antes de se dirigir à única casa que parecia envolta em tristeza.

— Encontraram alguma coisa? — Aaron perguntou assim que o viu.

— Ainda é cedo. Por enquanto, vamos por partes. Estamos tentando extrair ouro desses cinquenta e nove segundos.

— Alguma impressão digital? Tem que haver alguma coisa.

— Na fita, não. Estamos esperando os resultados do envelope, mas não promete muito. Se esse indivíduo se preocupou em não deixar impressões digitais na fita, é difícil que tenha bobeado com o envelope.

— E as imagens? Não há nada que identifique onde está Kiera? — Grace suplicou.

— A qualidade da imagem é tão ruim que não dá para identificar o que se vê do outro lado das cortinas. Vai ser difícil descobrir onde ela está e com quem. Achamos que é uma casa, o tom verde atrás da cortina branca pode ser um jardim, mas... isso nos ajuda muito pouco. Nem a incidência de luz na sala colabora, porque não sabemos a que hora do dia foi feita a gravação para pelo menos tentar determinar a orientação, e quem sabe a latitude aproximada do local. Vai ser difícil encontrar alguma coisa. Sei que é cedo para dizer isso, mas se não encontrarmos mais nada, esse vídeo vai servir apenas para dizer que sua filha está bem, ainda que não se saiba onde ela está. Considerem isso uma... uma prova de vida.

— Como assim?

— Em casos de sequestro, as provas de vida são usadas para comprovar que o refém está bem, e depois o resgate é pago. Aqui seria a mesma coisa, se bem que... se bem que dessa vez não tenham pedido nada.

— Bom, então vamos ter que fazê-los pedir — Aaron disse, sério.

— Está pensando em falar com a mídia de novo?

— Por que não?

— A imprensa vai tumultuar nosso trabalho e... não gostaria que se repetisse o que aconteceu cinco anos atrás.

— Se isso ajudar a encontrar a minha filha, vou falar com eles. Não tenha dúvida.

— Uma pessoa morreu, sr. Templeton. Não se pode repetir esse tipo de coisa.

— Não foi minha culpa, inspetor. Não fui eu que acendi aquela chama.

20.
Miren Triggs
1998

Não dá para saber ao certo para onde leva o caminho que se toma no meio da noite.

Sempre me perguntei o que acontece com a alma de alguém que desaparece como se nunca tivesse existido. Durante anos brinquei com a ideia de descobrir a resposta. Talvez tenha sido por isso que decidi estudar jornalismo, foi o que me atraiu para esse mundo. Jornalistas investigam, não? O que os poderosos escondem, o que os políticos escondem, o que esconde alguém que prefere ocultar a verdade. Fuçar esconderijos ocultos atrás da história a ser contada, dos enigmas, dos personagens. O intuito é procurar e encontrar.

Quando criança, lia os livros de Sherlock Holmes para descobrir não o culpado, mas a verdade dos fatos. Na maioria das vezes me divertia tentando prever o desenrolar da história, mas a história sempre me surpreendia, e eu nunca descobria a resposta certa. O caso Kiera me atraiu desde o início porque, talvez, só talvez, parte de mim soubesse que não ia encontrá-la.

A imagem do homem preso me deixou contente. Eu tinha passado só uma noite pesquisando, mas de algum jeito já havia me envolvido muito. Talvez fosse seu olhar, porque vi nos olhos dela os meus, temerosos, surpresos diante da maldade do mundo.

O rosto do homem detido saiu na primeira página do *Press* daquele dia, com o título: "Ele também levou Kiera?". A matéria estava na página quatro, depois dos editoriais, e era uma longa reportagem que ocupava duas páginas. Contava que na noite anterior o homem, cujas iniciais eram J. F., tinha sido preso perto da Herald Square ao tentar sequestrar uma menina de sete anos. Segundo as testemunhas, ele havia pegado a menina pela mão e caminhado com ela ao longo da Broadway, rumo à Times Square, até que a menininha começou a gritar quando percebeu que seus pais não estavam por perto e que ela não conhecia o moço que tinha prometido levá-la até eles.

Ao ouvir os gritos, várias pessoas interpelaram o homem. Suas explicações não pareciam convincentes: ele alegou que havia encontrado a garota desorientada no meio da multidão, perdida dos pais, e resolveu levá-la à delegacia mais próxima, na esquina com a Times Square. A tensão provocada pelo desaparecimento de Kiera e a coincidência de ambos os episódios terem acontecido na mesma área alarmaram os transeuntes que ouviram os gritos. Segundo o jornal, no momento da reportagem ela já estava em segurança com os pais.

Os pais também foram entrevistados e agradeceram o trabalho de todos que ajudaram a deter aquele homem, além de alertarem aos familiares que ficassem atentos aos predadores sexuais. Pelo que li, a polícia foi rápida ao relacionar esse incidente ao desaparecimento de Kiera. O jornalista que assinava a matéria dizia que o fato tinha ocorrido uma semana depois, na mesma área, após o homem agora preso ter comprovado que seu modus operandi funcionava. Ele decerto fizera o mesmo com Kiera, só faltava confessar para enfim ser possível encontrá-la.

O que acabou confirmando as suspeitas, o texto concluía, foi que a polícia constatou que o suspeito tinha antecedentes, seu nome constava da lista de criminosos sexuais por um delito cometido vinte e seis anos antes, quando teve relações com uma menor.

Fechei o jornal, surpresa e contente porque o caso Kiera seria resolvido. Liguei de novo para o prof. Schmoer e ele atendeu no segundo toque.

— Imagino que já esteja sabendo — ele disse logo de cara.

— É uma bela notícia. Esse pessoal do *Press* é muito bom, você não pode negar.

— Acho que não posso mesmo. Eles fizeram um bom trabalho. Eu estou... sozinho nisso. Todo o meu departamento está analisando as contas das empresas do Nasdaq ou do Standard & Poor's 500, e eu sou o único que de vez em quando tenta caçar notícias um pouco mais... dolorosas, por assim dizer.

— Mas alguém tem que fazer isso, não?

— Sim, talvez você tenha razão. De todo modo, é uma notícia e tanto. E não se preocupe com o trabalho do curso. Você ainda pode escrever sobre o vazamento...

— Kiera ainda não foi encontrada, e eu ainda não terminei minha pesquisa. Posso relatar a evolução do caso até agora. Se bem que ainda há muito o que apurar.

— Muito bem, Miren. O melhor atributo de um jornalista investigativo é a tenacidade. A gente nasce ou não com isso. Não tem como treinar. A curiosidade é o que nos define, a vontade de botar as coisas em seu devido lugar, por mais difícil que seja.

— Eu sei. Você sempre repete isso na aula.

— É a única coisa que vale a pena aprender. Que esse trabalho é mais paixão que talento, mais perseverança e esforço que brilhantismo. Claro que tudo ajuda, mas, se você se entusiasma por um assunto, não consegue largá-lo enquanto não descobre a verdade.

— E a verdade é que Kiera ainda não apareceu.

— De fato — ele disse.

Achei ele meio estranho nessa conversa. Sua voz parecia trêmula, mas atribuí à péssima qualidade do som do meu telefone novo.

Desliguei e voltei ao fórum com um pretzel para Paul. Ele parecia um cara legal. O clássico burocrata que ninguém leva muito em conta, e me deu um pouco de pena vê-lo sozinho ali. O pretzel era de uma barraca de rua que sem dúvida os comprava na mesma fábrica que todas as outras.

— Assim você vai me deixar mal-acostumado — ele agradeceu, sorrindo. Continuava sentado diante da sua mesinha, e lhe pedi um favor antes de mergulhar de novo naquela sala coberta de sujeira.

— Você me ajudaria a encontrar uma coisa? — perguntei, simulando minha melhor cara de sofrimento.

— Claro. Pode contar comigo. Não tenho muito o que fazer além de empilhar essas pastas, mas não preciso fazer isso agora.

Sorri e pus em cima da mesa o *Press*, com o rosto de J. F. ocupando toda a página.

— Haveria um jeito de encontrar o arquivo dele no registro de criminosos sexuais?

— Se ele cometeu o crime no estado de Nova York, tem que estar aqui.

— E você me ajudaria a procurar?

— Como ele chama?

— Não sei. Segundo o artigo... J. F., e foi condenado vinte e seis anos atrás.

— Vou dar uma olhada.

Entramos na sala abarrotada de arquivos e eu continuei de onde havia parado. Enquanto isso ele começou a olhar as caixas da década de 1970. Em certo momento, quis saber o que eu estava procurando nos anos 1990, mas respondi de forma evasiva enquanto ia passando os arquivos de um lado para o outro depois de checar as fotos. Desde o que havia acontecido comigo no ano anterior, eu tinha dificuldade em ficar sozinha com um homem desconhecido. Havia deixado de confiar neles, e o conteúdo dessas caixas em nada ajudava a aliviar meus temores. Aquela situação, com Paul ao meu lado abrindo as caixas e verificando seu conteúdo, me deixava bastante tensa.

Mas pouco depois, eu o ouvi gritar:

— Achei! Está aqui! James Foster. J. F. Acusado de... relações sexuais consensuais com uma menor de idade em 1972.

— Consensuais?

— Humm, é o que parece. A idade da vítima era... onde está?
— Em "idade da vítima" — respondi, séria.
— Ah, sim. Dezessete anos, e na época ele tinha... dezoito.
— Como assim? Deve ser um engano...
— Ele é casado e mora em Dyker Heights com a esposa e dois filhos, de doze e treze anos.
— Tem certeza de que é a mesma pessoa? Em Dyker Heights?

Ele me mostrou o arquivo. Era a mesma pessoa. Pela foto, parecia um homem normal. Mas é difícil julgar pela aparência. Dava a impressão de ser um pai padrão, não parecia perigoso e não tinha um histórico claro de abuso infantil. Mas, segundo o que eu li naquelas páginas, nada disso importava. Esses caras sabem disfarçar, é o que fazem melhor. Muitos são juízes, médicos, policiais, professores ou padres e têm uma fachada tão impecável que ninguém os reconhece se não forem pegos no ato. Mesmo nesses casos, sua aparência comum é desconcertante nos interrogatórios. Uma coisa repugnante.

— Tem mais alguma informação?
— Não sob o amparo da Lei Megan. Nesta sala você só pode consultar o resumo das condenações e os veredictos, que é o que vai estar disponível no registro digital.
— E não dá para conseguir o arquivo completo?
— Acho que não. É uma documentação particular, só o advogado dele pode ter acesso e... bem, o Estado.
— Certo — assenti.
— Você precisa de mais alguma coisa?
— Ficar sozinha — eu disse, dando um sorriso forçado. Essa resposta o pegou de surpresa. Depois me senti mal. Eu estava um pouco estressada com a presença dele e vi que tinha me excedido. Quando já ia sair da sala, meio chateado, eu lhe disse:
— Obrigada, Paul. E desculpa.

Ele fez um gesto de resignação e desapareceu pelo corredor, deixando-me sozinha. Eu me senti uma merda, no meio das pilhas de caixas que me rodeavam naquele lugar.

Continuei examinando o material dos anos 1990. Uma por uma, as caixas iam passando de um lado para o outro da mesa depois que eu as conferia, e a seguir voltavam às prateleiras para continuar acumulando poeira. Vi arquivos de criminosos sexuais violentos, de pessoas que se masturbaram em público e de estupradores da pior laia, mas havia alguma coisa em comum entre eles: eram homens de todos os estratos sociais e de todos os grupos étnicos. Eu já estava cansada, disposta a interromper a busca e voltar outro dia para continuar de onde havia parado, mas de repente um flash atingiu meu cérebro com a imagem da noite mais escura da minha memória. Aquela foto era inconfundível. A única lembrança indelével que eu tinha daqueles minutos. Diante dos meus olhos, vi o arquivo de um dos homens que tinha me estuprado no ano anterior.

21.
1998

*O tempo passa rápido quando não queremos,
e muito devagar quando precisamos que acelere.*

As dez horas seguintes transcorreram num piscar de olhos. Cada minuto sem notícias de Kiera era uma estocada pontiaguda no coração daqueles pais que, no dia seguinte, exatamente ao meio-dia, desabaram na sala diante de vários policiais que haviam permanecido lá para a eventualidade de alguém ligar pedindo resgate.

— Neste momento estamos interrogando todos os moradores e proprietários de imóveis no edifício número 225 da rua 35, onde foram encontradas as roupas de Kiera — disse o inspetor Miller, na manhã do segundo dia. — Também estamos percorrendo as lojas daquela área e pedindo cópias das gravações das câmeras de segurança dos arredores. Temos sorte, porque em Manhattan há mais de três mil câmeras funcionando em lojas, estações e prédios públicos. Se a pessoa que está com sua filha passou na frente de uma delas, vamos encontrá-la e prendê-la.

Era um discurso bonito, mas não ia ser tão fácil.

A maioria das câmeras ativas em 1998 consistia de pequenos sistemas de circuito fechado que regravavam várias vezes na mesma fita e, no melhor dos casos, ofereciam cerca de seis ou oito horas seguidas de gravação. Essas câmeras serviam, em última instância, para uma vigilância em tempo real com o intuito de desestimular roubos ou vandalismo. Eram poucos os casos em que ajudavam a encontrar culpados, mas o investigador preferiu omitir esse detalhe para reduzir o risco de ter que admitir que estavam tateando no escuro. De qualquer modo, contavam com esses registros, embora não esperassem muito deles.

A investigação também se concentrou em encontrar uma das poucas pessoas que havia presenciado o desaparecimento: uma atriz contratada para distribuir balões entre as crianças que estavam perto do local em que o desfile seria encerrado. O FBI entrou em contato com o centro comercial Macy's, cuja direção lhe deu acesso a todos os seus arquivos, câmeras de segurança e contratos, e se dispôs a colaborar em tudo o que estivesse ao seu alcance para encontrar a empresa responsável pela contratação do pessoal, em especial aquela garota fantasiada de Mary Poppins.

Pouco depois das quatro da tarde, uma jovenzinha de aspecto frágil se apresentou no escritório do FBI, na Baixa Manhattan, disposta a dar seu testemunho aos inspetores. Mas esse depoimento foi mais um, entre os muitos que eles ouviram, que não esclareceu nada nem representou um ponto de inflexão no caso. A mocinha confirmou que tinha visto a menina, a qual ela identificou por uma fotografia em que ela aparecia sorridente ao lado do pai. Contou que houve um pequeno tumulto e depois o pai voltou desesperado perguntando pela filha. Logo ela começou a gritar também, assim como várias pessoas na multidão, e depois não conseguiu ver mais nada. Os policiais colheram suas impressões digitais e a mandaram para casa. Essa versão batia perfeitamente com a de Aaron, que naquele exato momento, com um grupo de voluntários formado por vizinhos e colegas de trabalho, colava cartazes com a foto da filha no centro de Nova York.

À meia-noite do segundo dia, o rosto de Kiera já estava em toda parte, afixado em postes e cabines telefônicas, barracas de cachorro-quente, lixeiras, na porta de cada lanchonete e de cada restaurante; enfim, já voava livremente pela cidade, como um lembrete da menina que estava se tornando o maior enigma do país. Os dias passavam rápido sem notícias, e a dor permanente dos pais, afundados no medo, era cada vez maior. Uma semana depois, os Estados Unidos acordaram com o rosto de Kiera na primeira página do *Manhattan Press* e a manchete: "Você viu Kiera Templeton?".

A matéria detalhava tudo o que tinha acontecido desde o desaparecimento e dava vários números de telefone para receber informações sobre o paradeiro da garota. Um desses números era de uma central telefônica meio rudimentar que Aaron e Grace tinham montado em casa, com terminais interligados sobre uma mesa em volta da qual quatro voluntários, vizinhos e amigos da vida inteira, atendiam e anotavam tudo o que ouviam.

Nesse dia entraram em parafuso. Chegaram pistas de todo o país: uma menina muito parecida com Kiera em Los Angeles brincando num parque, um cara suspeito andando perto de uma escola em Washington, uma lista interminável de placas de caminhonetes brancas em bairros operários que de repente pareciam estar estacionadas ali por vários dias, a adoção de uma menina em Nova Jersey por um casal de poucos recursos. Kiera estava em todos os lugares e ao mesmo tempo em nenhum. Tinha se tornado um fantasma que num instante percorria o país de ponta a ponta, uma menina que era adorada por todos e que ninguém conhecia. Nessa mesma noite algumas associações de crianças desaparecidas organizaram manifestações contra o aparente imobilismo das autoridades, que ainda não haviam se pronunciado sobre o assunto.

As ligações iam chegando em série à central telefônica, uma depois da outra, e cada uma agregava mais uma partícula de poeira ao manto de mistério que cobria tudo, de maneira imperceptível no início, mas dramática com o passar do tempo. Os primeiros minutos recebendo pistas deram lugar às primeiras horas; as primeiras horas deram lugar à noite, quando todo mundo parecia tê-la visto nas sombras.

Ao longo da jornada, Aaron e Grace tinham saído várias vezes para atender à imprensa, que se mostrava muito mais interessada no caso depois da matéria do *Press* daquele dia, e fizeram declarações a vários meios de comunicação com a intenção de dar novo impulso à busca pela filha. Mas à meia-noite estavam derrotados, sentados no sofá da sala, vislumbrando as luzes de Natal da vizinhança através das cortinas, ouvindo o som dos telefones que não paravam de tocar e traziam mensagens cada vez mais absurdas: um médium que oferecia seus serviços para falar com ela no além, um vidente que encontrava cadáveres com borra de café, um suposto escritor espanhol que alegava que a menina tinha sido vítima de uma seita clandestina.

Quando um Pontiac cinza parou na porta da casa, Aaron e Grace foram recebê-lo. Era o inspetor Miller.

— O que houve? Temos novidades?

— Acho que o pegamos, sr. e sra. Templeton — Miller suspirou.

— Vocês a encontraram?!

— Calma. Ainda não. Prendemos um suspeito, ainda está sendo interrogado.

— E ele está com Kiera? Onde?

— Ainda não sabemos de nada. Um homem tentou sequestrar uma menina ontem, bem perto de onde Kiera desapareceu. Nós não descartamos nenhuma hipótese, talvez a tenha levado também e ela esteja escondida em algum lugar. Ainda estamos verificando a versão que ele nos deu, não posso adiantar nada. Foram encontrados diversos objetos pessoais em um veículo, e queremos saber se algum deles é de Kiera.

O inspetor pegou um saco plástico transparente onde havia uma presilha de cabelo branca com purpurina. Quando Grace o viu, deixou escorrer uma lágrima, em parte de felicidade, em parte de tristeza.

— Ela tem muitas presilhas assim... — ela disse com dificuldade.

— Vocês acham que pode ser dela?

— Bem... não sei. Pode ser, sim.

— O senhor acha que esse homem está com Kiera? — irrompeu Aaron.

Miller não respondeu. Qualquer resposta precipitada podia se transformar em uma punhalada na alma daqueles pais.

— Quero ir até lá. Preciso ver o rosto dele — pediu Aaron, sentindo-se encorajado.

— Não, sr. Templeton. Não vai ser possível. Ainda é cedo.

— Eu preciso ver a cara desse filho da puta, inspetor. Não me negue isso!

— Ainda não temos certeza de que é ele.

— Por favor.

Miller olhou para Grace, depois voltou a encarar Aaron, que estava com um aspecto lamentável: barba por fazer, descuidada, olheiras escuras e profundas, olhos vermelhos e cheios de decepção. Vestia a mesma roupa havia vários dias.

— Não posso, Aaron, de verdade, eu não posso. Não vai fazer bem para você nem para a investigação. Estamos trabalhando a todo vapor. Fiquem aqui, e amanhã viremos informá-los de todos os progressos. Estamos lutando contra o relógio.

Aaron abraçou Grace e por um segundo ela sentiu o calor do marido. Ao longo de toda aquela semana ele parecia frio, seus afagos pareciam não significar nada, como se cada gesto de carinho fosse uma tentativa implícita de pedir perdão. Mas dessa vez tinha gosto de esperança. Talvez ele tenha agido daquele jeito porque é impossível sentir amor quando se está sofrendo: quando sua alma dói, seu coração só quer saber de achar os culpados por tudo o que acontece de ruim. Aquela notícia vinha aplicar um curativo sobre a ferida, como se pudesse curar o relacionamento e suturar os problemas que, misturados às acusações de culpa, haviam começado a surgir entre eles. Grace suspirou um pouco aliviada enquanto Miller se despedia. Os dois ficaram olhando as luzes vermelhas do veículo se afastar, pensando em como tinham deixado de se amar no momento exato em que Kiera havia desaparecido. Porque, se era inegável que a risada daquela menina, que ainda ecoava na mente dos dois, não era algo de que precisassem antes do seu nascimento, havia se tornado indispensável a partir do momento em que ela riu pela primeira vez.

— Eles vão encontrá-la — Aaron disse. — Em pouco tempo nós quatro vamos estar juntos de novo. — Quando acariciou a barriga da esposa, lembrou que a última vez que fizera o gesto fora momentos antes de Kiera desaparecer. — Como está Michael?

— Não sei... Faz uns dias que não o sinto se mexer.

22.
27 DE NOVEMBRO DE 2010
Doze anos após o desaparecimento de Kiera

*O pior de estar na escuridão é ver como se
consome a chama da última vela.*

O inspetor Miller chegou assim que pôde. Demorou porque não conseguiu escapar de um engarrafamento provocado por uma batida frontal entre dois carros na entrada do túnel Hugh L. Carey, que liga Manhattan ao Brooklyn. Telefonou ao escritório várias vezes para se desculpar por não ter ido e, quando enfim conseguiu avançar, depois de ficar parado por duas horas, viu um guindaste pesado removendo os restos dos veículos e duas ambulâncias fazendo o mesmo com três corpos. Vários paramédicos atendiam no chão alguns feridos em estado grave, vítimas do engavetamento.

Ele não estava acostumado a ver cadáveres recentes, e a imagem de um saco plástico sendo fechado revirou seu estômago. A maioria dos casos em que ele havia trabalhado tinham tido um final feliz, com as exceções em que os desaparecidos evaporavam para sempre, como se nunca tivessem existido. Muito de vez em quando, aparecia um cadáver semanas ou meses depois, em algum lugar perdido no meio do nada, já sem sangue, muitas vezes só os ossos. Estacionou no parque Prospect, em frente a um prédio de quatro andares com fachada de tijolinhos, onde Grace morava havia cinco anos.

— Como vão vocês? — ele perguntou assim que os viu.
— Você demorou, Ben. Onde estava? — Aaron abriu a porta nervoso.
— Houve um acidente feio na entrada do túnel e eu não podia ir nem para a frente nem para trás. Por que tanta urgência? Aconteceu alguma coisa?
— Desta vez é diferente, Ben — disse Aaron.
— O que houve?
— É a fita. Ela não está. Kiera — Grace interrompeu, muito inquieta.

— Como assim?

O inspetor não estava entendendo nada, mas manteve a calma. Olhou em volta e notou que o apartamento precisava de uma limpeza.

— Isso nunca tinha acontecido. Nunca! — Aaron gritou. — Recebemos três fitas durante esses anos e ela sempre aparecia. Mas agora... na quarta... ela não está. O quarto está vazio.

— Posso ver?

— Claro, a fita está no aparelho de videocassete — Grace respondeu.

Foram para a sala e rebobinaram a fita. Quando acabaram de ver, o inspetor pôs as mãos diante da boca, depois de constatar que era verdade o que Grace e Aaron diziam.

— Como chegou desta vez? Quem a entregou?

— Entregaram na casa. Na nossa antiga casa. Como a primeira.

Miller balançou a cabeça enquanto enumerava os fatos.

— Nas duas últimas vezes, a segunda fita apareceu em seu ex-escritório, Aaron, e a terceira no banco de um parque, certo?

Após o divórcio, em 2000, Grace morou por algum tempo na casa onde oficialmente se formara a família Templeton, mas em 2007 tiveram que alugá-la. Grace não suportava ficar sozinha, esperando ansiosamente um telefonema, qualquer pista ou informação. A dor tinha sido tão grande, e as acusações entre os dois tão constantes, que o relacionamento só se mantinha nos momentos em que ressurgia a esperança de encontrar Kiera. Mas essa ilusão só aparecia — e desaparecia poucas semanas depois — uma vez a cada tantos anos, em fitas que chegavam de forma aleatória. As luzes do bairro onde sempre haviam morado eram uma analogia de suas vidas, porque a tristeza não os deixava enfeitar nem iluminar a casa, enquanto todos os vizinhos, a despeito dos olhares de apoio que lhes davam de manhã, acendiam suas luzes festivas quando chegava a noite e esqueciam o sofrimento que morava na única casa daquela área cujo jardim não era habitado por renas, elfos e bonecos de neve feitos de polietileno.

A casa dos Templeton foi alugada para uma família indiana que tinha dois filhos e dois supermercados no centro da cidade. No dia em que assinaram o contrato, Aaron e Grace se despediram do casal ao som das risadas das duas crianças que brincavam e cantavam em hindi na sala. Os Swaghat prometeram que avisariam se chegasse alguma encomenda para eles. Com exceção do primeiro ano, a única correspondência dirigida aos Templeton entregue nesse endereço foram boletos da receita cobrando os impostos.

A primeira fita apareceu na caixa de correspondência no Dia de Ação de Graças de 2003, quando Grace ainda morava lá, mas as duas seguintes foram entregues em dois lugares diferentes. A segunda, enviada em 2007, passou uma semana inteira de agosto entre uns arbustos na entrada da companhia de seguros onde Aaron havia trabalhado. Uma ex-colega viu e logo telefonou para ele, pois lera a matéria de Miren Triggs publicada no *Manhattan Press* quando a primeira fita surgiu.

A terceira fita foi deixada em fevereiro de 2009, num banco do parque Prospect, no Brooklyn, mas o sem-teto que a encontrou só a entregou ao noticiário da CBS quase três dias depois — em troca de algumas centenas de dólares.

As três fitas de Kiera tinham se tornado um verdadeiro acontecimento. A terceira foi ao ar nos telejornais antes que os pais e a polícia a vissem ou a analisassem. Uma revista satírica local chegou a publicar uma vinheta, muito criticada, em que convidava os leitores a esquadrinhar o desenho de uma praia lotada de gente com a mensagem "Onde está a fita de Kiera?", numa alusão aos populares livros *Onde está Wally?*. Aquilo foi o limite do sensacionalismo, a gota d'água que fez Aaron e Grace decidirem se afastar dos holofotes para sempre.

A busca por Kiera, que no início unira metade do planeta, se transformou num espetáculo que pouco a pouco foi destroçando os pais enlutados. O estado de Nova York aprovou em regime de urgência uma lei proibindo a exibição e a divulgação de provas ligadas a investigações em andamento, para limitar o burburinho que o caso tinha provocado. A assim chamada Lei Kiera foi aprovada sem dificuldade em março de 2009, e a partir daquele momento serviu para modificar os procedimentos adotados nas investigações, mas às vezes também era invocada por políticos e empresários que queriam se proteger da mídia quando acusados de alguma irregularidade.

O público começou a criticar a lei por supostamente coibir a liberdade de informação, e pouco depois foi preciso reformulá-la para atenuar o clamor da imprensa, que exigia maior transparência nas investigações. Em meados de 2009 aprovaram uma nova lei, adaptada de uma lei anterior e agora rebatizada de Lei Kiera-Hume, o segundo nome em referência a uma empresária que denunciara o *Wall Street Daily* por expor publicamente as graves irregularidades em sua empresa, que estavam sendo investigadas pela Comissão Federal de Comércio, em relação a exames de sangue falsificados. A nova lei, em sua redação definitiva, não permitia que se divulgassem informações sobre investigações em andamento de delitos como sequestro, assassinato ou estupro, mas autorizava em casos de corrupção, fraude e outros delitos econômicos graves. Assim, se no futuro aparecesse uma nova fita, o circo da mídia seria evitado.

A cada fita que chegava, não se poupavam esforços para encontrar alguma pista que pudesse ajudar na investigação, mas todas as tentativas foram em vão: a polícia analisou impressões digitais, de DNA, procurou testemunhas e verificou as câmeras de segurança da área em busca de correspondências entre as gravações dos diferentes anos.

A segunda fita, de 2007, aquela encontrada no escritório da companhia de seguros onde Aaron havia trabalhado, pareceu abrir alguma porta. Havia câmeras de segurança na fachada e na esquina, que registraram a silhueta de uma mulher de cabelos cacheados se aproximando do prédio antes do amanhecer e deixando o envelope ao lado da entrada. Todas as câmeras da área foram analisadas, de caixas eletrônicos, supermercados e lojas, de acesso a túneis e rodovias, mas aquela silhueta não voltou a aparecer em nenhuma.

Na época, o inspetor Miller relatou os progressos da investigação à família Templeton e mostrou várias imagens da silhueta que aparecia na tela, mas isso só serviu para transformar o casal destroçado em duas almas penadas que viam sombras iguais àquela em cada pessoa com as quais se deparavam. O caso não avançou um milímetro, serviu apenas para reavivar a expectativa e a dor daqueles pais aflitos e aumentar o enorme vazio que tinham dentro de si. Com a primeira fita, em 2003, as emoções acabaram sendo mais fortes que das vezes posteriores, porque a esperança é uma faca sem cabo: a cada vez que você se corta dá mais medo de voltar a segurá-la.

— O que você acha que isso significa, Ben?
— Não sei, Grace. Mas pode ter sido a última fita que recebemos.

23.
MIREN TRIGGS
1998

E do que estamos sempre fugindo,
senão dos monstros do passado?

Saí do fórum já de noite, e me senti insegura assim que pus os pés na calçada. Quando entrei na rua Beaver, na Baixa Manhattan, cogitei por um segundo telefonar outra vez para o prof. Schmoer, que sempre estava disposto a me acompanhar até em casa, mas por algum motivo não liguei. Se, por um lado, já o tinha perdoado pela rejeição, por outro preferia não o encontrar. Eu estava longe demais de casa para ir andando, o metrô era a única opção. Como a estação mais próxima era a Wall Street, minha viagem ia levar uns bons quarenta e cinco minutos em direção ao norte, até a rua 116. Lá, era só andar um quarteirão e eu estaria em casa. Poderia parecer fácil, mas para mim não era.

Fui até a entrada do metrô, lutando contra o vento gélido que congelava meus cílios, e ao descer as escadas minhas inseguranças aumentaram. Dois garotos encostados na entrada, um de cada lado, protegiam-se do frio e falavam sobre beisebol ou basquete, ou sei lá o quê. Decidi ser corajosa, e quando passei entre os dois eles interromperam a conversa. Senti os olhos fixos em mim, as línguas passando pelos lábios na expectativa de pular em cima de uma presa, e acelerei para deixá-los para trás.

Aproveitei que um casal jovem estava passando pela catraca e os alcancei. Diminuí a velocidade e continuei andando ao lado deles, como se a presença de testemunhas de alguma forma fosse me salvar dos meus medos. Os dois garotos vieram em minha direção, e eu acelerei de novo até a plataforma da linha três, sentido Harlem. Os dois continuavam atrás de mim e me apontavam o dedo. Vislumbrei um olhar de cumplicidade entre eles e virei a cabeça em todas as direções, em busca de alguém que pudesse me ajudar.

Não.
Havia.
Ninguém.

Eu tinha que correr. Precisava sair de lá. Por um instante quis pular nos trilhos e me meter na escuridão do túnel, mas sabia que seria morte certa.

Não podia deixar aquilo acontecer de novo.

Olhei para cima, havia uma câmera de segurança apontando para onde eu estava. Se eu ficasse esperando o metrô parada ali, naquele exato lugar, pelo menos um segurança veria o que estava acontecendo e viria em meu auxílio.

Respirei fundo.

Umas colunas azuis, dispostas a poucos metros uma da outra, ladeavam a plataforma entre os dois trilhos; eu me encostei numa delas, de costas para os garotos, para que não me vissem e desistissem de mim.

— Ei! Você aí! — gritou um deles.

— Ei, garota! Por que está correndo? — perguntou o outro.

Ouvi suas vozes a menos de dez metros de distância. Constatei mais uma vez que podia ver a câmera de segurança: "Se você pode ver a câmera, ela pode ver você", pensei. Movimentei a boca várias vezes para formar a palavra "socorro", desejando que a pessoa do outro lado da tela, na guarita, viesse me salvar, mas aqueles segundos pareciam eternos. Eu me sentia sozinha e desamparada.

Outra vez.

Fechei os olhos, já ofegando, e voltei a ver as luzes dos postes piscando no parque, o rosto que tinha acabado de reconhecer em um documento do arquivo sorrindo para mim lá de cima, o calor do fio de sangue que senti entre as pernas quando cheguei em casa.

O som do metrô que se aproximava invadiu a estação. E quando já se ouvia o rangido das rodas freando sobre o aço dos trilhos, os garotos pararam ao meu lado.

— Você está bem? — um deles perguntou.

— Deixou cair isto. — O outro me estendeu a pasta que eu tinha acabado de roubar do fórum. Aquela com o nome do meu estuprador.

Levei alguns instantes para reagir, depois fiz que sim com a cabeça.

— Tem certeza que está bem? — insistiu ele, confuso.

— Eu... Está tudo bem, não foi nada — respondi, enquanto enxugava uma lágrima e pegava a pasta. — Acabei de discutir com o meu... chefe.

Um deles bufou; o outro sorriu e me confortou:

— Você vai arranjar outro emprego, não se preocupe. Esta é a cidade das oportunidades. Aqui só acontece coisa boa.

Não respondi. Como o metrô tinha acabado de parar e abrir as portas, aproveitei para me esgueirar para dentro e cortar aquela conversa.

Passei a viagem relendo o arquivo daquele sujeito. Jeremy Allen, divorciado (filho da puta). Acusado e condenado pelo abuso sexual de uma garota bêbada na saída de uma discoteca no Bronx. Idade da vítima: vinte e um anos, preta. Ele parecia gostar de mulheres indefesas. Pegou quatro meses de prisão e doze de serviços comunitários. Endereço atual: número 176 da rua 124 Oeste, quarto andar, em Nova York.

Aquele filho da puta morava a apenas dez quarteirões de mim.

Desci na rua 116 e, ainda da estação, liguei para casa. Por fim, minha mãe atendeu.

— Mãe? Já não era sem tempo. Estou ligando para você o dia todo.

— Ai, Miren. Sinto muito. Sua avó teve um acidente ao descer uma escada e passamos o dia no hospital.

— A vovó? E ela está bem?

— Bem, está com alguns hematomas no rosto e nas costas, e fraturou o rádio. Seu avô encontrou ela desmaiada no corredor do prédio. A sacola com as compras rasgou, ela perdeu o equilíbrio e rolou a escada. Você sabe como ela é. Só quer usar sacola de papel, por causa dessa história de meio ambiente.

— Mas por que ela continua fazendo compras? Por que ninguém ajuda? Vocês não podem contratar uma pessoa para dar uma mão?

— Contratar alguém? Seu avô não gosta de gente estranha em casa. Você sabe.

— Que diferença faz o que o vovô pensa? Ele diz isso porque não faz nada. E não precisa de ninguém para ajudar ele a coçar o saco.

— Miren, não fale assim. É seu avô.

— É um puta machista — defini, cortante.

— Ele cresceu em outra época, Miren. Foi educado assim. Os homens do passado eram educados para ser... enfim, homens.

— Homens? Desde quando ser desse jeito é coisa de homem? Ele cresceu sem TV em casa, mas agora tem uma. Acabou se adaptando muito bem ao que interessa.

Minha mãe suspirou. Ficava aborrecida quando eu falava assim do pai dela, mas eu não via meu avô da mesma forma que ela. Desde pequena, quando ia visitá-los, detestava ter que tirar a mesa enquanto meus primos podiam brincar. Uma vez reclamei, e a resposta dele foi:

— Menino não lava louça, Miren.

Minha avó aceitava aquilo, mas eu, embora admirasse os dois, ficava indignada.

— Estou ouvindo barulho aí onde você está, Miren. Comprou o celular?

— Comprei. Já estou usando.

— Pode me dar o número?

— Hmm... eu ainda não sei. Vejo isso assim que chegar em casa e te passo.

— Você está na rua a esta hora?! — ela perguntou, exaltada.

— Não é muito tarde, mãe.

— Sim, mas já está escuro. Você me ligou por causa disso, não foi?

O som dos meus passos na calçada se infiltrava na ligação. Muitos carros passavam em direções diferentes, e nas portarias quase sempre havia um grupo de homens conversando. Cada vez que eu passava ao lado de um deles, perguntava qualquer coisa à minha mãe, para que soubessem que eu estava ao telefone.

— É... — admiti. — Já estou chegando. Não queria... me sentir sozinha agora.

— Você sabe que pode me ligar sempre que quiser, né?

— Eu sei. Como está o papai?

— Falta muito para você chegar em casa?

— Dois minutos.

— Tudo bem. Ele está aqui, assistindo à TV. E você comprou a passagem para vir no fim de semana? Sua avó com certeza vai ficar animada.

— Andei muito ocupada. Vou fazer isso amanhã, sem falta.

— Está bem. Tem muita gente na rua?

— Bastante gente, não é um problema, mas prefiro continuar falando com você. Tem certeza de que não estou incomodando?

— Claro que não, querida. Me dá um segundo para apagar o fogo.

— O que você está preparando? — perguntei ao cruzar o último grupo de pessoas antes de chegar ao meu portão.

— Eu tinha posto umas salsichas para ferver, mas seu pai está fazendo sinal de que não quer jantar. Quer falar com ele?

— Não precisa. Já estou chegando.

— Que bom, filha.

— Cheguei.

— Mesmo?

— Sim. Estou abrindo a porta.

Então o som das minhas chaves ressoou na chamada, e senti minha mãe respirar mais tranquila.

— Eu te amo, filha.

— Eu te amo, mãe. Se você comprar o celular amanhã, me liga e eu já salvo o seu número no meu.

— Tudo bem. Prometo que amanhã compro um. Durma bem, querida.

— Mande um beijo para o papai.

— Certo.

Desliguei e entrei em casa, que me esperava com a escuridão típica do bairro onde eu morava. Dei meia-volta para trancar a porta, mas quando ia fechar uma voz masculina, emergindo das sombras da escada, sussurrou:

— Miren, espere. Sou eu.

24.
28 DE NOVEMBRO DE 2003
Cinco anos após o desaparecimento de Kiera

Às vezes a inocência joga no time da maldade.

Quando o telefone do inspetor Miller começou a tocar no bolso da calça, ele pediu licença a Aaron e Grace, que o olharam contrariados e esperançosos.

— Miller? — disse outro agente do outro lado da linha. — É o Collins, da perícia.

— É importante? Estou com a família — ele disse, saindo para a calçada.

— Encontramos cinco digitais no envelope. Mão direita completa.

— Sério? Isso é fantástico!

— Sim. Mas... calma. Você não vai acreditar.

— O que foi?

— São impressões digitais de uma criança.

— De uma criança?

— Isso mesmo. São pequenas, parecem ser da mão de uma criança de oito ou nove anos. A princípio pensamos até que podiam ser da própria Kiera.

— Sério? Acham que foi a própria Kiera quem entregou aquela fita?

— Deixe eu terminar. Primeiro pensamos que podiam ser da Kiera, mas descartamos essa ideia. Em 1999, um ano depois do desaparecimento dela, surgiu o Iafis, um sistema automático de identificação por impressão digital, e desde então nós simulamos a evolução do tamanho das impressões digitais dela que conseguimos obter. Nem a morfologia, nem as marcas do perímetro de nenhum dos dedos se encaixam. Essas impressões no envelope não são dela. Estamos aguardando a confirmação do Departamento Judicial de Análise de DNA, que está analisando o material, mas já adianto que descartamos a hipótese de serem da Kiera. São de outra criança. Talvez outra criança desaparecida. Estamos pesquisando no banco de dados à procura de alguma impressão correspondente, e já fizemos um rastreamento no registro de menores procurados desde 1990, e nada. Talvez o sequestrador de Kiera tenha outra criança em seu poder.

Miller ouvia com atenção, enquanto Aaron e Grace o observavam preocupados, tentando captar alguma pista ou um avanço mais palpável na investigação.

— Nós conversamos sobre isso aqui no escritório e pensamos que talvez seja possível — continuou, um pouco nervoso — pressionar o governo do estado... para lançar uma campanha de emissão de documentos de identidade nas escolas. Talvez assim possamos... bem, identificar as digitais no envelope.

— Mas pode acontecer de esse menino ou essa menina não tirar o documento de identidade, e nesse caso tanta confusão não iria adiantar nada, certo?

— Bem... só conseguimos pensar nisso. É a primeira vez que o principal culpado parece ser uma criança.

O inspetor respondeu com um suspiro.

— Não se preocupe, acho que... — interrompeu o que ia dizer e se virou, olhando de novo para a rua, com uma expressão de contrariedade. Observou uma mulher que tinha deixado suas hortênsias de lado e agora se dedicava a aparar as folhas soltas de uma sebe com uma tesoura de poda, os meninos que haviam largado suas bicicletas no chão e agora brincavam de força escrevendo com giz na calçada, o homem de meia-idade que foi buscar na caixa de correspondência um exemplar da *New Yorker* que tinha na capa uma ilustração do rosto de um famoso diretor de cinema que fora preso alguns meses antes. — ... Ligo para você mais tarde, Collins.

— O que está acontecendo? O que eles encontraram? — Aaron perguntou ao ver o inspetor Miller voltar.

Quando desligou, o inspetor ergueu a mão em direção aos pais, indicando que esperassem um segundo. Aaron pôs um braço sobre os ombros de Grace, e ela, por mais que tentasse evitar, ficou triste com aquele gesto. Depois viram Miller se dirigir ao vizinho e pedir a revista emprestada. O homem ficou observando o inspetor andar com a revista na mão em direção às crianças e se agachar até ficar da altura delas.

De onde Aaron e Grace estavam, não podiam ouvir o que ele dizia, mas viram que ele meteu a mão no bolso do paletó, tirou uma nota e a ofereceu aos meninos. Um deles deu um pulo, pegou o dinheiro e depois a revista. O outro também se levantou e os dois saíram correndo em direção à casa dos Templeton. Pararam em frente à caixa de correspondência, e um deles a abriu para que o outro pudesse jogar a revista enrolada. Depois correram para onde estava o inspetor, que deu mais uma nota para cada um.

A conversa com as crianças parecia se arrastar. O mais alto dos dois fez que sim com a cabeça várias vezes enquanto o outro observava o diálogo. Segundos depois, o inspetor se encaminhou com o menino mais alto, moreno, para a casa dos Templeton.

— Sr. e sra. Templeton, quero apresentar a vocês o seu vizinho aqui...

— Zack. Eu sou o Zack Rogers... moro quatro casas mais para lá. Meus pais se chamam John e Melinda Rogers.

O menino parecia nervoso e enfiou as mãos nos bolsos.

— Muito bem, Zack. E o que você tem a dizer? Pode ficar tranquilo.

— Que eu sinto muito — ele disse, abaixando a cabeça, claramente nervoso.

Grace se agachou até a altura dele. Aaron franziu as sobrancelhas, desenhando umas linhas sinuosas em sua testa que pareciam prenunciar o que estava por vir.

— O que foi, filho? — ela perguntou, carinhosa. — Não precisa ficar assim. Seja o que for, não tem problema. Sabe, nós temos uma filha que deve ter a sua idade... Vocês dois se dariam bem. Aliás, adoraríamos que pudesse brincar com ela algum dia.

Zack pareceu se acalmar um pouco e engoliu em seco antes de continuar.

— Sinto muito pelo envelope... eu não queria... eu não queria fazer a senhora chorar, sra. Templeton.

— O quê? — ela perguntou, já bastante confusa.

O menino ficou mais nervoso e olhou para o chão. O inspetor lhe deu uma palmadinha amigável nas costas, incentivando-o a continuar.

— Não se preocupe, Zack. Você não fez nada de mau. Pode contar. Eles vão entender. O que você fez está certo — disse para tranquilizá-lo.

Zack levantou a cabeça, depois de puxar o ar pelo nariz algumas vezes com força suficiente para absorver o ranho que escorria.

— Uma... uma mulher me deu dez dólares para botar um envelope na sua caixa de correspondência. Se eu soubesse que a senhora ia ficar triste, não teria aceitado.

— Uma mulher?! — Aaron perguntou, surpreso.

— Quem foi? Como ela era? — Grace quis saber.

— Eu não sei... nunca tinha visto antes... Tinha um cabelo louro, cacheado... mas parecia uma mulher normal. Achei que era a carteira. Ela me entregou o pacote, os dez dólares, e me pediu que o pusesse na caixa de correspondência. Eu não pensava que era errado... Me desculpe. Ela estava chorando e eu quis ajudar. Quis devolver o dinheiro, mas ela insistiu. Juro que tentei devolver, mas ela me disse para ficar com ele.

— Meu filho... você não fez nada de errado, sério — o inspetor insistiu. — Ao contrário. Vai nos ajudar muito.

— Como? — o menino perguntou.

— Você ainda está com esse dinheiro? Talvez a gente possa conseguir uma amostra de DNA.

— Hã... sim. No meu cofrinho, em casa — respondeu o garoto, nervoso.
— E lembra como era a mulher?
— Eu já disse. Loura e com o cabelo cacheado.
— Sim. Mas... você sabe o que é um retrato falado? — o inspetor perguntou.
O menino fez que sim, e Miller soltou um suspiro, confiante:
— Vamos pegá-la!

25.
1998

Só percebemos a fragilidade de um castelo
de cartas quando alguém toca em uma delas.

A obstetra tinha uma expressão grave. Ela deu um suspiro antes de criar coragem para falar. Aaron segurava com força a mão da esposa, que fazia caretas de desconforto com a pressão do aparelho de ultrassom se movendo para registrar tudo.

— O que houve? Michael está bem? — Grace perguntou, estremecendo com um movimento da médica, que examinava cada vez com mais afinco.

A dra. Allice havia acompanhado Grace durante a gravidez de Kiera. Era doce e calorosa, e desde a primeira consulta parecia se dirigir tanto à mãe quanto ao bebê, brincando com os dois como se o pequeno embrião no útero pudesse ouvir suas gracinhas. Aaron estava tenso. Ficara em estado de alerta desde o momento em que Grace lhe falou que não sentia os movimentos de Michael. Para ela, o normal era ter um leve borbulhar na barriga o tempo todo, uma sensação de pipoca estourando, resultado dos minúsculos pontapés de um feto de poucos centímetros.

— Talvez sua ansiedade por causa de Kiera tenha feito Michael ficar quietinho. Na certa ele também está pensando na irmã, e por isso não parece tão ativo como costuma estar — Aaron disse quando ficou sabendo.

Mas à medida que passavam os eternos segundos em que a dra. Allice não sorria nem fazia nenhum comentário sobre como o danado do Michael tinha crescido, ou sobre a posição dele na barriga, ou como ele era tímido ou extrovertido, os dois entenderam que havia alguma coisa errada.

Depois de ficar alguns minutos em silêncio, a médica desligou o ultrassom e olhou para os pais, sabendo que o que ia lhes dizer seria como um soco no estômago.

— Nunca é fácil dizer isto... mas... o feto está sem pulso.

Grace soltou a mão de Aaron e levou as suas ao rosto.

— Não... não... por favor, Allice, não... Só pode ser um engano. Michael está bem. Eu sei que ele está bem.

— Grace... escute — a médica disse, em tom sério. — Sei que é difícil, mas não se preocupe. Você é fértil, pode ter mais filhos. Essas coisas acontecem com muito mais frequência do que se imagina, e a vida continua.

— Mas... estava tudo tão bem há duas semanas! Não pode ser. O que aconteceu? — Aaron quase chorava, tentando obter respostas impossíveis.

— Não sei dizer. Pode haver milhares de razões. Eu sei que esses dias estão sendo muito complicados para vocês. É melhor não pensar mais nisso e focar no que importa.

Aaron notou que a médica não tinha chamado Michael pelo nome.

Grace não ouvia nada do que ela e Aaron diziam, sua mente tinha se transportado para a noite em que fizeram o teste de gravidez, convencidos de que aquele atraso na menstruação não indicaria coisa nenhuma. Mas depois de ver as duas linhas no teste marcando claramente um resultado positivo, a certeza de que não era nada se transformou quase que de imediato em felicidade com a ideia de formar uma família de quatro pessoas. Da euforia inicial por saber que iriam dar um irmão a Kiera, passaram ao medo de não conseguir administrar a situação, depois à insegurança gerada por não saber se poderiam arcar com as despesas de outro filho e, por fim, depois de verificar que Grace tinha guardado em um lugar seguro os pijamas e as roupinhas de quando Kiera era bebê, a um sentimento de amor e união que eles nunca haviam sentido. Grace também lembrou de como tinham ido olhar para Kiera, que dormia em sua cama, lhe deram um beijo e ajeitaram as cobertas, sussurrando em seus sonhos que ela nunca ficaria sozinha.

A médica continuava falando, explicando o procedimento que teria de ser feito a seguir, mas Grace se limitava a assentir com a cabeça e responder a distância, perdida nas lembranças felizes e inatingíveis que brotavam de seus olhos em forma de lágrimas.

Pouco depois, Grace e Aaron esperavam sentados em cadeiras de plástico desconfortáveis, enquanto a sala de cirurgia era preparada para a extração do feto, como disse a ginecologista, ou Michael, como os dois continuavam a chamá-lo. Grace, de olhos fechados, apoiava a cabeça no ombro de Aaron, que olhava para a frente, o olhar perdido num ponto distante que terminava na linha entre dois azulejos na parede do corredor: um branco, como aqueles balões que sumiram de vista; outro cinza, como o futuro que esperava aquela futura família de quatro pessoas que se transformara num triste casal.

Os dois ergueram a vista quando a dra. Allice voltou, com seu jaleco branco, olhando para o chão.

— Vem comigo, Grace? Está tudo pronto — perguntou, afetuosa.

Aaron se levantou também e se despediu da esposa com um beijo na testa.

— Vai ser rápido. Não se preocupe, Aaron. Pode esperar aqui. Em poucos meses tudo isso será apenas uma lembrança ruim, e vocês podem tentar de novo. Conheço casais que já tentaram muitas vezes e tiveram mais de oito abortos espontâneos. É mais comum do que vocês imaginam.

Aaron assentiu com a cabeça, não tinha forças para dizer nada, e o suave "Até logo, querida" que conseguiu articular saiu tão fraco que Grace o ouviu como um suspiro. Quando soltou a mão do marido, ela sentiu seus dedos se separarem com mais facilidade do que nunca.

Enquanto Grace e a médica se afastavam, Aaron observou a esposa andando com tristeza, como se seus passos fossem rachar o chão. Enquanto a olhava, entendeu que aquela seria a última vez que sentiria o amor dela escapando entre a ponta dos seus dedos.

26.
MIREN TRIGGS
1998

Todos guardamos segredos, que revelamos às pessoas certas; muitos, porém, são capazes de trancá-los e jogar a chave no fundo de um lago.

O prof. Schmoer emergiu das sombras da escada, sobressaltado com meu grito, e quase me fez infartar.

— Desculpe o susto — sussurrou.

A porta da vizinha da frente, a sra. Amber, se entreabriu, e sua voz esganiçada e estridente invadiu o corredor como se saísse de alto-falantes dispostos acima de nós.

— Garota, você está bem?

— Desculpe, senhora — Schmoer disse —, assustei sua vizinha sem querer.

— Não se preocupe, sra. Amber. Está tudo bem — eu disse em voz alta. — Você quase me matou de susto — sussurrei para Jim. — O que está fazendo aqui?

— Se ouvir gritos, chamo a polícia, ok? Prometi à sua mãe — a sra. Amber disse.

— Ok. Não se preocupe, mesmo. É só... um amigo que veio me visitar.

A vizinha fechou a porta. Eu sabia que ela fazia aquilo com boa intenção, mas tinha certeza de que era uma encrenqueira em potencial. Sempre que nos encontrávamos no corredor, ela se gabava de ter brigado tanto com o carteiro por causa das propagandas que recebia que as empresas pararam de lhe enviar folhetos e ofertas. Por algum tempo acreditei nisso, porque a tinha visto discutir no supermercado do bairro por causa da má qualidade das sacolas de compras, que pareciam rasgar só de olhar para elas, da quantidade de ar que metiam nas embalagens de cereal ou mesmo por não a tratarem pelo nome apesar de ter passado metade da vida comprando naquele lugar. Olhando para ela, dava a impressão de ser uma velha forte e decidida, um exemplo de tenacidade e vigor que conseguia as coisas que queria na base de protestos e de uma atitude estoica perante a vida. Imaginei-a nas manifestações contra a Guerra do Vietnã nos anos 1960, gritando contra as viaturas policiais que ameaçavam o movimento pacífico. Por trás de seus olhos parecia haver uma guerreira, uma velha amazona inatingível.

Um dia, porém, ao chegar em casa encontrei-a entupindo minha caixa de correspondência com toda a publicidade que tinham deixado na sua. Quando a cumprimentei, ela me devolveu a saudação como se não tivesse feito nada. Eu me ofereci para carregar suas compras, como sempre fazia, e ela aceitou depois de dizer que a juventude não era mais como antigamente, um bordão que vivia repetindo. Quando chegamos ao nosso andar, pegou sua sacola de papel, resmungou alguma coisa, e fechou a porta sem me agradecer.

— Eu liguei várias vezes, seu telefone estava desligado — o professor sussurrou. Fiz um gesto indicando que entrasse. Não queria que a sra. Amber nos ouvisse, sobretudo porque achava que ela estava em contato com a minha mãe. Ele entrou e fechou a porta.

— Eu estava no metrô. Deve ter sido por isso — respondi, um pouco nervosa.
— Escuta... Miren... Acabou.
— O quê? Do que você está falando?
— Fui demitido do *Daily*.
— Por quê? Por causa do *Press*? Foi por isso que você veio?
— Bem, por um monte de coisas. É bem mais complicado, mas sim, em parte foi por causa do *Press*. Eles estão sempre um passo à frente. Nos últimos meses, sentimos uma redução tremenda no número de leitores. De um lado por causa da internet, de outro, porque nossos leitores têm acesso às notícias sobre economia de muitas maneiras diferentes. Como o *Daily* está em crise devido à queda das vendas, a administração andava procurando um bode expiatório. Fui o escolhido porque era o único que cobria assuntos menos afins à linha editorial do jornal. Eu previa isso há alguns meses, mas... não pensava que fosse acontecer tão cedo.

Parecia arrasado, e eu não sabia o que dizer. Desde o começo do boom da internet, eu tinha lido vários artigos que falavam da migração de leitores para as notícias do Yahoo! e outras mídias digitais surgidas de uma dia para o outro, e de como os jornais tradicionais procuravam se adaptar ao novo mundo. Alguns viam aquele momento como uma oportunidade, mas outros o enxergavam como um universo no qual haveria cada vez menos espaço para as longas reportagens investigativas. As pessoas estavam ávidas por notícias instantâneas, acontecimentos nos quais prestar atenção por alguns minutos e esquecer logo depois, e isso dispensava equipes de pesquisa dedicadas a uma única matéria de várias páginas. Além disso, depois da publicação de cada reportagem, começavam as ações judiciais, e os jornais, com recursos cada vez mais escassos, ainda tinham que manter equipes jurídicas para se defender dos processos das empresas que as matérias investigavam.

— Você tem suas aulas — lembrei, numa tentativa de confortá-lo. Eu não sabia muito sobre a vida dele. No tempo em que conversamos mais, aqueles meses em que ele mais me ajudou, costumávamos falar de suas reportagens e, na maioria das vezes, das minhas dúvidas em relação ao curso delas ou de como lidar com determinados assuntos nos trabalhos acadêmicos. Mas não sabia nada sobre ele nem sobre sua família; não sabia sequer seu endereço. — Você pode continuar dando aulas e ganhar a vida como professor. Você é bom nisso, está sempre me inspirando a seguir em frente — afirmei.

— Mas isso não é uma coisa que me preencha tanto, Miren. Os alunos parecem não se interessar, escolhem sempre o caminho mais fácil. O maldito trabalho desta semana é um exemplo perfeito. Já recebi doze textos sobre o vazamento na PharmaLux. Todos cópias de cópias de cópias. Fala-se desse vazamento nas redações há uns seis meses, é um segredo de polichinelo, e se nenhum meio de comunicação publicou alguma coisa, foi só porque ninguém quis enfrentar uma farmacêutica gigantesca. O mundo está podre, Miren. O jornalismo também. Ficamos acovardados. Ninguém se arrisca a dar um passo e mudar as coisas. Nunca aparece nada de original, e como professor eu não consigo fazer ninguém se envolver o suficiente, me mostrar que há luz no fim do túnel. O futuro que a imprensa pode esperar é complicado, e se ela perder sua voz discordante estaremos derrotados. Os poderosos terão vencido.

— Pois isso me motiva ainda mais, professor. E acho que se sair um bom jornalista de cada turma, isso já faz do mundo um lugar melhor.

O professor ficou em silêncio por alguns segundos, olhando nos meus olhos através de seus óculos com armação de acetato. Estava parado à minha frente a menos de meio metro, sério como eu nunca o tinha visto.

Estava magoado.

Estava triste.

Estava vulnerável.

Cada gesto seu descrevia centenas de contradições internas. Ele estava prestes a explodir de uma hora para a outra, tal como meu coração agitado, mas de repente ele se virou, bufou e foi para o sofá. Quando sentou, deu um suspiro, levou as mãos à cabeça e penteou para trás o cabelo ondulado — que voltou na hora para o mesmo lugar, como se nada tivesse acontecido. Do bolso interno do paletó ele tirou um CD.

— O que é isso? — perguntei.

— Foi o que eu consegui pegar na redação sobre o caso Kiera. Tínhamos muito material, mas para mim era demais. Não consegui ver até o final. Isto é tudo que há. Já te mandei uma parte.

Eu peguei o CD e o levei até o computador.

— Mas você pode me dar isso? — perguntei, surpresa. Não estava entendendo.

— Não, mas ninguém sabe que estou com esse material. São informações que uma fonte está passando para uma futura jornalista. Ninguém precisa saber como você conseguiu isso. Talvez ajude no trabalho que você tem que apresentar.

— Ainda não comecei. Talvez não tenha coragem de escrever sobre isso. É muita informação. A única coisa que sei é que o suspeito que prenderam não me convence. Tem alguma coisa errada...

— Por que diz isso? Prenderam um homem com histórico de agressão sexual contra menores. Ele estava com uma menina de sete anos bem na área onde Kiera desapareceu. Acho que é mais do que evidente que se trata de um predador.

— É isso que não me convence. Eu li a ficha dele e ele não se encaixa no perfil.

— Você viu a ficha policial dele? Como assim? Que eu saiba, agressores sexuais nunca parecem ser o que são.

Abri minha mochila e lhe entreguei a ficha do preso. Ele começou a ler.

— O que é isso? O histórico desse homem?

— Sua ficha no registro de agressores sexuais da Lei Megan. Roubei do arquivo.

— Sério?

Balancei a cabeça, orgulhosa. Ele me olhou, não parecia acreditar. Voltou a pôr os óculos antes de examinar de novo a pasta.

— Não é que eu aprove relacionamentos com menores — continuei —, mas a ficha fala de uma relação sexual consensual com uma garota de dezessete anos quando ele tinha dezoito. Além disso, se observarmos bem, as acusações foram retiradas um ano depois, quando a vítima fez dezoito anos. Não parece uma evolução lógica ir para a cama com uma garota um ano mais nova e depois esperar vinte e seis anos para começar a sequestrar meninas.

— E qual é a sua conclusão? — ele estava interessado. Gostei de me sentir o centro da sua atenção. Foi... revitalizante. Era como se com esse gesto ele tivesse a capacidade de acender em mim uma faísca que por vezes iluminava o meu interior cheio de sombras.

— Acho que é a típica acusação de um pai superprotetor quando descobre que sua filha tem um namorado mais velho e pega os dois na cama. Uma amiga minha tinha um namorado um ano mais velho que ela, e, quando ele fez dezoito e ela ainda estava com dezessete, eu brincava que o namorado ia acabar na cadeia.

— Sério?

— Se os pais dela tivessem surpreendido os dois naquele tempo, se soubessem as coisas que a filha fazia com essa idade, teriam denunciado o rapaz à polícia. Hoje ele teria a ficha suja e também ia figurar nessa lista.

Enquanto ele folheava os papéis, continuei:

— Acho que esse cara que foi preso não sequestrou a Kiera. Além do mais, tenho a impressão de que ele é casado com a menor com quem teve relações há vinte e seis anos. Vou conferir no Registro Civil. Talvez consiga descobrir o nome de solteira da esposa e comparar com os arquivos do caso, para ver se coincide com o da vítima. Sei que o nome da vítima pode estar protegido e inacessível, mas tenho a sensação de que vou conseguir.

— Mas ele pegou essa menina e a levou para a Times Square, longe de onde ela se perdeu dos pais.

— É que na Times Square fica a delegacia mais próxima de onde ele encontrou a garota. Foi exatamente o que ele disse à polícia.

O professor aquiesceu.

— E se ele tiver dito a verdade? Eu gostaria de estar errada, Jim, e que o culpado pelo desaparecimento de Kiera estivesse preso, mas não acredito que seja ele. Acho que Kiera está escondida em algum lugar, vigiada pelo verdadeiro sequestrador, suplicando para voltar para sua família — afirmei, convencida.

— Você contou isso a alguém? Acha que a polícia vai investigar o passado desse homem?

— Creio que sim — respondi, inquieta —, e mais cedo ou mais tarde vão ter que soltá-lo. O pior é que enquanto ele está detido e é o principal suspeito, ninguém está procurando Kiera.

27.
27 DE NOVEMBRO DE 2010
Doze anos após o desaparecimento de Kiera

*Às vezes, aferrar-se a uma lembrança ruim
é a única coisa que permite criar algo bom.*

Depois que Miller saiu levando consigo a quarta fita, Aaron ficou em silêncio no novo apartamento de Grace, sem saber o que dizer. O ruído branco da neve na televisão sem sinal era constante e perturbador, mas os dois acabaram encontrando nele uma espécie de conforto e companhia. Aaron passeou pela sala e olhou todas as fotografias que havia sobre a mesa. Lá estavam os dois, joviais e, em várias delas, com Kiera nos braços.

— Como éramos jovens — ele disse, melancólico, pegando uma das molduras e observando a imagem mais de perto.

Grace respirou fundo, apertando os lábios para juntar coragem. Então, depois de lutar contra seus demônios interiores em forma de cartazes colados em postes de luz, prosseguiu com a rotina de todos os anos no dia do aniversário de sua menina.

Andou tristemente até a mesa e começou a recolher os porta-retratos, guardando-os num bauzinho disposto sobre um móvel antigo da sala. Embaixo de cada foto se via a mesma camada de poeira que no resto da mesa, como se elas tivessem sido dispostas havia pouco naquele tapete denso de partículas cinzentas.

— Por que você continua fazendo isso, Grace? Todos os anos você pega as fotos, como se tudo estivesse igual, como se nada tivesse mudado, mas olhe bem para nós. Veja meus cabelos grisalhos, estas rugas. Pelo amor de Deus, veja estas olheiras. E você... você também mudou, Grace. Não somos mais os jovens entusiasmados dessas fotos. Pare de negar o que aconteceu. Pare de agir como se Kiera estivesse aqui.

— Aaron... não diga mais nada. Agora eu não posso...

— Olhe esta foto. Nós três sorrindo. Há quanto tempo você não sorri? Desde quando não escuto a sua risada?

— E *você* consegue rir?

Aaron negou com a cabeça, em silêncio.

— Mas... que adianta fazer isso todo ano, comemorar o aniversário dela. Eu venho, e você age como se ela ainda estivesse aqui. O bolo, as fotos, até este apartamento que você alugou com um aposento a mais só para poder ter um quarto como o de Kiera. Mas... Kiera não está aqui. Entendeu? Nada daquele tempo está mais aqui. Nem você, nem eu, nem a felicidade dessas fotos. Olhar para elas só te deixa mais infeliz. E, se Kiera visse você assim, também ficaria infeliz. E você sabe disso, Grace. Talvez... esta última fita, o fato de Kiera não aparecer, talvez seja a melhor coisa que já nos aconteceu, sabe?

— Como tem coragem de dizer uma coisa assim?

— Pode ser que, se não recebermos mais fitas, possamos parar de pensar nela. Parar de imaginar tudo o que não vivemos, tudo o que perdemos, e nos concentrar nas coisas que de fato tivemos. Lembra como era bom ler histórias para ela? Lembra como você se sentia quando ela acariciava sua mão sinalizando que queria dormir? Você tem que focar nisso. Precisa seguir em frente, virar a página.

— Você está se ouvindo?

— Grace, muita gente perde os filhos, e com o tempo... Bem, com o tempo acaba conseguindo superar.

— Superar? As pessoas conseguem superar? Ninguém consegue sair de uma coisa assim. Ninguém. Kiera esteve dentro de mim por nove meses, saiu das minhas entranhas, Aaron. Você nunca vai entender, não tem como. Você trabalhava o tempo todo, só voltava na hora de dormir. Era comigo que ela passava o dia. O dia inteiro — ela enfatizou. — Era eu quem ia correndo quando ela tropeçava e machucava o joelho. Talvez você consiga superar e fingir que não aconteceu nada... mas eu não, Aaron. Eu preciso saber que ela está bem. Preciso saber que não está sofrendo. Vê-la nas fitas me permitia isso... Aliviava um pouco a dor da perda. Para você as fitas talvez tenham sido uma tortura. Para mim... para mim eram o único minuto, em vários anos, que eu passava com ela.

Grace sentia um enorme nó dentro do peito, que guardara para si por anos, mas naquele momento precisava explodir de uma vez por todas com Aaron, que se comportava como se a dor fosse um acessório com o qual se podia viver. E, de fato, era assim mesmo em muitas situações, como uma separação, uma demissão, uma tragédia inesperada, quando a dor se confina num ambiente controlado. Mas nada se compara a perder um filho e, muito menos, perder um filho várias vezes em doze anos.

— Fingir que nada aconteceu? Kiera também é minha filha, Grace. Eu também a amo como nunca amei ninguém. Você está sendo injusta. Só estou falando que... talvez deixar de ver Kiera nas fitas nos ajude a virar a página, a parar de procurá-la.

— Eu nunca vou parar de procurar minha filha, Aaron, até saber onde ela está e com quem! Entendeu? Nunca! — gritou com todas as suas forças.

Aaron não quis continuar a discussão. Era impossível tirar a ex-mulher daquele lugar sombrio onde ela parecia estar acorrentada, e ele se perguntou por que ele mesmo não se sentia mais assim, tão miserável. Duvidou do seu amor pela filha, e também do amor que sentira por Grace. Nesse momento duvidou de tudo, até de si mesmo. Mas essas dúvidas, na verdade, não eram novidade. Havia anos que vivia assim. E quando chegava a época do desfile de Ação de Graças, aplacava essas incertezas com álcool.

Na véspera tinha bebido como fazia todos os anos, até adormecer no sofá às quatro da tarde enquanto a televisão transmitia um jogo de basquete dos anos 1990, aquele em que Jordan acertou um lance livre de olhos fechados. Desde 1999 era essa a sua rotina nas semanas que antecediam o Dia de Ação de Graças. Pedia uns dias de folga no trabalho, onde se via com bons olhos a ideia de antecipar as férias de Natal dele, assim o escritório não ficava vazio no final do ano, e se trancava para beber e esquecer. Demorou um pouco para se acostumar a beber em casa, mas em 2003, justo no ano da primeira fita, ele perdeu o controle na rua e foi preso.

Depois desse episódio, tentou controlar esses impulsos entre as quatro paredes de casa. Todo ano, pouco antes da Ação de Graças, ia a um supermercado e comprava bebida barata, como se estivesse se preparando para a chegada de um furacão, e depois ficava em casa chorando lágrimas de vodca até não aguentar mais. Seu corpo tinha aprendido aos poucos a metabolizar o álcool e ele conseguia acordar no dia seguinte apenas com uma leve ressaca e uma rouquidão que só durava até tomar uma xícara grande de café puro. Essa rotina se repetia do primeiro dia de suas férias até o aniversário de Kiera, quando parava de beber para visitar Grace e se comportar, por algumas horas, como o pai de família que já tinha sido.

— O que você acha que vai acontecer agora? — Grace perguntou com dificuldade.

— Eu não sei — Aaron sussurrou. — Só espero que Kiera esteja bem.

28.
Lugar desconhecido
1998

Há quem possa conviver com dois pensamentos contraditórios,
se eles ajudarem a não perder a razão.

O branco do sofá em que Iris estava sentada contrastava com o azul e o laranja das paredes forradas com um padrão repetido de flores. À sua frente, do outro lado de uma mesa de vidro cheia de marcas de copos, William andava de um lado para o outro, determinado, tentando controlar seu estado de nervos depois do que tinham acabado de fazer.

— Will, a menina está perguntando pela mãe. Isso não está direito. Ela está chorando há duas horas. Vamos parar com isso, ainda dá tempo — implorou Iris, que seguia seus movimentos com o olhar.

— Pode calar a boca e me deixar pensar? — o marido disparou.

— Escuta, William, ainda dá tempo. Vamos voltar para o centro e deixar a menina onde ela estava. Ninguém vai perceber.

— Você está louca? Todo mundo veria a gente, seríamos condenados por tentativa de sequestro. Afinal, cortamos o cabelo e trocamos a roupa dela para trazê-la conosco, Iris! Agora você se arrepende? Agora? Não tem como voltar atrás. Você devia ter se recusado na hora. Por que diabos não disse nada? Você aprovou. Ficou calada, como sempre. Eu sempre tomo as decisões, e você... você se limita a concordar. Às vezes eu me pergunto se estou ao lado de uma pessoa ou de uma pedra.

— Eu não sabia o que você estava planejando, pelo amor de Deus. Acha que eu fazia ideia de que íamos trazê-la? — Iris perguntou.

— Não minta, por favor...

— Ela estava sozinha e eu queria protegê-la. A menina estava perdida... e... eu apenas a tirei daquele tumulto. — Fez uma pausa, enquanto sua mente vagava de um lugar para outro. — Podia ter acontecido alguma coisa com ela!

— E por que você comprou a roupa de menino naquela loja quando eu sugeri? Se voltarmos, é a primeira coisa que vão perguntar. E o que você vai dizer? Vai conseguir explicar à polícia por que cortou o cabelo de uma menina que não é sua filha e trocou a roupa dela? Pois fique sabendo o que eles vão dizer: "Tentativa de sequestro".

— Não sei por que não disse nada. E não fui eu que cortei o cabelo dela. Foi você!

— Eu fiz o que tinha que fazer, Iris. Só queria te deixar feliz. Não é isso que você sempre dizia? Que queria uma família? Ler histórias para seu filho de noite e embalar ele quando precisasse de consolo?

— Mas não desse jeito, Will! Não podemos ficar com esta menina. Ela não é nossa. Você perdeu o juízo? Eu quero ser mãe, mas não desse jeito.

— Iris, escute bem, é o que nós sempre sonhamos. Foi um presente que caiu do céu. Não podemos recusar, entende? Há quantos anos estamos tentando? Quantos?

— Caiu do céu? Você já saiu de casa com a tesoura! Sua intenção foi sempre essa.

— E daí?

— Como "e daí?"? Você propôs que a gente fosse ao desfile dizendo que era um dia para sonhar, para projetar em outras famílias como seria a nossa se tivéssemos filhos. Nesse momento você já tinha planejado, não é mesmo? Fala a verdade, Will.

Will pensou antes de responder.

— Não pensava que fosse ser tão fácil, juro que não. Era uma ideia absurda. Não aguento mais abortos. Não suporto ver você sofrer de novo, oito abortos seguidos!

Iris, trêmula, olhou para a porta no final do corredor, de onde o choro de Kiera reverberava atrás da madeira.

— Iris, lembra do que a dra. Allice disse? Nós não podemos ter filhos. É uma realidade. Não podemos. Você... seu corpo não...

— Ela nunca disse isso, Will. Disse que devíamos estudar outras opções. Que muitos casais adotam crianças e são felizes.

— Pelo amor de Deus, Iris, preste a atenção. Isso não é o mesmo que dizer que você não pode ter filhos? Eu pedi à doutora que tivesse tato quando fosse falar do assunto, mas vejo que você não consegue ler nas entrelinhas.

O choro de Kiera soou mais alto atrás da porta.

— Iris, entenda de uma vez. Seus malditos ovários não funcionam, seu útero já rejeitou oito tentativas de fertilização in vitro. Não podemos ter filhos. Quer dizer, você não pode. Eu poderia ter com outra mulher.

— Você é um filho da puta, William. Você é um maldito filho da puta.

— Nós estamos nisso juntos, Iris. Fiz isso por você.

— Por mim? Eu nunca pedi para sequestrar uma criança, Will. Eu só... — Não conseguiu evitar o choro. — Eu só queria ser mãe.

— E agora você é, entendeu? Finalmente somos pais de uma linda menina, e tudo vai ser como se ela fosse nossa. Temos que conhecê-la aos poucos, descobrir do que ela gosta, o que a faz rir, como acalmá-la quando chora. Podemos criá-la aqui em casa como nossa filha, com amor.

Iris se lembrou de cada tentativa frustrada. De todas as vezes em que seu rosto se iluminava com o resultado positivo do teste e as boas novas, e mais tarde, semanas depois, uma gota de sangue na privada delatava que algo andava mal. Lembrou de cada curetagem, de cada implantação malsucedida que seu corpo acabava rejeitando. O seguro cobriu a primeira tentativa, nas outras tiveram que se endividar cada vez mais para encarar as contas médicas. Lembrou do rosto do gerente da seguradora; um sujeito sério, de cabelo castanho, que a tratava de uma maneira tão distante e fria que foi inevitável sentir uma dor no peito ao ouvir sua recusa para bancar uma nova tentativa.

— William... por favor... me diz que podemos parar com isso agora e continuar tentando. Ela não é nossa filha.

— E continuar jogando dinheiro fora? É isso que você quer? Iris... você precisa entender. Não podemos nos endividar mais. Pedimos uma segunda hipoteca da casa para financiar os tratamentos, e não saiu. Não podemos continuar tentando sem saber o que vai acontecer. Toda vez que fazemos isso é como se estivéssemos enfiando dezenas de milhares de dólares no triturador. Você não entende? Iris, isso é importante. Você precisa entender. Nós não podemos ter filhos. Não temos mais dinheiro.

— Poderíamos vender a casa...

— Iris... — William foi até onde estava a esposa, sentou-se ao lado dela e acariciou seu rosto para enxugar as lágrimas. — Você não entende, não é? Não podemos vender a casa enquanto não pagarmos as duas hipotecas que pesam sobre ela. Estamos presos aqui até liquidar tudo. Não há outra alternativa, Iris.

— Talvez o seguro...

— Iris! Por favor, pare. Você sabe que estou certo e você tem que...

De repente, ela levantou a mão e voltou a olhar em direção ao quarto, surpresa, interrompendo o que o marido ia dizer.

— Ela parou de chorar... — sussurrou. Com o silêncio da menina, começou a aceitar uma coisa que tinha desejado desde o momento em que lhe deu a mão, em meio ao tumulto do desfile. Foi ela quem se encarregou de comprar uma roupa de menino numa loja próxima, para tentar camuflá-la da vista dos pais, enquanto William esperava na entrada da loja. Também foi ela quem disse várias vezes a Kiera, enquanto andavam pela rua 35, que ia levá-la até seus pais, explicando que eles tiveram que ir embora sem avisar porque surgira um problema com os presentes de Natal. Enquanto iam se afastando, cada vez mais, do lugar onde a encontraram, os dois sabiam que estavam cruzando uma linha sem retorno, ultrapassando limites impossíveis. No instante em que, sob o olhar indiferente de um morador de rua, pegaram o metrô na Penn Station de volta para casa, já sabiam que aquele trajeto seria só de ida.

— Está vendo? — William deu um suspiro quase imperceptível. — Ela tem que se adaptar à nossa casa. É questão de tempo, vamos ser uma família feliz, Iris. Entende? — William foi até onde ela estava, pegou seu rosto e a fitou nos olhos.

— A coitadinha deve estar exausta de tanto chorar — Iris sussurrou. — Ela só quer voltar para os pais. Está assustada. Não sabe o que está acontecendo.

— Os pais dela? Esses pais largaram ela no meio da multidão, Iris. Você acha que eles merecem ser pais mais do que você e eu? Você acha justo?

Ela levantou e foi até a porta, preocupada, temendo que houvesse acontecido alguma coisa com a menina. Era a primeira vez que experimentava esse temor por alguém que não fosse ela mesma, e gostava de se sentir protetora de um ser indefeso. Abriu a porta com cuidado e não pôde conter um sorriso de felicidade.

Kiera tinha adormecido e estava enroscada sobre o tapete, com o cabelo tosquiado de qualquer jeito, as mechas de poucos centímetros intercaladas com fios finos mais longos. Vestia a roupa que Iris comprara às pressas: uma calça branca e um casaco azul-marinho mal abotoado. Seu rosto estava molhado de lágrimas, e Iris se agachou a seu lado acariciando o sulco de sal que uma delas deixara na bochecha esquerda.

— Você não tem ideia de como me dói ouvir a menina chorar, William. Minha alma sofre quando ela chora assim. Não sei se vou conseguir. É... demais para mim.

— Querida, ela agora é nossa filha. Mas pouco a pouco tudo vai melhorar. Precisamos ser fortes. Por ela. Para protegê-la do mundo horrível e impiedoso lá de fora.

29.
29 DE NOVEMBRO DE 2003
Cinco anos após o desaparecimento de Kiera

É difícil pedir ajuda, e muito mais difícil admitir que se precisa dela.

No escritório do FBI, Zack, acompanhado dos pais, hesitava depois de cada traço do desenhista. Estavam numa pequena sala no terceiro andar, com um membro da Unidade de Reconhecimento Facial que delineava, esboçava, apagava e sombreava com os mais de doze lápis que estavam sobre a mesa junto a várias borrachas. Atrás do desenhista, o inspetor Miller andava de um lado para o outro, silencioso, olhando de vez em quando para aquele garoto que parecia com medo de ser reprovado numa prova.

— O que você acha agora? O nariz está comprido o bastante? — o desenhista perguntou após alguns minutos de silêncio enquanto modificava aquela área do rosto depois de passar mais de meia hora alterando e ajustando o triângulo formado pela posição dos olhos em relação à parte superior do nariz.

— Não... não sei. Eu acho... é mais como estava antes. Não tenho muita certeza.

— Como estava antes?! Em qual das últimas vinte versões? — Miller explodiu.

Zack soltou uma lágrima e desejou não ter contado a ninguém que tinha sido ele quem havia deixado a fita na caixa de correspondência dos Templeton. Sua mãe olhou horrorizada para o inspetor, que estava começando a perder a paciência com as contínuas mudanças de forma e tamanho. Já tinham tantas versões daquela mulher misteriosa que tudo ia ficando mais irreal à medida que o desenhista terminava cada parte do rosto dela.

Para dizer a verdade, Zack não se lembrava muito da mulher que lhe dera dez dólares pelo serviço. Ela falou com ele de dentro de um carro branco e estava de óculos escuros; a única característica de que lembrava com certeza era seu cabelo louro, curto e encaracolado. Ela vestia um pulôver preto e o carro era pequeno, mas Zack não reparou em muitos outros detalhes ao ver a nota de dez saindo pela janela.

— Não fale assim com meu filho, entendeu? Nós concordamos em ajudar, mas não temos por que aguentar suas grosserias. Ele é só uma criança, pelo amor de Deus.

— Sra. Rogers, se ele não cooperar, estará dificultando uma investigação criminal e pode ser acusado por isso. A vida de uma menina está em jogo, tudo depende de que seu filho queira se lembrar como diabos era aquela mulher.

— Como tem coragem de dizer uma coisa dessas? Como? Parece que nos culpa pelo que aconteceu com aquela garota! Meu filho só está tentando ajudar. Nós queremos fazer tudo que estiver ao nosso alcance, mas não desse jeito. Não com essas atitudes.

A sra. Rogers acariciou o rosto do filho e lhe sussurrou alguma coisa. O pai de Zack também se agachou, ao lado da esposa, para confortar o filho em voz baixa.

— Querido... você pode parar quando quiser. Está bem? Não precisa fazer isso.

— A senhora me entendeu mal. Seu filho é a única chance que temos de encontrar a menina. Lembra dela, não? A filha dos Templeton. Kiera teria agora a idade de Zack.

O menino fez que sim, assustado, e depois sussurrou:

— Bem... o queixo dela era mais arredondado, não era tão pontudo, acho.

O desenhista suspirou e desistiu, jogando o lápis na mesa ao lado dos outros. Depois se levantou e fez um sinal ao inspetor pedindo que saísse da sala com ele.

— Olha, inspetor. É difícil para uma criança se lembrar com detalhes de algo que não tinha importância para ela. É muito diferente de quando uma vítima tenta reconhecer um culpado. Em geral, a tensão do momento faz a mente funcionar numa velocidade incomum, quase transformando a memória numa câmera fotográfica. Mas sem essa tensão... sinto muito, é normal o menino não se lembrar bem. Tudo o que desenharmos vai ser uma mistura de suas lembranças com sua imaginação, e ainda mais agora, porque ele acha que quanto mais cedo disser que é ela, mais cedo vai poder voltar para casa.

— Mark... ele é a única coisa que nós temos. Esse menino é a única pessoa que viu a mulher que sequestrou Kiera Templeton. Eu não posso ligar para os pais dela e dizer que o retrato falado não é confiável. Não posso. De verdade, não tenho condições.

— Certo, mas você vai ter que fazer isso, inspetor. Nunca vi um caso tão claro em que não dá pra confiar na informação. Quantas vezes ele já mudou o queixo? O cabelo? Loura de cabelos cacheados. Essa é a descrição. Não sabemos mais nada. O resto são só suposições. Quando desenhei o queixo pontudo, ele disse que era assim. Depois, quando fiz com formas arredondadas, também disse que era. Então voltei ao queixo pontudo, e ele disse que estava perfeito. Nem sequer o tipo de óculos escuros ele lembra. Não dá, inspetor. Não sei como você vai lidar com a família, mas isso aqui não vai servir.

— Droga... — Miller murmurou. Estavam naquela sala havia seis horas, sem sair do lugar. Em geral, aquele procedimento levava uma hora, uma hora e meia... Foi até a porta da sala e acenou para os pais, que tinham ficado ao lado do menino acariciando seu cabelo. O pai saiu da sala e falou antes que o inspetor Miller pudesse fazê-lo.

— Estamos indo, inspetor. Zack está cansado e não lembra de mais nada. Nós queremos ajudar, de verdade, mas... — hesitou antes de dizer, mas foi em frente —, mas ela não é nossa filha. Temos que cuidar dos nossos, inspetor. O mundo é um lugar horrível, e precisamos nos proteger uns aos outros. Se quiser, podemos tentar de novo amanhã.

Miller suspirou e precisou de um tempinho para admitir que estava tão perdido quanto antes, mas agora com uma fita de vídeo que atestava que ele não tinha conseguido encontrar Kiera, e um menino da mesma idade que ela chorando numa sala do FBI.

— Eu entendo, sr. Rogers. É tarde. E agradeço de verdade o esforço e a disposição de Zack. Telefono para vocês se precisar de mais alguma coisa. Não se preocupem.

Acompanhou-os até a porta e se despediu do menino acariciando sua cabeça. Depois foi até sua mesa, no segundo andar, pensando em como tudo se complicava. Ligou o computador e ficou sentado diante da tela por alguns minutos, em silêncio.

— Aquela chata do *Press* está ligando para você — disse seu colega de mesa, um rapaz de bigode que era muitos anos mais novo, mas parecia ter no mínimo uns dez a mais. O inspetor Spencer se destacava na Unidade de Pessoas Desaparecidas do FBI, mas não devido à sua capacidade ou à sua habilidade para analisar casos complexos e resolvê-los, mas porque teve a sorte de estar envolvido numa série de casos que terminaram com um final feliz, um depois do outro. Foi apelidado de "Talismã", porque quando o encarregavam da busca de uma adolescente perdida, por exemplo, ela aparecia na casa de um namorado poucos dias depois, ou quando se tratava de uma criança, em geral era um dos pais que havia quebrado as normas da guarda compartilhada. Ele era um ímã para casos em que a pessoa procurada aparecia num passe de mágica, quase sempre em outro estado, porque tinha fugido com um novo parceiro ou ficado com algum membro da família do outro lado do país. Já o inspetor Miller, apesar de ser um policial competente e determinado, e de suas jornadas de trabalho geralmente se estenderem muito mais que as dos seus colegas, tinha se deparado com seguidos casos cuja solução parecia complicada.

— Ela ligou para cá, para a minha mesa?

— Sim. Atendi e disse que você ia retornar. E que já estava com um retrato falado.

— Nunca conheci ninguém como ela.

— Gostosa?

— Não é isso, idiota. O que eu quero dizer é que ela é a única pessoa que não parou de procurar a garota desde aquela época. Talvez possa nos ajudar.

— *Nos* ajudar? Você deve estar delirando, Ben. Não me meta nesse caso. Tenho um histórico impecável e não quero manchá-lo. Se a coisa continuar assim, quem sabe um dia não acabe dirigindo essa bodega.

Miller bufou porque sabia que seu histórico era fruto da sorte. Tinha a impressão de que Spencer não conseguiria encontrar os próprios testículos no escuro, mas guardou esse comentário para si, sabendo que seus superiores só olhavam para os números, e era irrefutável que o percentual de pessoas desaparecidas que Spencer encontrava era de cem por cento, então era possível que talvez um dia tivesse mesmo que prestar contas a ele.

O telefone tocou de novo, e o inspetor Miller fez um gesto pedindo silêncio.

— É ela de novo. Depois me conta o que você disse. Pela voz, é mesmo gostosa.

Miller pegou o telefone desejando que ela não tivesse ouvido aquilo.

— Inspetor Miller, vocês têm alguma novidade? — Miren perguntou, num tom de voz distante. Com tantos anos no *Press*, e tantos desentendimentos com a polícia, advogados e as empresas que dissecava em suas matérias, ela havia aprendido a reconhecer quando estava no controle da situação e quando devia ser mais gentil. No caso Kiera, havia um pouco de cada. Miren queria, sem a menor dúvida, encontrar a menina e não atrapalhar a investigação, mas também sabia que estava numa posição no *Press* em que podia forçar as coisas antes de disparar a arma de um artigo ousado. Quando conversou com Miller, ela havia concordado em adiar a publicação do conteúdo da fita de Kiera, mas agora, depois de falar com os pais naquela manhã, sabia que um garoto da vizinhança tinha visto a pessoa que entregara o envelope. Isso mudava o ritmo da investigação. Um retrato falado se espalharia pela mídia num piscar de olhos, e talvez isso ajudasse a descobrir quem sequestrou Kiera.

— Srta. Triggs... não se esqueça do nosso acordo. Você me prometeu não publicar nada por quatro dias.

— Inspetor... se vocês têm um retrato falado, não é melhor que circule pelo *Press*?

— Sim, mas o problema é que não temos.

— Como é que não têm? — perguntou Miren.

— É isso mesmo. O garoto não... ele não lembra bem.

Spencer fez um movimento vulgar com os quadris, difícil de descrever em palavras, e vocalizou baixinho uma grosseria impossível de reproduzir. Miller franziu a testa e balançou a cabeça.

— E o que pretende fazer? O que mais vocês conseguiram nesses três dias?
— Foi só isso, srta. Triggs. Não temos mais informações. Na fita não há impressões digitais, ninguém viu nada, com exceção desse menino que não consegue lembrar o rosto da mulher. Uma equipe está procurando informações sobre papéis de parede com o mesmo padrão, mas a qualidade da imagem é tão ruim que pode ser qualquer tipo florido. Também estão tentando descobrir o modelo da casinha de madeira, talvez nos ajude a descobrir onde foi vendida e, em última instância, a encontrar Kiera, mas posso garantir que é um trabalho para uma equipe muito maior do que a que temos no momento. Desde a prisão daquele pobre diabo, meus superiores estão muito cautelosos em relação a esse assunto. Eu só tenho três pessoas me ajudando e, com o prazo de uma semana que me deram, na certa o caso vai ficar de novo em ponto morto.

— Vocês estão pensando em arquivar? Realmente pretendem não dedicar mais recursos a esse caso? — Miren perguntou.

— Srta. Triggs... a coisa é mais complicada do que parece. Sabe quantas crianças desaparecem por ano só no estado de Nova York? Neste momento há mais de cem inquéritos abertos de crianças desaparecidas, sem nenhuma notícia. E só estou falando de casos que estão ativos há mais de um ano.

— Cem?

— É horrível, não? Mas todos os dias mais denúncias de desaparecimento se somam a esse número. A maioria termina com um final feliz, mas esses cem casos estão aumentando pouco a pouco, todo ano são acrescentados alguns. Temos uma unidade dedicada apenas a fazer simulações sobre a possível evolução dessas crianças, tentando estabelecer como estariam hoje, para o caso de alguém vê-las na rua. É um flagelo muito maior que o desaparecimento de Kiera, srta. Triggs; você tem mesmo que acreditar quando eu digo que faço tudo o que posso. Não tenho tantos olhos. Estou preso aqui, de pés e mãos atados.

— Você precisa de olhos para examinar essa fita? É isso que está me dizendo? — perguntou Miren, com uma ideia na cabeça.

— Só estou dizendo que há muito o que investigar, e nós temos poucos recursos. Fazemos o melhor trabalho possível com os poucos funcionários que temos.

— Inspetor, se o que você precisa é de olhos — Miren disse —, amanhã terão dois milhões examinando esse maldito vídeo.

30.
QUINTA-FEIRA, 30 DE NOVEMBRO DE 2003
"A garota de neve", de Miren Triggs, artigo publicado no Manhattan Press

Faz cinco anos que a pequena Kiera Templeton, de três, se é que alguém ainda lembra dela, desapareceu em plena luz do dia no centro de Nova York durante o desfile da Macy's. Segundo seus pais me disseram, ela era uma garota feliz e risonha que gostava do Pluto e queria ser colecionadora de conchas nas praias de Long Island quando crescesse. Desde que desapareceu, minha vida ficou muito ligada à dela; se hoje trabalho no *Manhattan Press* é porque, por uma espécie de sorte, a vida me pôs no lugar certo no momento certo e, devo acrescentar, com a vida e os valores certos. E explico por quê.

Eu já fui estuprada.

Sim, você leu certo.

É difícil escrever esta palavra sem tremer nem sentir que as teclas querem escapar dos meus dedos. E não apenas fui estuprada, como nunca prenderam o culpado. É como se um fantasma tivesse feito isso, numa noite de outubro de 1997 em que eu não soube distinguir as presas do tigre quando ele estava na minha frente, porque tinham a forma de um sorriso. Uma fera cuja mão segurei e que me levou às profundezas da caverna mais escura da minha vida. É difícil sair dessa caverna, e por algum tempo eu não consegui. Ninguém nos diz como fazer isso. A gente não sabe como se comportar depois de algo assim. Você se olha no espelho querendo saber o que tem de errado. Pergunta por que não está chorando mais ou por que não consegue parar de chorar. Pensa em vingança e em comprar uma arma, como se isso fosse proteger sua alma de uma mordida já dada. Como se você fosse capaz de, numa situação igual, puxar o gatilho e acabar com o trauma.

Na primeira vez que li sobre Kiera, imaginei-a dando a mão ao mesmo tigre que eu, sorridente e lisonjeador, dizendo-lhe que os dois iriam se divertir. Depois a imaginei concordando em brincar de cortar o cabelo e de trocar de roupa, como eu, tonta pelo álcool, tinha aceitado ir para aquele parque no meio da noite como se fosse uma coisa divertida. Eu era como uma criança de três anos que não sabe que os sorrisos também têm presas. Com o corte de cabelo e a troca de roupa, ela ficou invisível numa cidade com oito milhões pessoas, e até hoje ninguém sabe onde está Kiera Templeton, como eu também não sei onde está a Miren Triggs de seis anos atrás, que desapareceu no mesmo momento em que uma sombra me carregou para a sua escuridão.

É a primeira vez que falo sobre esse estupro em público porque, de algum modo, isso me ligou a Kiera Templeton: desde que ouvi falar de sua história, vi nela a menina que fui e que ninguém conseguia encontrar nas profundezas da caverna. E porque Kiera, tal como aconteceu comigo, precisa da sua ajuda para sair da escuridão.

Nos últimos cinco anos eu a procurei, tentando no caminho também me encontrar, e na semana passada, por incrível que pareça, eu a vi.

Sim. Você leu certo outra vez.

E não estou dizendo que numa noite ela apareceu para mim num sonho, e sim que a vi viva, em um quarto, numa fita vhs enviada a seus pais cinco anos depois, no jogo mais macabro que já vi, transformada numa miragem do que era e num golpe horrível e ao mesmo tempo esperançoso para esses pais que já tinham perdido tudo, exceto a esperança de que ela, algum dia, voltasse a estar com eles.

Na primeira imagem que ilustra a matéria se vê um fotograma, com a melhor qualidade possível, da aparência atual de Kiera Templeton, aos oito anos, extraído da fita de vídeo enviada a seus pais, para que alguém possa reconhecê-la. Na segunda, o quarto onde Kiera está brincando em silêncio, para que alguém possa identificar um objeto ou alguma coisa relevante que ajude a encontrá-la. Nas duas páginas seguintes, pode-se ver uma cama, uma colcha, cortinas, uma porta, um vestido, uma casinha de madeira.

Quando terminei de assistir à gravação enviada aos pais, que ocupa exatos cinquenta e nove segundos de uma fita de cento e vinte minutos, surgiu na tela o eterno ruído branco, aquela neve contínua que invade nossa televisão quando ela fica sem sinal. E ali também vi Kiera, mas agora em sentido figurado. Era como se a garota que eu estava procurando tivesse virado neve, mas não a neve que se desmancha entre nossos dedos quentes, mas aquela que é impossível de apanhar, com pontos pretos e brancos pulando de um lado para o outro. Kiera Templeton está perdida nessa neve e precisa da sua ajuda.

Se tiver informações sobre Kiera Templeton, por favor telefone para o número 1-800-698-1601, ramal 2210.

31.
Miren Triggs
1998

Mesmo sem que saibamos, a tristeza
orbita em volta de seus pares.

O prof. Schmoer ficou algumas horas comigo enquanto eu pesquisava na internet sobre James Foster, o homem preso pelo desaparecimento de Kiera. Também me deu algumas breves orientações enquanto espiava o conteúdo do CD que trouxera, numa tentativa, suponho, de não se sentir sozinho. Desde que mencionei minhas preocupações em relação à culpa do suspeito, ele parecia inquieto, um tanto nervoso, e trocou seu entusiasmo por uma cautela que me fez pensar que pretendia fazer alguma coisa a respeito.

Depois de esperar carregar o arcaico site do Registro Civil, que parecia funcionar a manivela, conseguimos acessar os dados públicos sobre o estado civil do detido. Havia quase quatrocentos James Foster no estado, mas só cento e oitenta viviam em códigos postais do centro de Manhattan. A data de nascimento do homem estava registrada no arquivo, e não foi difícil encontrar sua ficha civil, após passar meia hora checando cada nome, link a link, que ficava roxo depois de clicado, o que nos ajudava a não nos perder.

James Foster era casado com uma tal Margaret S. Foster, e o professor sussurrou um eureca quando viu que ela era exatamente um ano mais nova que ele. Minha hipótese parecia ganhar força. Se eu pudesse confirmar isso de alguma forma, teria uma informação bastante interessante, possivelmente antes que muitos outros meios de comunicação. Quem sabe até pudesse descartar a culpa dele antes da polícia, que com certeza iria interrogá-lo até o fim do prazo de setenta e duas horas e talvez logo o prendesse pela tentativa de sequestro da menina, o que poderia significar, mesmo que fosse um erro bem-intencionado, uma pausa na busca por Kiera.

Eu não sabia muito bem onde me levaria a confirmação de que sua ficha como abusador de crianças se devia a uma interpretação estrita da lei, mas minha cabeça me pedia para pôr cada peça no lugar e seguir em frente. Como eu havia aprendido com o próprio prof. Schmoer, o jornalismo investigativo não era instantâneo. Quando uma equipe de investigação de um jornal decide abordar um tema, pode passar meses, às vezes anos, até a matéria vir à luz. Os jornais sempre têm várias investigações em andamento, que avançam passo a passo, encaixando cada pedacinho da engrenagem até montar um relógio suíço complexo que termina marcando as horas com precisão, numa matéria que tem repercussões, muitas vezes, imprevistas. Isso supunha avançar em uma linha de investigação até esgotá-la por completo, depois passar para a próxima e drená-la como se fosse um lago em cujo fundo há um monstro escondido. O monstro era a verdade, muitas vezes dolorosa, outras vezes insignificante, volta e meia tão simples e elegante que parecia uma equação famosa de um cientista de cabelo branco.

— Como podemos saber se Margaret S. Foster foi a suposta vítima de James, professor? — perguntei, sentindo-me um pouco perdida em relação aos próximos passos.

— Jim, por favor. Não sei por que você insiste em me chamar de professor.

— Não quero que você deixe de ser meu professor. Não gosto nada da ideia, para dizer a verdade. É... a minha matéria favorita.

— Você não prefere técnicas de entrevista? Ouvi dizer que o curso é ministrado pela lendária Emily Winston.

— É chatíssima. Ela repete o tempo todo, até cansar, como era boa no *Globe*. É um curso sobre ela mesma e as suas centenas de entrevistas. E, para ser honesta, ela não me parece tão boa. Consegue informações, sim, que costumam ser irrelevantes... Na última entrevista que li, ela estava na penitenciária conversando com um assassino em série de mulheres, bonitão, e sabe o que ela conseguiu? Que ele lhe mostrasse as cartas que recebia das admiradoras e como as respondia com carinho. Ela escreveu um artigo lindo, acompanhado de fotos maravilhosas, sobre o tratamento que esse cara dispensava à sua dezena de admiradoras e como ele parecia se preocupar com elas. Tenho certeza de que, depois desse artigo, alguma mulher se encantou pelo rosto e o jeito atencioso dele. Sei lá. Humanizar criminosos não me parece a melhor política para o jornalismo.

— Mas... ainda que eles sejam criminosos, continuam sendo humanos.

— Alguns são monstros — respondi, cortante —, e nenhum artigo muda isso.

Ele aquiesceu e ajustou os óculos com o dedo indicador, um gesto que parecia repetir de vez em quando. Depois ficou em silêncio por algum tempo, e eu entendi que tinha notado a minha contrariedade em falar desse assunto.

Eu odiava esses assassinos e estupradores capazes de atacar sem se importar com o medo das vítimas. Tinha lido muito sobre eles. Em algum momento, nos últimos anos, virou moda falar sobre as maldades que tinham sido capazes de fazer, e algum jornalista ou comentarista sempre destacava, com uma aparente mistura de admiração e repulsa, a distância que os psicopatas mantêm em relação aos sentimentos dos outros. Desde o que aconteceu comigo, eu me sentia assim: longe do meu corpo, da minha sexualidade, das minhas emoções. Alguém tinha esmagado minha alma e a deixara como um bichinho assustado que se esconde assim que a noite cai. Desejava que minhas emoções estivessem onde sempre estiveram, perto do coração, e não onde elas pareciam ter se enfiado: num canto escuro de um parque pelo qual eu não queria mais passar, nem mesmo à luz do dia.

— Sabe — o professor disse —, talvez a sua hipótese possa render um artigo. Nenhum jornal deve estar considerando isso agora, ninguém ousa contradizer o *Press*.

— Do que você está falando?

— Se, afinal, você estiver certa sobre a inocência de Foster, como parece, quem publicar isso vai receber de imediato uma medalha da opinião pública que nenhum editor-chefe recusaria. Vai por mim. Eu era editor-chefe do *Daily* até hoje. Sei como funcionam as coisas. É por isso mesmo que estou fora. Sempre estava um passo atrás e paguei caro. Esse tipo de passo à frente é o que qualquer jornal espera de seus profissionais.

— Mas, e se ele for culpado?

— Estamos muito perto de descobrir isso, Miren. A bola está no aro, você só precisa empurrar e fazer a cesta. Não está vendo?

— Mas, como? — perguntei, olhando sem conseguir enxergar nada.

— A arma mais valiosa de qualquer jornalista é a fonte. Você tem o endereço dele, e não pode perguntar à esposa e confirmar sua hipótese. Isso é o que um jornalista sensacionalista faria. Você é uma jornalista investigativa, Miren, trabalha confirmando hipóteses. E para confirmar a sua, só falta o sim ou o não de Margaret S. Foster. É algo que se pode obter ao perguntar a ela e observar sua reação.

Eu fiquei atônita. Nunca tinha entrevistado alguém cara a cara. Na faculdade, eu tinha feito trabalhos em que entrevistava colegas ou professores. Às vezes até mesmo escritores ou políticos, mas nesses casos sempre por telefone.

— Você consegue, Miren — ele foi taxativo.

Eu detestava sair de noite e já deviam ser nove horas. Ainda dava tempo de chegar à casa dos Foster e tentar falar com Margaret antes do fechamento da edição dos principais veículos. Schmoer me prometeu que se eu confirmasse minha hipótese e escrevesse um artigo bastante sólido e sem furos, ele o mandaria para colegas de outros jornais. Talvez eu tivesse sorte e alguém publicasse a minha primeira matéria. Ele achava que Margaret S. Foster devia estar na delegacia do vigésimo distrito à espera de notícias do marido, ou então em casa com seus dois filhos, chorando, sem saber o que estava acontecendo nem por que demoravam tanto para soltá-lo por uma acusação que só podia ser um mal-entendido.

— Quer que eu vá com você? — o professor perguntou.

Parte de mim queria dizer não, mas observei a escuridão da noite e tive que aceitar.

Como a casa dos Foster, segundo a ficha, ficava em Dyker Heights, o professor se dispôs a pagar um táxi que ia custar um dinheirão. Foi durante essa corrida de táxi que me senti pela primeira vez uma jornalista de verdade. Via as luzes da rua passando pela janela e sentia que a cidade toda era uma história a ser contada. Atravessamos o vapor que saía dos bueiros como se fossem cortinas gigantes penduradas nos arranha-céus; percorremos sem dificuldade o trajeto que o taxista havia escolhido, que me proporcionava a visão de uma cidade com suas luzes e sombras, corajosa e medrosa, como se quisesse que eu revelasse o que se passa atrás de cada esquina e, ao mesmo tempo, implorasse ao mundo para nunca saber o que se esconde ali. Atravessamos a Ponte do Brooklyn e, ao chegar ao outro lado, já nos aproximando do destino, senti que minhas emoções começavam a mudar. Tudo estava um pouco mais sombrio, tudo escondia algo que me lembrava aquele parque no meio da noite. O professor permaneceu em silêncio durante grande parte do caminho, mas quando estávamos chegando, creio que, percebendo como meus medos emergiam das cavernas, me perguntou:

— Você perdoou... esse Robert? O rapaz que te levou ao parque naquele dia.

— O quê?

— Se você conseguiu perdoá-lo por... por não te defender. Pelo que entendi, ele fugiu, te deixou sozinha com... com aqueles caras.

— Segundo o que ele contou na delegacia, eles o chutaram e o deixaram indefeso, mas não lembro de nada disso. Só me lembro de um covarde correndo. Não teve sequer a coragem de identificar entre os suspeitos o único cara que prenderam.

— Ele apontou para alguém diferente do que você tinha apontado, não? Depois disse que estava escuro demais para poder confirmar e apontou outro. Eu li o relatório. Ele complicou tudo ao fazer isso — ele respondeu, em tom compreensivo.

— E graças a ele... o cara está na rua. Um estuprador à solta. Mais um por aí.

— Ele se desculpou? — ele perguntou.

— Levou vários meses. Um dia apareceu na aula e... leu uma frase de Oscar Wilde sobre o perdão. Foi a coisa mais infantil que um homem adulto poderia fazer. Eu o mandei passear e disse que nunca mais queria olhar pra cara dele.

— Parece que não queria te ajudar, queria era ajudar a si mesmo — o professor argumentou, sabendo ler da maneira correta o que tinha acontecido.

— Foi o que eu pensei.

O táxi parou em frente a uma casa com a iluminação de Natal semi-instalada. A rua inteira já parecia ter terminado esse trabalho, e as enormes residências, exceto uma ou outra totalmente às escuras, brilhavam tanto que quase parecia dia. O Natal sempre se adiantava naquele bairro, uma tradição iniciada em meados da década de 1960 por um morador da rua 84 e que depois se espalhou pelo resto da vizinhança.

— Os pais de Kiera moram por aqui — o professor disse ao descer do carro.

— Deve ser horrível saber que o sequestrador de sua filha mora perto de você.

— Mas pode não ser ele. É para isso que estamos aqui. Para tirar essa dúvida.

— Sim, mas eles ainda não sabem disso.

Senti uma vertigem quando vi que não tinha vivalma na rua, embora fosse um ponto turístico nessa época do ano. Andei até a casa dos Foster como se estivesse atravessando uma ponte suspensa; lá dentro havia luz. Demos três batidas na porta com a aldrava dourada, e uma mulher morena, com olheiras marcadas, nos recebeu de roupão.

— O que querem? Quem são vocês? — ela perguntou.

32.
1998

*A alegria nos faz pensar que estamos acompanhados;
a tristeza, ao contrário, que sempre estivemos sozinhos.*

Aaron se jogou no sofá, derrotado, depois de deixar Grace descansando no quarto após o procedimento no hospital. Num lado da sala, sobre uma mesa que costumava estar cheia de retratos dos três juntos, descansavam os aparelhos inativos da central telefônica que fora montada. Nos dias anteriores tinha sido um fervedouro de ligações. Agora, os voluntários já haviam ido para casa, já que os telefones tocavam cada vez menos. Enquanto estava ali deitado, um dos aparelhos tocou com insistência, e ele pulou, molhando o fone com as lágrimas que tinham encharcado sua barba.

— Alô? Alguma informação sobre Kiera? — perguntou, esperançoso.

Mas do outro lado ouviu as risadas de dois adolescentes, era um maldito trote.

— Vocês é que deviam ser sequestrados, seus filhos da puta — gritou, arrasado. — A minha filha de três anos desapareceu. Vocês entendem o que é isso?

Pensou que talvez uma das vozes fosse pedir desculpas, mas segundos depois ouviu de novo o som ferino de risadas se afastando do telefone.

Aaron gritou. E tão alto que o uivo de um cachorro da rua lhe respondeu. Depois, incapaz de aguentar aquilo por mais um segundo, puxou os telefones, arrancando os fios do amplificador de sinal conectado à pequena central telefônica.

Nos anos em que trabalhou na companhia de seguros, Aaron sempre tentava beneficiar seus clientes de alguma forma. Alterava os cadastros para que seus superiores aprovassem algo, fechava os olhos aos questionários iniciais do seguro de saúde, fazia relatórios apontando danos a veículos imaculados com o único propósito de mudar a cor da pintura. Não era um trabalho apaixonante, mas lhe permitia pagar as contas e viver de forma confortável, com o único inconveniente de às vezes ter que negar alguma cobertura, em especial quando seus superiores lhe faziam cobranças em relação à baixa rentabilidade do escritório. Ele se contentava em manter um nível mínimo de produtividade, cumprindo as metas que lhe eram impostas. Isso fazia com que fosse amado pelos clientes. Mas é impossível ser cem por cento amado quando você tem que negar um tratamento caro de câncer ou informar a alguém, após um acidente em que a pessoa perdeu as duas mãos ao consertar o carro na garagem, que o seguro só ia cobrir o reimplante de uma delas.

Ele se considerava uma boa pessoa e ajudava os outros ao máximo: todo mês doava trinta dólares a uma ONG para melhorar a vida das crianças na Guatemala, criara em casa uma organização perfeita para fazer reciclagem, e tentava colaborar nas coletas organizadas pela vizinhança. Talvez tenha sido por isso que seus vizinhos o ajudaram, porque sabiam que ele era um homem bom. Mas as pessoas que não o conheciam, toda essa gente que só tinha empatia por sua história devido à morbidez provocada pelo desaparecimento de Kiera, só queriam o espetáculo. Uma surpresa aqui, uma reviravolta ali, um choro na televisão em pleno horário nobre. Mas encontrar Kiera era o equivalente a um salto mortal triplo entre trapézios, sem rede, ao final de um espetáculo de circo. Se acontecesse, eles aplaudiam e gritavam viva. Se não, voltavam para casa felizes porque já tinham visto os leões pulando através do arco em chamas.

Aaron ainda não conseguia acreditar no que tinha acontecido; ficou algum tempo pensando em como tudo havia mudado em uma semana. O desaparecimento de Kiera, o aborto de Michael. A sensação dos dedos de Kiera, o som da voz dela gritando "papai". Saiu para a rua numa tentativa de controlar aqueles pensamentos horríveis que subiam de seu estômago até o cérebro, como uma gárgula escura pronta para se encarapitar no topo de sua cabeça e dali observar a derrocada daquela família.

Então seu celular tocou. Era o inspetor Miller. Nesse momento, ele se agarraria a qualquer coisa para não cair no vazio, mesmo que fosse apenas uma tênue luz de esperança: um pequeno avanço ou uma contradição na confissão do homem preso seriam mais do que suficientes para ela não se apagar.

— Me diz que aquele filho da puta confessou onde está Kiera — disparou.

— Infelizmente não posso, sr. Templeton. E... achamos que ele não é o culpado.

— Como assim?

— A história dele se encaixa. Parece um bom sujeito. É um zé-ninguém que trabalha numa Blockbuster, casado e com dois filhos.

— Mas isso não quer dizer nada. Parecer uma boa pessoa não significa ser uma boa pessoa.

— Nós sabemos disso, e eu também sei que você precisa que seja ele, só que esse homem nem estava na cidade quando Kiera desapareceu.

— Está me dizendo que não foi ele?

— Sei que isso é difícil de aceitar. As pessoas clamam por justiça, e a capa do *Press* complicou um pouco as coisas nesse sentido. Mas o homem só queria ajudar.

— Ajudar? Ele tentou levar uma menina na mesma área onde Kiera foi sequestrada. Só pode ser ele, inspetor. Não é possível — exalou Aaron com uma voz que mais parecia uma súplica.

— Você não me ouviu? Ele não estava na cidade quando Kiera desapareceu.

— Mas vocês verificaram bem? Como podem ter certeza?

— Ele tem antecedentes, mas a acusação não se sustenta. Na semana passada estava na Flórida, checamos os registros do voo. Entrou num avião no dia 24 de novembro e voltou antes de ontem. Também verificamos as câmeras na Times Square, e em nenhum momento ele parece estar levando a menina à força. Foi só que... os pais perderam a cabeça e reagiram de maneira excessiva quando a viram com um desconhecido. Os antecedentes e a histeria por causa do... do que aconteceu com Kiera fizeram o resto.

— E a menina? O que a menina falou? — Aaron perguntou, desesperado.

— Eu não deveria estar lhe contando tantos detalhes, só faço isso por empatia. Tenho uma sobrinha da idade de Kiera e sei que tudo isso é exasperante, mas mesmo assim não podemos pular no pescoço de qualquer um.

— Mas o que a menina falou?

— Contou que estava perdida e que ele lhe disse que a levaria de volta para seus pais. Gostando ou não, não temos nada que indique que ele está com Kiera.

— Deixe-me falar com ele. Por favor.

— Vamos soltá-lo. É por isso que estou ligando. Para que não saibam pelo *Press*. Nós fazemos tudo o que podemos e... a história do *Press* foi uma merda. O advogado dele apresentou uma queixa porque não havia nada contra seu cliente e... ele tem razão.

— Mas vocês podem interrogá-lo por mais tempo.

— Não podemos. E é melhor para a investigação. Enquanto perdemos tempo com ele, não estamos procurando outras possibilidades. Dá para entender? Eu sei que vocês estão desesperados, mas peço que confiem na polícia. Vamos continuar avançando, analisando novas pistas, e também vamos rever o que já temos, mas esse caminho está fechado. O homem é inocente.

Aaron tirou o telefone do ouvido assim que o policial pediu que confiasse na polícia. Sua única esperança tinha se esvaído em uma ligação de apenas três minutos. Sentiu o frio de Dyker Heights bater no rosto, viu as luzes de uma das casas, a do seu vizinho Martin Spencer, apagarem de repente, sem dúvida tinha chegado a hora em que estavam programadas para apagar, e vislumbrou ao longe a silhueta de um táxi amarelo do centro atravessando a rua na direção sul. Era incomum que alguém chegasse lá de táxi vindo de Manhattan, mas não pensou mais no assunto ao sentir um floco de neve pousar na ponta do nariz. Deixou o celular cair na grama do jardim e voltou para casa.

De repente, ouviu um barulho vindo do quarto onde tinha deixado Grace descansando e subiu a escada de dois em dois degraus. Ao se aproximar, reconheceu o som repetitivo das molas do colchão, como quando Kiera entrava no quarto deles e pulava em cima da cama. Por um instante imaginou que fosse Kiera, fazendo o que sempre fazia quando eles tiravam os olhos dela. Até pensou ter ouvido sua gargalhada, aquele riso que sempre lhe evocava um movimento ágil de dedos nas notas agudas de um piano. Mas quando chegou ao limiar da porta, viu que Grace estava tendo uma de suas crises epilépticas no meio de um sonho.

Era normal que isso acontecesse durante a noite. Aliás, muitas vezes Grace se gabava, brincando, de ser epiléptica só para provocar o marido, mas na verdade seus ataques eram esporádicos, só aconteciam quando ela estava estressada ou preocupada. A mãe dela também sofria de epilepsia e, junto com sua constituição frágil, era a única coisa que havia legado à filha antes de morrer.

Aaron se sentou ao seu lado, na beira da cama, e enquanto a crise durava ficou acariciando sua cabeça, sussurrando que ia passar. Quando os espasmos enfim terminaram, Grace entreabriu os olhos, sonolenta, consciente de que tinha acabado de ter um ataque, e deu um sorriso exausto. Aaron sussurrou que sempre ia amá-la, e ela voltou a fechar os olhos, sabendo que aquilo era verdade, mas que não importava mais.

33.
LUGAR DESCONHECIDO
1998

Mentimos para esconder a verdade ou para não magoar alguém, mas também porque esperamos que a mentira seja real.

William chegou em casa com várias sacolas plásticas, ainda com o macacão da oficina onde trabalhava. Suas mãos estavam sujas, com graxa nas unhas. Acenou e parou na porta quando viu Kiera sentada no colo de Iris, as duas assistindo à TV. A garota olhou para a porta e se virou para Iris, que passara a semana enchendo seus ouvidos com explicações cada vez mais contraditórias sobre por que não podia ver seus pais.

— Como foi o dia dela? Melhor?

Iris suspirou e abraçou com carinho a menina, que assistia à cena da debandada em *Jumanji*, uma fita VHS que eles tinham comprado anos antes e nunca conseguiram ver em casa. Um grupo de macacos entrou aos pulinhos para saquear uma loja de televisões e aparelhos de som, e ela deu uma risada que pareceu música celestial aos ouvidos de Iris.

— Feche a porta de uma vez. Está fazendo frio, Mila vai pegar um resfriado.

— Mila? — ele perguntou.

Iris olhou para a menina com um sorriso largo e amoroso.

— Sim. Mila. Sempre gostei desse nome. Não é, Mila?

— Eu... sou... Kiera! — a menina protestou com dificuldade e um sorriso cômico.

— Não diga mais isso! É muito feio! Não diga Kiera. É Mila. O seu nome é Mila.

— Mila? — Kiera perguntou, confusa.

— Sim... isso mesmo! — Iris festejou dando um pulinho que a menina sentiu como uma montanha-russa embaixo do seu corpo.

— Olha, um macaco! — a menina apontou para a tela e riu. Ao longo desse dia tinha passado por altos e baixos. Acordara confusa no sofá, após dormir aconchegada ao lado de Iris, que não parou de lhe acariciar a cabeça enquanto a observava na penumbra da lua cheia que se infiltrava pela única janela da sala. Em seguida perguntou pela mãe, como tinha feito nos dias anteriores, e depois se contentou em brincar com uns bibelôs que havia sobre um móvel na sala de estar. Mais tarde, na hora do almoço, chorou pedindo para ver o pai, querendo saber por que ele não voltava para almoçar. Essas perguntas machucavam Iris, mas ela percebia que a cada dia, desde uma semana antes, Kiera parecia perguntar cada vez menos pelos pais. Estava começando a se acostumar com a sua companhia, com os jogos que ela inventava a partir de objetos de todo tipo que havia na casa, como um espremedor de frutas, um porta-retratos ou uma lâmpada de estilo chinês comprada na mesma loja de bricolagem onde havia sido adquirido o papel que revestia as paredes. Quando Kiera perguntava pelos pais, Iris explicava que eles tiveram que viajar e não poderiam voltar por algum tempo. Numa das vezes, disse que estavam muito zangados por ela perguntar tanto e por isso não queriam mais vê-la, mas a menina explodiu em lágrimas como se tivessem lhe arrebatado sua felicidade mais preciosa.

 Iris olhou para o marido e perguntou, num tom de voz três oitavas abaixo daquele com o qual se dirigia a Kiera, quase um sussurro:

— Trouxe as coisas?

— Sim. Comprei um pouco de tudo, em várias lojas.

— Alguém viu?

— Claro, Iris. Como você queria que eu comprasse? — ele sussurrou.

— Quero dizer, alguém da vizinhança.

— Fui a um shopping em Newark e comprei uma coisa em cada lugar.

— Você estava assim, todo sujo do trabalho?

— Como queria que eu estivesse? Eu fui logo depois de sair da oficina, pelo amor de Deus. Iris, você está ficando paranoica. Ninguém vai nos descobrir. É a nossa menina.

— Está no noticiário, Will. Estão procurando em toda parte.

— O quê?

— Estão procurando por ela. O FBI fez uma coletiva falando sobre o caso.

— Ninguém vai tirá-la de nós, entendeu? Se for preciso, ela não sai mais daqui. Vai ser o nosso pequeno tesouro particular. Ninguém precisa entrar na nossa casa.

— Não podemos criar uma menina sem sair de casa. Todas as crianças precisam sair, brincar, interagir com outras crianças. Mila é muito alegre, e com o tempo vai querer sair. Brincar no parque, correr na grama.

— Ela vai fazer o que nós dissermos, é para isso que é nossa filha — Will protestou, levantando a voz, o que fez Kiera se virar para ele.

— E o papai? — a menina perguntou, com o rosto iluminado pela luz da tela.

— Mila... querida... eu já te expliquei... — Iris sussurrou, virando-se para ela e acariciando seu cabelo. — Will também é seu pai. Ele te ama muito e vai cuidar de você.

Kiera olhou nos olhos de Iris bem de perto e sussurrou com a voz já falhando:

— Estou com sono... você pode... pode me contar uma história?

Iris olhou para Will, engoliu em seco e suspirou.

— Claro, querida. Que história você quer ouvir?

— Aquela com... aquela com a mamãe e o papai chegando.

34.
30 DE NOVEMBRO DE 2003
Cinco anos após o desaparecimento de Kiera

*As pessoas leem jornal para encontrar respostas,
e não perguntas; talvez o problema seja esse.*

O artigo de Miren Triggs foi uma bomba midiática em todo o país. Apesar de no Dia de Ação de Graças outros jornais terem lembrado o desaparecimento de Kiera em artigos de alguns parágrafos, ninguém esperava uma coisa daquelas. Todos os canais de notícias correram atrás de uma cópia da fita na manhã em que a matéria foi publicada, querendo entrar na onda midiática daquela incógnita lançada ao mundo.

Cinco anos antes, o rosto de Kiera na capa do *Manhattan Press* havia causado grande alvoroço, mas com o passar do tempo as pessoas já haviam se acostumado com a ideia de uma criança desaparecida. O caso agitou o país no início, e antes do final do ano já havia se dissipado. O país cresceu acostumado com a dinâmica de ver o rosto de crianças perdidas reproduzido nas caixas de leite, enriquecendo com desesperança os cereais de todos os Estados Unidos ao longo da década de 1980 e parte dos anos 1990. Esse método de imprimir fotografias nas caixas de leite, já em desuso desde a implementação do alerta Amber, penetrara tão profundamente no subconsciente dos Estados Unidos que o mundo inteiro sabia da sua existência, mas pouca gente tinha visto alguma dessas caixas com o rosto de uma criança estampado em branco e preto.

Quando um jornal como o *Press* dava o passo de mudar de posição e se colocar no polo oposto às suas funções, pedindo ajuda e fornecendo determinadas peças-chave de um enigma sem resposta aparente, as pessoas aderiam. O mundo lê jornal para encontrar respostas, e não perguntas; talvez fosse esse o problema. Talvez tenha sido exatamente por isso que o país inteiro foi impactado por esse artigo.

Quando Miren chegou à redação naquela manhã, viu na recepção a secretária atendendo sorridente uma ligação, com os fones no ouvido.

— O Phil já chegou?

— Um segundo — ela disse, dirigindo-se à pessoa com quem estava falando. — Chegou, sim, e já perguntou três vezes por você. Quer vê-la. Eu levei os garotos para a sua mesa. Estão te esperando lá.

— Quantos vieram?

— Dois.

— Só dois?

A secretária fez que sim com um sorriso. Miren levantou os olhos e viu ao longe, ao lado da sua mesa, um garoto e uma garota um pouco mais novos que ela.

— Eli, o Phil estava zangado?

— Não sei. Ele sempre parece estar.

— E você, quando é mesmo que vai embora? — Miren perguntou para ganhar tempo, enquanto tirava e pendurava seu casaco cinza.

— No Natal. Vamos ver no que vai dar.

— Claro que vai dar tudo certo. Sentiremos sua falta.

— Bem, acho que nem tanto. Eles mal levantam a cabeça para me cumprimentar.

— Este... é um trabalho bastante tenso. Mas quando você for famosa, com certeza vão ligar para pedir entrevistas. Então você vai atendê-los com o melhor dos seus sorrisos, e eles terão que engolir com um sorriso amarelo. E eu vou adorar ver isso.

Elisabeth sorriu e abaixou a cabeça.

— Ele está na sala?

A secretária olhou para o outro lado e fez que sim. Depois começou a dar o endereço postal do jornal à pessoa do outro lado do telefone, e Miren parou de ouvi-la.

Andou apressada para a sua mesa, sentindo os olhares dos colegas cravados na nuca enquanto atravessava a redação. Cumprimentou os dois garotos erguendo a mão. Depois apontou para o telefone que estava em cima da mesa, e disse:

— Olá, eu sou a Miren Triggs. Estão vendo esse telefone aí? — perguntou.

Os dois assentiram de forma nervosa com a cabeça.

— Se alguém ligar, peguem e anotem tudo o que ouvirem. Tudo — enfatizou.

— Quem vai atender? Só tem um telefone — o garoto disse.

— É verdade. — Miren não tinha pensado nesse detalhe. — Um de cada vez, e anotem tudo o que a pessoa disser. Vou contratar quem tiver a letra melhor.

— Como assim?!

— O nome disso é meritocracia — Miren brincou. — Bem-vindos ao *Press*.

A garota reagiu com olhos de entusiasmo e ainda fez que sim com a cabeça; o garoto a fitou com incredulidade e depois olhou para a colega.

Miren foi à sala de Phil Marks, o diretor do *Manhattan Press*. A porta estava aberta e ele conversava com um jornalista a respeito de documentos do governo Bush relacionados à invasão do Iraque. Esperou que terminassem, encostada na porta de vidro, e quando o homem passou por ela ao sair, Phil fez um gesto para que entrasse.

— Miren, você me deve uma explicação. Seu artigo sobre Kiera não foi aprovado, não passou pela supervisão, e o editor-chefe me disse que já tinha te avisado para largar essa história. Nós não somos um jornal sensacionalista, não podemos cair nessa.

— Sr. Marks, eu só queria lhe dizer que...

— Não, me deixe terminar, por favor.

Miren engoliu em seco. Phil era uma das pessoas mais sensatas que já existiram no país. Para publicar alguma coisa, tinha que ser em prol dos interesses dos cidadãos. Para um assunto entrar nas páginas do *Press*, tinha que ser para mudar as coisas.

— Você não pode mandar um artigo para a gráfica sem revisão, Miren. Estamos em guerra contra o Iraque. O governo diz que Saddam dispõe de armas de destruição em massa, nós somos o *Press* e temos que verificar se o que o governo diz é verdade. É nisso que toda a equipe de investigação está trabalhando neste momento.

— Eu entendo, senhor.

— Por outro lado... eu tenho uma filha da idade dessa garota. O nome dela é Alma e... se o que aconteceu com essa família acontecesse comigo, eu não gostaria de ouvir o silêncio de um país que está focado no que acontece a milhares de quilômetros e não luta contra os inimigos que vivem na porta ao lado.

— Não sei se entendi direito.

— Assim como eu, deve haver muitos outros pais sentindo a mesma dor. E todo mundo tem alguém próximo dessa idade, sobrinhas, primas, filhas, netas. Essa garota também precisa de ajuda, não apenas os nossos soldados no outro lado do planeta.

— Estou um pouco perdida, sr. Marks.

— Na época nós publicamos a busca por Kiera na capa. Seria desumano não continuar a ajudá-la agora que o caso está em baixa. Pode continuar o trabalho, mas não faça besteira. Sua cobertura está causando um rebuliço e tanto. Parabéns.

— Mu... muito obrigada, sr. Marks.

— Vai precisar de alguma coisa? — disse, procurando uns papéis sobre a mesa.

— Consegui dois bolsistas da universidade. Acho que me viro com isso.

— Tudo bem. Siga esse caminho. Quero dois artigos por semana sobre a garota. E quero que você a encontre, Miren.

— Que eu a encontre? — Miren perguntou, um pouco tensa.

— Acha que não é possível?

— Eu não disse isso. Só digo que... que nunca vi nada parecido.

— Nem eu, srta. Triggs, e exatamente por isso temos que tratar o caso como ele merece. Essa fita... estou com um pressentimento muito ruim sobre ela.

— Obrigada, sr. Marks.

— Não precisa agradecer. Você está fazendo um bom trabalho. Jim estava certo.

— O prof. Schmoer sempre foi um bom amigo.

— Como ele está agora? No passado éramos rivais, mas eu sempre o admirei. O mundo do jornalismo está pior depois que ele se afastou.

— Ele está se concentrando nas aulas e... tem um programa de rádio na universidade, que grava de manhã e é transmitido à noite. Não mudou nem um pouco. Vale a pena ouvir o programa, quase dá para fazer anotações de aula.

— Isso é bom. Se Jim conseguir formar mais jornalistas como ele, será um bom sinal. Talvez lá ele faça mais do que fazia no *Daily*, denunciando golpes corporativos e pirâmides financeiras. Acho que não era esse tipo de matéria que ele deveria escrever, sabe? Todo jornalista tem que encontrar um assunto pelo qual se apaixone e mergulhar nele até o pescoço. Mas sempre achei que Jim, apesar de ter um olhar aguçado e um espírito crítico, nunca encontrou um assunto que o empolgasse.

— Foi ele quem me fez entrar no caso Kiera — Miren disse, querendo elogiá-lo.

— Talvez a busca pela menina seja esse tal assunto. Posso contratá-lo para vocês dois trabalharem juntos aqui. Afinal, foi ele quem recomendou você, cinco anos atrás, com aquele furo sobre a inocência do sujeito que foi pego levando uma menina.

— Vou perguntar a ele. Não nos falamos há algum tempo. Talvez queira me ajudar.

— Me mantenha informado dos progressos, por favor. Duas matérias por semana.

— Obrigada, sr. Marks.

— Espere um segundo... ainda não terminei — prosseguiu.

— Sim?

— Essa história do estupro é verdade? — ele perguntou, de forma inesperada. Seus olhos se cravaram em Miren e esperaram uma resposta. Ela não sabia se ele estava perguntando por pena ou por interesse real.

Miren assentiu em silêncio, séria. Tão séria que Phil Marks ficou com vergonha por ter tocado no assunto.

— Não havia necessidade de mencionar — Marks disse.

— Eu sei.

— E por que o fez?

— Porque eu precisava me curar.

— Entendo — ele disse, fazendo um gesto com a cabeça, e depois continuou: — É verdade que nunca pegaram o responsável?

— A polícia, não — Miren disse, já saindo da sala.

Quando voltou para a sua mesa, a nova estagiária estava atendendo uma ligação e seu colega parecia atento às coisas que ela escrevia num caderno espiralado, mas quando viu Miren voltando deu uma cotoveladinha na colega. A garota se virou e continuou a ouvir com atenção o telefone e balançar a cabeça, enquanto Miren a observava. A seguir voltou a pegar o caderno e anotou alguma coisa. Perguntou o nome e o número da pessoa com quem estava falando, para o caso de precisar entrar em contato, e depois desligou.

— Eu acabei de falar com os chefes — Miren disse, séria. — Tenho boas notícias.

— Você fala diretamente com Phil Marks, o diretor?

— Só quando alguém faz alguma cagada ou um trabalho muito bem-feito.

— E o que ele disse?

— Em poucas palavras, que o jornal de hoje está vendendo feito pão quente. Depois eu explico. Como ia dizendo: temos boas notícias, vocês dois vão ficar. Contrato de estágio por três meses. Quinhentos dólares por mês, mais despesas de transporte. As refeições são por conta de vocês, mas podem trazer marmita. Tem uma cozinha no andar de baixo. Parabéns, vocês acabam de entrar no mundo do jornalismo. Vão precisar dos seus dados no departamento de Recursos Humanos, dois andares acima. E agora... temos alguma ligação que não seja de um maluco com pistas ridículas?

— O que é uma pista ridícula? — o garoto perguntou. — Até agora, só ligaram duas pessoas.

— Boa pergunta. Vamos ver o que conseguimos, depois eu respondo. Essas ligações podem nos servir de exemplo.

— A primeira foi de uma senhora de Nova Jersey que diz que a garota da foto lembra muito a sua sobrinha.

— Essa tem todas as características de ser ridícula. E a segunda?

— Bem, essa nem sei se devo contar — a garota disse.

— Fale.

— É sobre brinquedos.

— Pode ser ridículo e pode não ser. Vá em frente.

— O dono de uma loja de brinquedos disse que a casinha da imagem parece uma "Pequena casa com jardim", da Tomy Corporation of California. Um modelo que não é muito comum atualmente, mas era bastante popular nos anos 1990.

— Interessante. Não é ridícula. Talvez se possa tirar alguma coisa daí. Consigam na internet uma lista de todas as lojas de brinquedos que vendem casas de bonecas. E continuem atendendo as ligações. Se precisarem de algo, falem com a Eli, na recepção. — Miren anotou o número do seu telefone na caderneta. — E se aparecer alguma coisa que chame a atenção, podem me ligar.

— Até que horas? Até quando atendemos as ligações?

— Até que horas? Não falei que agora vocês fazem parte do universo do jornalismo?

Os dois se entreolharam, confusos, mas captaram a indireta. Miren sorriu e foi embora. O telefone tocou de novo e dessa vez foi o garoto quem atendeu. Sua colega ficou olhando Miren andar em direção à porta, impressionada com a segurança dos seus movimentos e sentindo uma espécie de admiração.

Enquanto andava, Miren ficou pensando que talvez não devesse ter dito a frase que disse a Phil Marks:

— A polícia, não.

35.
LUGAR DESCONHECIDO
12 DE SETEMBRO DE 2000

O amor floresce até nos cantos mais escuros.

William abriu a porta da frente com um sorriso de orelha a orelha, de jeans e com uma camisa polo azul. Trazia uma caixa enorme, embrulhada em papel de presente vermelho. Eram onze da manhã, e Kiera saiu correndo do quarto para recebê-lo com um abraço, dando gritos de alegria.

— É para mim? É meu? — gritava.

Iris saiu da cozinha e sorriu.

— O que é isto aí?

— Vi na vitrine de uma loja e achei que ela ia gostar.

— O que é? — a menina gritou, feliz.

— Feliz aniversário, Mila — disse Will.

— É o meu aniversário?

— Claro, querida — mentiu. — Você está fazendo cinco anos. Já é uma mocinha.

Iris ficou um pouco contrariada, mas não quis se intrometer. No ano anterior lhe deram uma boneca da qual ela se cansou dois dias depois. Will devia ter gastado uma fortuna com aquele presente enorme, coisa que eles não estavam em condições de fazer, sobretudo levando em conta que Kiera poderia se cansar dele num piscar de olhos.

— Não se preocupe. Era uma promoção — Will sussurrou no ouvido da esposa.

Ele pousou a caixa na mesa de vidro da sala e os dois ficaram olhando enquanto a menina ria sem parar diante daquele presente que chegava à altura da sua testa.

— Na verdade não é tão grande assim. A caixa é que ocupa muito espaço — Will disse, meio que se desculpando.

— É gigante! — a menina gritou. — É o maior presente do universo!

Mila rasgou o papel e viu uma caixa com a parte da frente coberta por um plástico transparente por trás do qual se via uma casinha de brinquedo, com móveis e jardim. As palavras "Pequena casa com jardim" indicavam o conteúdo da caixa em letras grandes, mas Mila ainda não sabia ler bem e só se interessou pelo que estava no interior.

— Uma casinha! É uma casinha!

Iris olhou para Will e não pôde conter um sorriso. Aquilo parecia deixar a menina feliz, em contraste com as últimas semanas que tinham passado. De noite Kiera tinha pesadelos e durante o dia ficava apática e não queria fazer nada. Iris, que lhe dava aulas e tentava lhe ensinar inglês e matemática da melhor maneira que podia, sentia que estava falhando como mãe. Vê-la feliz era um consolo e, em parte, aliviou o fardo da culpa.

— Mãe, é uma casinha! Olha! E tem uma arvorezinha!

— Sim, querida. É uma casinha. Parabéns!

— Eu amo vocês dois! Eu amo muito vocês! — Kiera gritou, sentindo isso no fundo do coração. Estava eufórica, e Iris quase chorou quando ouviu essas palavras. Will foi até onde estava a menina e lhe deu um beijo na testa. Depois Iris fez o mesmo, e os três passaram alguns minutos abrindo a gigantesca caixa de papelão e tirando a casinha. Puseram todos os móveis sobre a mesa de vidro, e Kiera insistiu em arrumá-los primeiro por ordem de tamanho, da esquerda para a direita, para só depois colocá-los lá dentro, onde deviam estar: utensílios de cozinha, cadeiras, mesas, sofás, armários e camas. Depois foi olhar a caixa de novo e encontrou uma pequena peça solta que não sabia onde colocar, se devia ficar antes do sofá ou da cama. Will deu um olhar cúmplice para a esposa, entreabrindo um sorriso, e ela, um pouco preocupada, lhe fez sinais de que os dois precisavam falar a sós. Deixaram Kiera na sala e foram discutir aos sussurros na cozinha.

— Quanto custou?

— Não saiu tão caro, na verdade.

— Mais de cem dólares, não foi?

— Quatrocentos.

Iris levou as mãos ao rosto.

— Você perdeu a cabeça?

— Vai durar muito. É um brinquedo para a vida toda. Saiu barato.

— Quando ela for mais velha não vai querer brincar com isso. É muito dinheiro, Will. Nós não podemos gastar tanto. Estamos devendo muito ao banco, e só você trabalha.

— Mas você também poderia trabalhar.

— Eu já trabalho, Will. Cuidando dela e da casa. Que machista de merda.

— Não fale assim comigo. Não seja injusta — William disse.

— Você sabe que eu tenho razão. Se eu trabalhasse, com quem ela ficaria? Não podemos mandá-la para a escola. É uma menina procurada, Will.

— Quer falar mais baixo? Ela pode nos ouvir. Se bem que — Will continuou — talvez já seja hora de ela saber de onde veio.

— Não se atreva a dizer uma coisa dessas. Já é mais que suficiente ter que lhe dizer "não" quando insiste muitas vezes em ir brincar na rua. Sou eu que tenho que aguentar quando ela fica triste. Você não está aqui, não vê como ela implora sem parar.

— E o que nós podemos fazer? Sair com ela por aí como se nada tivesse acontecido? Em menos de dez minutos estaríamos na cadeia. Não tem como voltar atrás.

Iris bufou, tentando dissipar a angústia e o nó no coração. Will foi até onde ela estava e lhe deu um beijo conciliador na testa. Depois a abraçou com força e se afastou apenas o suficiente para segurar sua cabeça e a olhar nos olhos.

— Essa menina é nossa filha, Iris, e eu faço qualquer coisa por ela. Se tiver que apertar o cinto para lhe dar um bom brinquedo... eu aperto, sabe?

Iris sentiu o abraço do marido. Às vezes desconfiava dele e duvidava de que realmente fizesse as coisas certas para a família, mas depois lembrava que foi ele quem possibilitou que Kiera ficasse com eles, andando com ela no meio da multidão, no desfile de Ação de Graças, até chegar à entrada do metrô da Penn Station.

— Eu sei, Will... Só que isso... é muito difícil. Eu passo horas com ela aqui. E... quando olho no fundo dos seus olhos, sinto que ela sabe a verdade.

— Mas não sabe, querida. Há quanto tempo não pergunta pelos pais?

— Quase um ano.

— Está vendo? Relaxa. Nós somos e seremos os pais dela para sempre, entende?

Iris fez uma expressão estranha, e Will a olhou, intranquilo.

— O que foi?

— Não a escuto brincar.

Will e Iris saíram um pouco preocupados da cozinha e foram ver se Kiera estava bem. Iris havia lido uma vez que não existe nada mais assustador para os pais que o silêncio dos filhos, mas só quando chegaram ao quarto entenderam que existe, sim: a porta da frente estava aberta e não se via vestígio dela em lugar nenhum.

— Não pode ser — Will disse.

— Mila?! — Iris gritou com todas as suas forças.

36.
Miren Triggs
1998

O diabo é capaz de viver placidamente de manhã
e depois compensar durante a noite.

Margaret S. Foster era uma mulher doce e calorosa, que nos convidou para entrar para nos proteger do frio de novembro. Depois nos levou até a sala e nos disse para sentar, mas não aceitamos para não perder tempo. O interior da casa era lindo, como se espera da área onde se encontrava: papel de parede com estampa de flores, sofá de veludo rosa, sancas no teto, assoalho de tacos. Ela se desculpou porque os filhos já estavam na cama e não iam poder descer para falar conosco. Eu estava inquieta. Sentia um buraco no peito ao pensar na razão daquela visita. Como eu não dava o primeiro passo e vendo que ela nos olhava com uma expressão preocupada, o professor começou a falar:

— Sabe que seu marido foi detido, não?

— Como assim?

— Não sabe? — o professor perguntou, surpreso. — Seu marido. Foi detido por tentativa de sequestro de uma menina de sete anos.

Ela ficou em silêncio, e muitas coisas podiam ser lidas nesse ato. Dizem que a pessoa é escrava das suas palavras e dona daquilo que silencia. Mas ali estava um exemplo perfeito de que isso não é verdade. Naquele silêncio havia arrependimento e tristeza.

— A polícia não esteve aqui? Você não está sabendo de nada? — perguntei.

O professor fez um movimento com a mão, e eu entendi o que queria dizer.

Percebi que ela estava inquieta, e nesse momento notei que havia alguma coisa esquisita. Era como se aquela mulher estivesse a ponto de desabar, era só tocar no ponto fraco da estrutura e ficar olhando.

— Passei o dia ligando para ele e ninguém atende. Eu não sei de nada.

— Como assim? Ninguém entrou em contato? — o professor insistiu.

Ela negou com a cabeça e começou a chorar. Eu não estava entendendo nada.

— Olhe... não precisa se preocupar. Na certa é tudo um engano — afirmei, tentando entrar na conversa. Sem saber por que, senti necessidade de confortá-la. — Tenho certeza de que tudo vai ser esclarecido e vão soltá-lo. Seu marido não parece ser pedófilo. Nós viemos aqui por isso. Queremos que nos conte sobre os antecedentes dele.

Ela fez que sim, engolindo em seco, como se eu estivesse entrando na caixa-preta de seus segredos. Mas o que eu fazia era encher de dor a minha caixa-preta pessoal.

— Sabemos que ele foi preso aos dezoito anos por transar com uma menor de idade, que na época tinha dezessete anos — continuei —, e intuímos que essa menor devia ser você e que vocês namoravam na época. Entendemos que às vezes a lei é um pouco injusta e... sabe, quando a gente tem sogros complicados, pode haver confusão.

— Eu sempre disse a ele que tinha que parar. Que aquilo não era certo. Que Deus estava olhando e que não era certo. Mas ele insistia — ela respondeu, afinal.

Nós ficamos em silêncio para incentivá-la a continuar, e notamos que agora seus olhos estavam cobertos por uma fina película de água que aumentava.

— Aquilo foi... o início de tudo. Nós começamos a namorar quando éramos crianças, devíamos ter treze e catorze anos, mas ele sempre foi muito precoce. Pode-se dizer que fazia coisas de gente mais velha. Fumava, bebia. E eu gostava daquilo. Sempre me gabava dele para as minhas amigas. — De repente ela nos encarou, mas logo em seguida voltou os olhos para as suas recordações. — Começamos a ter relações sexuais muito cedo, e uma vez meus pais nos pegaram em flagrante. Eles o expulsaram de casa e por algum tempo nos proibiram de nos encontrar. Mas isso não era empecilho para dois adolescentes com os hormônios a mil por hora, e começamos a nos ver às escondidas. Meus pais não gostavam de James. Diziam que ele se comportava de um jeito estranho, que parecia mulherengo. Mas eu o adorava. Ele olhava para mim com tanto desejo que eu me sentia realmente viva.

Fiz que sim com a cabeça, porque ela esperava que eu assentisse.

— Um dia, quando eu tinha dezesseis anos, James me pediu para raspar minha parte íntima. Achei ousado, mas não era nada perto do tipo de coisas que já fazíamos juntos. Só que ao longo do tempo virou uma condição, e ele chegava a se recusar a ir para a cama comigo se eu não raspasse meus pelos. Concordei, estava apaixonada. Achei que era uma bobagem. Quando ele fez dezoito anos, ainda nos víamos às escondidas, e foi num desses encontros que meus pais nos pegaram juntos. Como eu ainda tinha dezessete, meu pai o denunciou à polícia, conseguiu uma medida protetiva que durou alguns meses, e James foi condenado a frequentar um curso para aprender que era errado o que ele tinha feito.

— Então a ficha dele se refere a esse relacionamento consensual entre vocês.

— É, isso mesmo.

— Nesse caso, tenho certeza de que seu marido será solto. Você tem que ficar calma. Sem dúvida a tentativa de sequestro dessa menina foi um engano, ele só queria ajudar uma criança perdida e levá-la para a delegacia.

— Onde o seu marido trabalha? — o professor perguntou.

— Em uma Blockbuster. A locadora de vídeo. Fica a dois minutos daqui.

— E você não estava preocupada com o paradeiro dele? Foi preso ontem à noite — o professor insistiu, tirando essa pergunta da minha boca.

— É por isso que estou contando essas coisas a vocês. Quero que saibam de tudo no meu depoimento. — Levou as mãos ao rosto e depois olhou para o teto, como se pudesse ver o que acontecia no andar de cima. — Não sei como vou explicar para as crianças.

Entendi que Margaret achava que éramos policiais. Nenhum de nós havia dito nada. O professor tirou um gravador do bolso do paletó e o pôs em cima da mesa. Um pequeno cassete de sessenta minutos começou a girar, gravando os suspiros cada vez mais fortes da mulher e, sem dúvida, as batidas intensas do meu coração.

— Por favor, continue — o professor disse, sério. Eu me limitei a engolir em seco, nervosa, aprendendo, em um segundo, que é melhor ouvir as histórias até o fim.

— Mas nesse curso... ele conheceu muita gente. Era uma espécie de terapia de grupo em que todos tinham cometido o mesmo tipo de delito: agressões sexuais. Quase todos eram mais velhos. Quando eu também fiz dezoito anos e nós voltamos a nos encontrar, ele me disse que a maioria deles tinha cumprido pena por crimes mais graves e estava em liberdade condicional. Era um programa para... ajudar na reintegração... — Ela fez uma pausa, tentando reorganizar as ideias na cabeça. — E foi então que ele começou a mudar. Passou a andar com esses caras. Ficava cada vez mais tempo com eles. De vez em quando eu ficava chateada porque parecia que ele não queria me ver, e quando me encontrava era só para fazer sexo. Meus pais não aprovavam meu relacionamento, eles eram muito tradicionais, mas eu já era maior de idade, então eles não podiam mais me dizer o que fazer. Pouco depois eu engravidei, e meus pais nos obrigaram a nos casar. Ele não queria, disse que odiava padres, que não eram gente confiável, mas concordou. Depois conseguiu um emprego nessa Blockbuster e durante algum tempo tudo correu bem. Foi promovido várias vezes, toda noite voltava para casa com um sorriso. Mais tarde tivemos a nossa outra filha, Mandy, e formamos uma linda família de quatro pessoas.

Suspirei. Aquilo não estava me cheirando bem.

— Podemos ir direto ao assunto? — o professor sugeriu.

— Foi então que descobri as fitas — a mulher disparou.

— Fitas?

— Vídeos. Dezenas de vídeos de garotas, filmadas em portas de colégios. Ou grupos de amigas andando na rua. Não eram imagens sexuais, eu não teria tolerado isso na época, mas quando vi aquilo fui pedir explicações. Sabem o que ele me disse?

— O quê?

— Que eram para seus amigos, aquele pessoal do curso, e que ele gravava porque eles lhe pagavam uma fortuna. Fazia aquilo porque era o único que sabia usar uma filmadora e dispunha do equipamento da loja para fazer quantas cópias quisesse. Tinha montado um negócio clandestino vendendo vídeos de meninas de saia curta filmados sem o consentimento delas.

— Então seu marido filmava meninas de minissaia na rua e vendia essas imagens — o professor disse, tentando resumir a coisa.

Margaret levou as mãos ao rosto e achei que estava a ponto de desfalecer. Alguns segundos se passaram, vi que ela parecia estar se debatendo, e então continuou:

— Ele me prometeu que a coisa ia ficar por aí. Disse que não era crime, porque não era sexual. E que podia ganhar dinheiro com os fetiches e as loucuras daquele bando de depravados que tinha conhecido no tal curso.

— Mas isso *é* crime — afirmei, furiosa.

— Veja, eu me limitava a criar meus filhos e a cuidar para que nada faltasse. James ganhava tanto dinheiro com essas fitas que conseguimos comprar esta casa. Senão, como um funcionário da Blockbuster poderia morar neste bairro? Com o tempo fui me acostumando, e ele começou a passar vários dias fora, viajava para outros estados, muitas vezes para a Disneylândia, e voltava com muitas fitas que guardava no porão. Por isso eu não sabia que ele tinha sido preso. Pensei que estivesse numa dessas... viagens.

— E então as coisas passaram para o nível seguinte, não foi? — perguntei, com medo de descobrir a verdade. — E você não teve coragem de denunciá-lo na época. Afinal, você é cúmplice. Estava com medo... de perder o que tinha.

— Eu estava com medo de perder meus filhos — ela sussurrou.

— E os filhos dos outros? Por acaso não pensou neles? E Kiera Templeton, a menina de três anos que desapareceu? Acha que seu marido a teria sequestrado?

— Sequestrado? James nunca... nunca fez nada contra... a vontade de ninguém.

— Seu marido foi preso por tentar sequestrar uma menor, sra. Foster — repeti, tentando fazer com que essa informação entrasse na cabeça dela de uma vez por todas.

— Não sei por que ele faria algo assim. Não é... não é o estilo dele.

— Sra. Foster, o que o seu marido faz é aumentar a intensidade da própria viagem rumo à escuridão, não percebe? É uma coisa patológica. Ele não faz isso por dinheiro. Abra os olhos. Faz por necessidade.

Ela não respondeu.

— Espera aí... os seus filhos...? — o professor quis saber.

Ela balançou a cabeça, negando, e eu respirei um pouco mais aliviada.

— Essa é a linha que, graças a Deus, ele nunca cruzou. Nunca o deixei sozinho com as crianças. Nunca.

— Ótimo — o prof. Schmoer disse, desanimado.

— E Kiera? Sabe alguma coisa sobre Kiera Templeton?

— Venham comigo, por favor. Quero mostrar uma coisa.

Ela se levantou e nos levou até uma porta ao lado do vão da escada. A porta levava ao porão, que parecia um buraco que se perdia numa escuridão. Ela acendeu a luz, uma única lâmpada pendurada num fio, e desceu rangendo os degraus. Quando chegamos lá embaixo, não vi nada de anormal, mas depois percebi que havia uma estante de metal cheia de fitas VHS marcadas com diferentes números: doze, catorze, dezesseis, dezessete, algumas até tinham um sete ou um nove. Todos os números eram menores que dezoito. Também havia mesas de madeira com um monte de caixas de papelão e vários pôsteres presos nas paredes com tachinhas, retratando as praias da Califórnia.

— Todas essas fitas são... — o professor disse, tentando confirmar as evidências.

— Gravações, sim — ela confirmou de imediato.

Margaret foi até a estante e se agachou. Puxando uma corda, ela levantou uma escotilha de madeira que levava a um lugar ainda mais escuro. Acendeu a luz, e o professor e eu nos debruçamos naquela abertura. No fundo havia um pequeno catre de solteiro com um lençol, e diante dele uma câmera de vídeo montada num tripé.

— Ele pagava as adolescentes para... virem aqui para ele gravá-las.

Eu comecei a passar mal, tive que me apoiar na mesa. Quase vomitei.

— Você sabia e não disse nada? — perguntei.

— Sabia, mas elas vinham porque queriam. Muitas eram amigas dos meus filhos.

— Como assim?

— Vinham à nossa casa e... bem, James lhes oferecia trinta, cinquenta dólares e... todas desciam sem protestar. Elas queriam. E eles... também.

— Meninos também? Seus filhos sabiam de tudo? Sabiam que ele pagava aos amigos deles para... para gravá-los aqui embaixo?

Ela confirmou, derrotada. O professor pegou uma câmera fotográfica descartável que sempre levava consigo e tirou uma foto dos fundos do porão, incluindo a cama e o tripé. Depois, tirou outra da prateleira com as fitas de vídeo.

— Vocês vão me prender? É o fim. Há anos penso que... que eu queria que isso acabasse, mas... mas não queria perder os meus filhos, entendem?

— Nós não somos policiais, sra. Foster. Não vamos prendê-la.

— Mas como? Vocês não são policiais? — ela disse, surpresa.

— Não. Mas, se eu fosse, não a deixaria nem se despedir de seus filhos — declarei.

Subimos, e na sala o professor telefonou direto para o procurador-geral, relatando tudo o que havíamos descoberto e denunciando aquele caso horrível. Após muitos anos trabalhando para o *Daily* e revelando dezenas de casos de corrupção e fraude, após desvendar inúmeras manobras ocultas na sociedade e de ser um confidente e um apoio perfeitos para documentar histórias que muitas vezes acabavam no tribunal, ele tinha feito amizade com altas figuras do judiciário e da polícia. Pouco depois, voltou com a expressão perturbada e preocupada.

— Você contou tudo? Vão mandar a polícia? — perguntei, um tanto confusa.

— Ele acabou de ser solto, sem nenhuma acusação... — respondeu, deixando-me gelada. Eu não podia acreditar. Minha fé na justiça desapareceu ao ouvir essa única frase. Como pude ser tão ingênua? Como podia acreditar que a justiça funcionava?

— Sem nenhuma acusação? Como assim? Esse porão está cheio de provas! — gritei.

— Alguém não trabalhou direito, Miren — ele respondeu, sério.

— Direito? Mas nem vieram aqui ver se havia alguma coisa. Não fizeram nada! — gritei outra vez. Senti que minha voz estava prestes a falhar. — E o que o promotor disse? Que vão prendê-lo de novo?

— Me disse para ligar a televisão.

37.
1998

Algumas pessoas são como o fogo;
outras, dele precisam.

As chamas inundaram as telas de todo o país. Depois pularam para a primeira página de metade dos jornais do globo, e em pouco tempo aquela imagem se tornaria símbolo de uma justiça que as autoridades condenavam, mas pela qual o planeta clamava: a arrebatadora dança do fogo, consumindo James Foster na saída da delegacia.

No dia seguinte à prisão, as autoridades tinham desistido de acusá-lo. A garota que ele supostamente tinha tentado sequestrar perto da Times Square confirmou a versão de James, as câmeras que cobriam a área não mostraram nenhum indício de que houve um crime, e os antecedentes policiais por abuso de menores se deviam àquela denúncia feita pelos pais da sua atual esposa, de quando eles eram jovens. A polícia não queria ser influenciada pela capa do *Press*, que dava a entender que James Foster também era culpado pelo desaparecimento de Kiera Templeton, e o país tinha começado a odiá-lo a partir do momento em que seu rosto cobriu as bancas de jornal de toda a ilha de Manhattan. Ao meio-dia, uma multidão se reuniu na porta da delegacia onde ele estava detido e era interrogado pela polícia. Às seis da tarde, à medida que as pessoas saíam do trabalho, a multidão que se concentrava na rua à espera de notícias chegava às centenas de pessoas. Aos poucos, o clamor por justiça foi se dissipando, e à meia-noite só restavam umas trinta pessoas, quase todas agitadoras, esperando algum pronunciamento da polícia para agir. Durante todo o dia, diversos noticiários e programas de debates ampliaram as informações sobre o caso, fabricando suposições e criando cenários sinistros e definitivos: James Foster devia ter acabado com a vida de Kiera e, graças a Deus, não tinha conseguido fazer o mesmo com a menina de sete anos que tentara sequestrar.

Quando Foster pôs os pés na rua, escoltado por dois policiais incumbidos de levá-lo para casa sem contratempos, o rebuliço foi tão grande que, de repente, ninguém sabe como, no meio de entreveros e empurrões, todos viram que James estava molhado e cheirando a gasolina. Em poucos instantes, os dois policiais foram superados pela pequena multidão e, do chão, enquanto várias pessoas pulavam em cima deles e os acusavam de proteger um assassino, viram a expressão de terror de James, que olhava em todas as direções e nenhuma ao mesmo tempo. Formou-se um círculo ao seu redor e quando, mais tarde, foram tomados os depoimentos de todos os que estavam naquele grupo, ninguém sabia dizer com certeza quem tinha acendido a chama que provocou a imagem mais poderosa de que se tem notícia nos Estados Unidos.

O fogo subiu rapidamente dos pés até o rosto de James. Algumas testemunhas lembraram seus gritos, implorando clemência, ajoelhado e com as mãos para cima, mas todos declararam que tinham parado de olhar assim que sentiram que aquilo talvez tivesse ido longe demais. Um minuto depois, James jazia sem vida no asfalto, com o corpo queimando devagar, até que enfim chegou outro policial com um extintor de incêndio.

Todos os jornais do dia seguinte confirmavam a inocência de James Foster, com uma fotografia do homem em chamas e manchetes do tipo: "Um inocente foi queimado vivo"; "Único suspeito do caso Kiera Templeton é queimado vivo"; "Justiça errada". A fotografia, a única do momento em que Foster foi visto com as mãos levantadas, de perfil, com o fogo iluminando os rostos anônimos e desfocados de quem o viu arder, foi tirada por um fotógrafo filiado à Associated Press, uma agência de notícias sem fins lucrativos, que decidiu permanecer ali quando viu a multidão na porta da delegacia clamando por justiça. Meses depois, essa imagem venceria o prêmio Pulitzer de fotografia do ano.

Todos os jornais deram destaque à notícia, reivindicando a inocência de um homem que tinha sido libertado por não haver provas da acusação de tentativa de sequestro. Todos, menos um.

Poucas horas antes de os exemplares do dia chegarem às ruas, por volta de meia-noite, Phil Marks, o editor do *Manhattan Press*, recebeu um telefonema de Jim Schmoer, seu antigo colega de Harvard, com quem nos anos de faculdade havia compartilhado mais festas do que livros. Os dois tinham traçado carreiras parecidas em jornais diferentes, e continuavam a ter um contato esporádico. Ambos trabalhavam em Nova York e tinham tido trajetórias que pareciam meteóricas, mas em âmbitos diferentes. Jim ficou conhecido como jornalista investigativo, temido pelas grandes empresas e pelos poderosos; e Phil teve a sorte de acertar nas matérias em que embarcava, além de ter dinheiro suficiente para, enquanto trabalhava, fazer um mestrado em administração de empresas que lhe abriria as portas para cargos de responsabilidade no jornal.

— Phil, tenho uma coisa muito quente.

— Quente mesmo? Acabei de parar a primeira página de amanhã para refazer tudo e abrir com James Foster em chamas na porta da delegacia. Queimaram um inocente vivo, Jim. E nós o denunciamos ontem. É nossa culpa. Temos que pedir desculpas.

— Eu ia falar com você sobre isso. Ele não é inocente. Não merece ser visto como vítima de uma injustiça.

— Por que está me dizendo isso? — Phil perguntou, interessado.

Nessa ligação, o prof. Schmoer lhe deu um resumo da situação. Disse que o procurador havia acabado de mandar uma equipe da polícia para a casa dos Foster e que eles estavam lá, esperando.

— E você acha que ele pode ter sequestrado aquela garota também?

— Kiera? Não. Já procuramos na casa toda. E eles não parecem ter mais imóveis. Essa história toda ainda está no ar.

— Por que você não conta tudo isso ao *Daily*?

— Por dois motivos. O primeiro é que... não trabalho mais lá. Fui demitido hoje, acho que por estar sempre um passo atrás dos outros. Não era o meu estilo.

— Você é um dos melhores, Jim. É só que... não encontra o assunto certo. Ninguém deu a liberdade de que você precisa.

— O segundo motivo é que... esta história não é um trabalho meu. É da minha melhor aluna, e acho que ela merece uma chance.

— Uma aluna? Ela está aí com você?

— Sim.

— Tudo bem. Venham agora mesmo para a redação. Você sabe onde fica. Vamos ter uma noite longa — ele disparou.

— Estamos indo.

Miren ficou andando de um lado para o outro no jardim, tentando juntar na cabeça tudo o que acabara de descobrir e como ela mesma tinha derrubado, com uma verdade horrível, a hipótese que se formara em sua mente. Percebeu que no fundo queria que as pessoas fossem boas, que não existisse maldade em alguns homens, e aquela visita à casa dos Foster fora feita com esse objetivo: confirmar que havia sido um equívoco prendê-lo. Mas, ao iluminar uma sombra, às vezes descobrimos que o que está escondido ali é mais escuro do que se imaginava.

O prof. Schmoer desligou o telefone e acenou para Miren no mesmo instante em que chegavam à porta da casa dos Foster três carros de polícia com as luzes apagadas.

— Eu telefonei para o *Press*.

— Para quê? — Miren perguntou, surpresa.
— Você tem um teste na redação daqui a quarenta e cinco minutos. Vamos logo. Não temos tempo a perder.
— O quê?
Miren Triggs chegou com Jim Schmoer ao escritório do *Press* à uma hora da madrugada, com a intenção de escrever a matéria ali mesmo. Não havia tempo de ir para casa e enviar o texto por e-mail, confiando numa boa conexão com a internet.
— Miren Triggs, certo? — Phil Marks a saudou quando a viu entrar no prédio. — Estávamos esperando por você. Se tudo isso sobre James Foster for verdade, amanhã nós vamos publicar a única matéria de capa que conta toda a história, e não uma pequena parte que deturpa a verdade. E é isso, srta. Triggs, que deve guiar um bom jornalista. Obrigado por tudo, Jim.
— É um prazer. Você sabe que é sempre bom voltar aqui. Além do mais, como te disse, acabei de ser demitido. Não estava com a menor vontade de dar essa história para os meus antigos chefes. A minha eterna luta contra as injustiças.
— Vamos tratar o caso como merece, se a srta. Triggs nos provar que pode escrever um bom artigo para a capa do *Press*.
— Para a primeira página? — Miren se assustou.
— A sua história não é boa o suficiente para a primeira página? Porque, se não tem condições de sair na capa, não suportaria o peso de uma simples coluna na página trinta. Todas as matérias que nós escrevemos têm que ter força para sair na primeira página.
Miren ficou em silêncio, e Phil Marks a levou para uma mesa no fundo do salão. Ao seu lado já estava um revisor, pronto para corrigir, e no setor de diagramação havia um designer a postos, esperando para dar a forma final. Numa sala, Jim Schmoer entregou ao responsável a câmera descartável que tinha as imagens que iriam acompanhar a notícia. Miren se sentou diante do computador, mais nervosa do que nunca.
— Você tem vinte e cinco minutos, senão perdemos o bonde.
Os dedos de Miren começaram a voar de um lado para o outro do teclado, e enquanto escrevia tinha a sensação de que as terminações nervosas das suas falanges estavam diretamente ligadas à raiva e à impotência que aquela história lhe trazia.
No texto, ela contou sem concessões a narrativa de perversão e do caminho tenebroso empreendido por James Foster, gerente de uma Blockbuster suburbana. Também detalhou como ele tinha montado uma espécie de império de produção e distribuição de imagens com conteúdo pedófilo, e reproduziu as declarações da esposa, Margaret, contando como ele chantageava e extorquia menores com o objetivo de gravá-los para clientes espalhados pelo mundo. O artigo foi ilustra-

do com uma das fotos tiradas pelo prof. Schmoer, que mostrava uma cama meio enferrujada na frente de um tripé e com os lençóis remexidos. Enquanto Miren escrevia o artigo e as máquinas esperavam para começar a imprimir, Phil propôs várias manchetes, mandou o revisor buscar cafés e pediu ao diagramador que estivesse preparado em sua mesa. Foram minutos tensos, parecia que Miren não ia conseguir concluir no prazo que lhe fora dado, e que não podia ser ultrapassado se quisessem que o jornal estivesse nas ruas nas primeiras horas da manhã. Mas ela pronunciou um simples "Pronto" quando o relógio indicou que só haviam passado vinte e um minutos.

Nesse momento, logo depois de uma rápida leitura de Phil Marks, o prof. Schmoer começou a aplaudir, seguido pelo revisor e pelo próprio Phil, parabenizando-a por entrar no *Manhattan Press*.

Na manhã seguinte, quando todos os jornais denunciavam a vingança contra uma pessoa inocente, o *Manhattan Press*, em matéria assinada por certa Miren Triggs, se diferenciava dos demais ao contar os detalhes da vida de James Foster, que ardeu em chamas ao ser libertado, e de sua esposa, Margaret S. Foster, que já estava na delegacia sem que nenhum meio de comunicação soubesse quem era ela, por que tinha sido presa ou por que seus filhos seriam entregues aos cuidados do Serviço Social. Esse escândalo abriu um amplo debate no estado de Nova York sobre a pena de morte, sobre os limites que a justiça deve respeitar em casos assim e sobre a incompetência do órgão que libertou um homem que tinha em sua casa um porão sinistro como aquele. Mas, nas ruas, a sensação era de que as chamas tinham sido o melhor castigo para alguém como James Foster.

38.
30 DE NOVEMBRO DE 2003
Cinco anos após o desaparecimento de Kiera

Talvez ainda exista alguém que não queira saber que mesmo na mais bela rosa os espinhos crescem sem medo.

Miren saiu da redação e foi até um estacionamento ali perto, que lhe custava trezentos dólares por mês. Era um absurdo, mas ela havia parado de usar o metrô para não ter que dividir o espaço com desconhecidos. Em Nova York, pouca gente usa carro próprio, e por algum tempo ela conseguiu contornar o problema com táxis. Na época em que começou a sair da redação para apurar as matérias, concluiu que os táxis eram insustentáveis. Sabia que ter carro era uma contradição, já que muitas vezes significava demorar mais para chegar aos lugares — e no jornalismo isso é inconcebível. Com o mundo gerando notícias num ritmo incontrolável, ela não entrou no *Press* na editoria de polícia, mas no departamento de pesquisa e investigações, que a fazia lidar com fatos que tinham passado despercebidos ou estavam ocultos, para desvendá-los e encontrar a verdade.

Embora menos corrido, esse tipo de jornalismo era estressante. Miren tinha medo de que outro jornal roubasse sua matéria e, na prática, ao lidar com várias histórias complexas ao mesmo tempo e precisando visitar arquivos, agências governamentais e registros públicos, sobre sua mesa se acumulava uma montanha de trabalho. Muitas vezes trabalhava com uma equipe, três ou quatro jornalistas e outros colaboradores, quando o assunto tinha uma dimensão maior, mas também costumava embarcar sozinha numa história para puxar algum fio ao qual ninguém dera importância. Um dia, sem que ninguém tivesse pedido ou soubesse do assunto em que ela estava trabalhando, Miren chegou à redação com um artigo, escrito num estilo cortante e emocionado, sobre uma garota de dezesseis anos que havia desaparecido numa misteriosa cidadezinha do interior, e que ninguém parecia estar procurando na época. Em outra ocasião, trouxe uma história que parecia envolver importantes quadros do Ministério da Justiça que brincavam de bolinar menores de idade numa boate do Caribe.

Aos poucos ela foi construindo uma reputação com a excelência de suas matérias, mas nunca deixou de procurar Kiera Templeton, embora o desaparecimento da menina tivesse chegado a um impasse no momento em que o principal suspeito ardeu em chamas.

Miren alugou um galpão perto do rio, e ali guardou todos os dossiês e arquivos que tinha acumulado ao longo do tempo. Já os examinara tantas vezes que achava que não encontraria mais nada. Antes de erguer a porta de enrolar, verificou se ninguém a observava. A rua estava deserta, e os demais depósitos, fechados. Levantou com força, e o rangido do metal abalou a tranquilidade que se respirava no ambiente.

Lá dentro, o que estava suspenso não era mais a poeira, mas sim as histórias e as pastas dispostas em uma dúzia de arquivos de metal bem organizados e encostados nas paredes. Nas gavetas, viam-se cartõezinhos de papelão com números indicando as décadas, que iam de 1960 até o quarto arquivo à direita, um simples 00. O restante trazia nomes escritos nas etiquetas, entre os quais: Kiera Templeton, Amanda Maslow, Kate Sparks, Susan Doe, Gina Pebbles e um longo "etc.". Ali, Miren guardava qualquer informação sobre casos abertos que pareciam não ter resposta, na esperança de encontrar alguma pista-chave que pudesse esclarecer o que havia acontecido.

Ela abriu a gaveta reservada a Kiera, tirou várias pastas e uma caixa, que foi pondo numa bolsa de pano. Fosse pelo silêncio, fosse pela tensão que sentia naquele depósito cheio de histórias tristes e difíceis, levou um baita susto quando o celular tocou.

— Mãe? Você não imagina o susto que me deu.
— Eu? Será que você está fazendo alguma coisa perigosa?
— Nada disso. Estou... no escritório. Você precisa de algo? Estou ocupada.
— Eu... não. Eu só queria saber de você.
— Eu estou bem, mãe.
— Este ano a casa ficou um pouco vazia sem você no dia de Ação de Graças.
— Eu sei, desculpe... De verdade, eu precisava trabalhar.
— E isso me deixa feliz, querida. Você trabalha no que gosta, mas...

Miren fechou os olhos. Sentia-se mal.

— Eu sei, mãe, sinto muito. Eu estava fechando um artigo há um tempão e... tudo se complicou na última hora. Uma fonte recuou, disse o contrário do que tinha dito, e não podíamos mais publicar sem uma confirmação dos fatos. Foi uma corrida contra o tempo para encontrar uma nova testemunha que corroborasse a história. Sinto muito mesmo.

— Você passou o Dia de Ação de Graças no escritório, não foi?

— Bom, se serve de consolo, eu não estava sozinha. O jornal tem que estar nas bancas ou nas casas de todo o país o ano todo. A redação estava cheia de gente. Os chefes pediram peru pra todo mundo. Não fiquei na frente do computador com um sanduíche.

— Isso é o que você faz quase todos os dias — a mãe resmungou.

— É, mas não no Dia de Ação de Graças.

— É bom saber que te tratam bem, filha. Você merece.

— Todo mundo tem que se esforçar. A internet trouxe muitas mudanças, e alguns setores estão reduzindo o pessoal. Eu acho que também é hora de apertar um pouco mais o cinto. O que seria do mundo sem o jornalismo?

— Não sei, só sei que estamos com saudades. Durante o jantar, seu pai contou aquela piada horrível do pavê e quase acabou enfiando o nariz no prato, de tanto rir.

— De novo? — Miren riu.

— Você sabe como ele é.

Miren estava tão absorta que não percebeu os passos às suas costas nem o movimento da sombra que se projetou sobre o seu ombro quando uma mão forte a agarrou por trás e tampou sua boca, derrubando o celular no chão. A sra. Triggs, ouvindo com horror o som do aparelho caindo e os gemidos abafados da filha, perguntou:

— Miren? O que está acontecendo? Você está aí?

Por alguns instantes, o homem que a segurava a abraçou com força, em silêncio, tentando medir as reações e avaliar a resistência de Miren, cuja frequência cardíaca havia disparado, ativando seus mecanismos de defesa. Por um segundo, ela reviu a Miren indefesa, jogada naquele banco do parque, com o vestido laranja rasgado. Sua respiração acelerou ainda mais quando percebeu que sua mãe ainda estava do outro lado da linha.

— Vai ser rapidinho... Eu tenho aqui... uma coisinha para você — uma voz masculina rouca atrás dela ameaçou.

— Miren? Quem é esse homem? Miren! — ouviu-se a sra. Triggs gritar.

O ladrão começou a apalpar os bolsos do casaco dela, até que sentiu a carteira e meteu a mão. Nesse momento, Miren mordeu com força, prendendo entre os dentes os dedos indicador e médio do sujeito, cujo grito invadiu a ligação. Quando ele se deu conta, estava no chão, com a cabeça encostada no metal de um dos armários e o cano de uma arma enfiado na boca.

— Eu também tenho uma coisinha para você — Miren sussurrou.

39.
27 DE NOVEMBRO DE 2010
Doze anos após o desaparecimento de Kiera

*Somos capazes de desejar a dor se isso for
a única coisa que nos dá esperança.*

O inspetor Miller chegou com a fita ao escritório do FBI e, assim que largou a gabardina cinza na mesa onde estava uma foto da formatura da filha, foi até a unidade da perícia criminal para verificar, como tinha feito com as anteriores, se não havia impressões digitais além daquelas já esperadas, de Grace, Aaron ou de quem as encontrara. No primeiro ano, as digitais só tinham servido para perturbar um garoto, que por sua vez perturbou a polícia com um retrato falado cuja única característica definida era que se tratava de uma mulher branca de cabelos cacheados. O desenho estava colado na parede do cubículo do inspetor Miller, ao lado do monitor, mas só se via uma parte do rosto, porque o resto estava coberto por uma pilha de pastas abarrotadas de papéis.

As duas fitas seguintes tinham sido contaminadas tantas vezes que não dava para aproveitar as impressões que colheram. Tinham passado de mão em mão por pessoas aleatórias antes de por fim chegarem à polícia ou à família.

À primeira vista, aquela quarta fita era igual às outras: marca TDK, cento e vinte minutos, sem capa, guardada num envelope acolchoado ocre que podia ser comprado em qualquer canto do país. Não havia selos postais, nem marcas e arranhões, apenas o número quatro escrito na superfície. O pacote parecia intacto, e o fato de ter sido encontrado na caixa de correio da antiga casa dos Templeton significava que aquela única evidência de que dispunham talvez não estivesse contaminada.

— John, você pode dar uma olhada nisso? — ele pediu ao responsável pela perícia.

— Uma fita nova da Kiera?! Passou por muitas mãos?

— Teoricamente só pelas mãos dos Templeton e do inquilino que mora na antiga casa da família. Se achar alguma coisa, me avise.

— Você está com pressa? — o outro perguntou, inquieto.

— Tenho quase cinquenta e cinco anos. Claro que estou com pressa.

— Certo. Posso dizer alguma coisa em algumas horas.

— Antes disso, digitalize a fita e me envie o arquivo. E, pelo amor de Deus, isso não pode sair daqui.

— Certo — John concordou. — Tem alguma coisa nela que se destaque? Alguma alteração nos móveis ou coisa assim? A terceira foi aquela do vestido laranja, certo?

— Nesta, simplesmente... ela não aparece.

John Taylor prendeu a respiração por um segundo e depois prosseguiu, decidido:

— Está bem. Vou começar agora.

— Obrigado, John. Não deixe de me avisar, seja qual for a conclusão.

— Combinado.

O inspetor Miller voltou para sua mesa com pouca esperança e acessou a intranet para, pela enésima vez, rever as fitas anteriores e analisar a documentação. Na pasta "Kiera Templeton" estavam organizados todos os arquivos sobre o caso, após um recente esforço do FBI para digitalizar o conteúdo e reduzir a papelada que cada relatório produzia. Formulários, fichas, arquivos, fotos, negativos, testes físicos. Cada desaparecimento exigia cada vez mais espaço, acumulando poeira e aumentando a entropia. Acessou a pasta "Vídeos". Os originais ficavam numa sala de segurança, no porão, dentro de uma caixa de papelão que ele só via quando ia depositar um novo original. Os pais da menina receberam uma cópia em VHS de cada uma delas, como pediram, com o objetivo simbólico de permanecer o mais perto possível da imagem da filha. Dentro dessa pasta, ele encontrou uma extensa listagem de arquivos das câmeras de segurança da área onde a menina havia desaparecido, junto com muitos outros, de anos posteriores, fruto das tentativas de descobrir quem deixava as fitas nos diferentes lugares.

Sempre que aparecia uma VHS nova, Miller seguia o mesmo protocolo: visualizava, um por um e em ordem cronológica, os vídeos anteriores, todos gravados no mesmo quarto triste, para sentir a impotência que o fazia seguir em frente e não desistir. Abriu o primeiro, o que ele tinha visto mais e que deu início a tudo, e, após um minuto eterno em que não paravam de passar perguntas por sua cabeça, levou as mãos ao rosto.

Na fita, Kiera brincava com uma boneca numa casinha de madeira e em determinado momento se levantava e deixava o brinquedo em cima da cama. Em seguida, encostava o ouvido na porta, depois olhava pela janela, para então se virar e olhar a câmera, momento em que o vídeo terminava.

Na segunda fita, deixada no antigo escritório de Aaron em agosto de 2007, Kiera tinha doze anos, era esguia e tinha pernas finas. Miller se esforçou para continuar vendo aquelas imagens. Kiera ficava todo o tempo da gravação escrevendo com uma cara séria numa espécie de caderno. Em nenhum momento olhou diretamente para a câmera. A qualidade da imagem era idêntica à fita anterior, e outros especialistas do FBI deduziram que tinha sido usado o mesmo equipamento de gravação, instalado num lugar fixo, cuja imagem era transmitida ao vivo para uma tela próxima conectada a um videocassete da marca Sanyo, a julgar pelo padrão magnético que o cabeçote deixava na tarja.

A terceira, encontrada num parque em fevereiro de 2009, foi a pior para a família, a mais difícil de ver. Mostrava Kiera com cerca de catorze anos, no mesmo quarto, escrevendo em cadernos pretos enquanto chorava e soluçava. Às vezes ela levantava e parecia gritar em direção à porta, mas estava de costas e não dava para adivinhar o que dizia. Especialistas em prosódia, depois de analisar o movimento da mandíbula visível no vídeo pelas pulsações do osso embaixo da orelha, deduziram que era uma frase de quatro palavras. Isso deu a entender que Kiera não estava sozinha e que naquele momento a pessoa que a sequestrou estava por perto e ela sabia disso. Na mesa havia quatro cadernos iguais àquele em que ela escrevia, pareciam diários pessoais.

Uma vez, Grace passou a noite assistindo àquela fita em loop, chorando, dizendo à filha que um dia as duas estariam juntas e que a mãe a confortaria, por mais que ela não soubesse, por mais que nem se lembrasse da existência da mãe. Nessa fita também se notava que Kiera estava diferente: tinha abandonado o rabo de cavalo e soltara o cabelo, que caía até abaixo de seus seios já desenvolvidos.

O inspetor especial Spencer, aquele que tinha ocupado a mesa que ficava em frente à de Miller, saiu de uma sala no fundo do escritório e foi falar com Ben.

— A garota, de novo? Uma fita nova?

— Pois é.

— Agora estamos atrás da outra garota, Ben, a do cais catorze. Não podemos dedicar mais recursos a isso. Você sabe. Essa investigação consumiu mais verba do que gastamos com trinta outros desaparecidos. Não.

— Me dê pelo menos um dia. Só para seguir o procedimento usual: impressões digitais, DNA e checagem das câmeras da área. Dessa vez tudo parece... diferente.

— Não podemos, Ben. Estamos perto de encontrar a garota do cais, e eu preciso de você. O namorado já confessou. Agora necessitamos de olhos para reconstituir onde ele pode ter desovado o corpo. Eu quero que você vá lá e participe dos últimos arremates. Temos uma equipe de mergulhadores pronta para buscar nas áreas que indicarmos.

— Prometi à família Templeton que ia verificar isso.

— Não posso perder um dos meus inspetores só porque você quer continuar levantando poeira no deserto, Ben.

— Eu nunca fui um dos seus inspetores, Spencer. Nós sempre fomos colegas, só.

— Mas agora é um dos meus inspetores. Por mais que isso incomode você. Pode até supor que eu não mereci minha promoção, mas resolvi cento e catorze casos dos cento e vinte de que participei. Você insiste em perder tempo com casos que não dão em nada... Todos merecem ser encontrados, não só Kiera Templeton.

— Você é um idiota.

— Não me faça abrir um processo disciplinar, Ben. Não vá por aí.

— Pode abrir, se quiser. Você sempre foi um idiota, e isso só vai confirmar.

A fisionomia do inspetor especial Spencer mudou, e ele disse de modo formal e em voz alta, para que todo mundo ouvisse:

— Inspetor Miller, você está suspenso das suas funções por um mês, e nesse tempo não pode ter acesso às instalações, aos recursos ou ao material das investigações em curso. Seus casos passam automaticamente para o inspetor Wacks.

Ben aquiesceu e olhou para os colegas, que desviaram os olhos. Parecia injusto que alguém como Spencer chegasse a esse posto evitando problemas e não os enfrentando, como ele. Ben levantou, pegou o casaco e o encarou:

— Sabe a diferença entre nós? É que você sempre se concentrou na sua maldita taxa de acertos, enquanto eu me preocupei com cada uma das vidas que desapareceram como se nunca tivessem existido.

— Então não deixe sua carreira aqui desaparecer também — o outro fulminou.

Ben saiu, sem saber o que aconteceria de seu futuro como inspetor.

Pouco depois apareceu na pasta da intranet de Miller um arquivo intitulado Kiera_4.mp4, com todo o conteúdo do caso, mas ele já estava na rua fazia algum tempo.

Pegou o telefone e discou o número de Miren Triggs, aquela jornalista do *Press* que sempre tinha sido uma pedra em seu sapato, mas ela não o atendeu. Então decidiu ligar para o *Manhattan Press* e perguntar por ela, mas uma garota gentil lhe disse que Miren não tinha ido à redação naquele dia.

"Droga, onde você está?", pensou o inspetor Miller depois de desligar o telefone.

40.
Miren Triggs
1998

Todo mundo carrega sombras de muitas formas e tamanhos, e, em certo momento, algumas crescem e cobrem todo o resto.

Por mais difícil que pareça, em 1998, quando vi pela televisão James Foster arder em chamas, eu estava sentada no sofá dele, conversando com sua esposa. Não senti pena. Era como se pela primeira vez na vida visse a justiça recair sobre os malvados. Finalmente.

Não lembro se suspirei ou dei um sorrisinho ao ver aquilo, mas juro que era assim que me sentia por dentro. Passado o impacto da imagem e da legenda que percorria a tela (NOTÍCIA DE ÚLTIMA HORA: *J. F. é queimado vivo após ser solto sem acusações*) no canal de notícias vinte e quatro horas, o professor disse a Margaret que lamentava o que tinha acontecido com seu marido, e eu saí sem dizer nada, para não ser hipócrita.

Estava me sentindo especialmente bem e não queria estragar aquela sensação. Muito menos depois que o professor me disse que eu estaria com um pé no *Press* se conseguisse passar no teste de escrever um artigo sobre James naquela mesma noite. Estava nervosa e feliz. Era uma mistura doce de sentimentos. Apesar de Kiera não ter sido encontrada, aquele "justiçamento" tinha sido prazeroso para mim e, por mais que esse caminho da busca parecesse ter chegado ao fim, eu não ia desistir com facilidade.

Chegamos ao jornal depois de esperar a polícia e contar tudo o que Jim já tinha adiantado ao promotor. E ali, na redação, a mágica aconteceu. Havia poucos jornalistas àquela hora, e o diretor nos recebeu com um aperto de mão forte e sincero. Eu escrevi, correndo contra o relógio, o artigo que meus pais depois emolduraram e penduraram com orgulho na sala, e lembro que, enquanto escrevia, a única coisa que me preocupava era não deixar um resquício de dúvida sobre quem James Foster realmente tinha sido. Quando terminei e todos aplaudiram, houve um momento de conexão, aquela centelha que transforma o nervosismo em felicidade, e foi a primeira vez, as primeiras horas em muito tempo, que consegui tirar da cabeça o que havia acontecido comigo naquela noite num parque que eu não ousava mais atravessar.

Saímos da redação por volta das três da madrugada. Phil Marks, o diretor, pediu que eu voltasse no dia seguinte às quatro da tarde para a reunião de pauta. Eu ia começar com um contrato de meio expediente para trabalhar à tarde, depois das aulas, até o final dos estudos. Jim e eu entramos no elevador sérios, sem dizer uma palavra, quase evitando trocar olhares. Pegamos um táxi, e ele deu o endereço da minha casa sem hesitar.

— Parabéns — ele disse. — Você está dentro.

— Sim... — respondi.

Eu estava prestes a explodir, nervosa e consciente de que cometeria um erro, inevitável e ao mesmo tempo irremediável. Ele olhou para a frente, silencioso, e vi que seu sapato marrom dava batidinhas no tapete.

— Eu te...

E então eu me inclinei sobre ele e o beijei, interrompendo o que ele ia dizer. Depois de um segundo sentindo seus lábios, notei que eles se separaram dos meus como dois amantes se despedindo num aeroporto. Ele me afastava para poder me olhar. Seus olhos se fixaram nos meus, na escuridão do táxi, com as luzes de Manhattan entrando pela janela e iluminando de forma intermitente seus lábios e sua barba de três dias. Eu me aproximei de novo e voltei a beijá-lo. Durante os instantes em que ficou imóvel, ele parecia estar gostando, mas depois me empurrou de novo e pensei que eu tinha cometido um erro e que aquilo ia acabar.

— Isso não está certo, Miren — ele sussurrou, no tom mais doce que já ouvi.

— Eu não me importo — respondi, com a voz mais determinada que já emiti.

Ficamos nos beijando durante todo o caminho. Também na escada do meu prédio. Também enquanto eu lutava para abrir a porta. Também enquanto tirávamos a roupa. Também quando os óculos dele voaram e uma das lentes quebrou, e também enquanto nossos corpos nus mergulharam na cama do meu minúsculo conjugado.

Uma hora depois estávamos cheios de remorso pelo que tinha ocorrido, mas convencidos de que era inevitável. Ele se vestiu em silêncio na escuridão.

— Isso não vai acontecer de novo, Jim — eu disse baixinho.

— Por quê? Eu gosto de ficar com você, Miren. Você é... diferente.

— Porque você não pode perder o único emprego que ainda tem — respondi.

— Ninguém precisa ficar sabendo.

— Você ensina jornalismo investigativo. Tem uma turma inteira cheia de gente disposta a descobrir verdades.

Jim riu.

— Então vamos nos despedir aqui, como se nada tivesse acontecido?

— Acho que é o melhor.

Ele fez que sim, de costas. Depois se agachou, ainda sem camisa, pegou os óculos e os guardou no bolso.

— Você vai ficar bem, Miren. Você tem uma coisa diferente.

— A única característica que me diferencia dos outros é que sou teimosa.

— E isso é o principal para um jornalista.

— Eu sei. Aprendi com você.

Ele terminou de se vestir e eu fiquei na cama. Ele se despediu me dando um beijo nos lábios, e nos anos seguintes eu nunca mais esqueci como arranhava aquela barba que havia me tirado do abismo.

Na manhã seguinte, a capa do *Press* com a história de James Foster iria invadir o país, e o meu nome, pela primeira vez, mas não a última, se associaria para sempre ao de Kiera Templeton: eu tinha descoberto a verdadeira história do único suspeito oficial que surgira durante todo o caso.

De manhã, liguei para minha família contando a boa notícia. Meus pais imediatamente saíram para comprar vários exemplares, que distribuíram por toda Charlotte, alardeando como a filha era famosa.

Minha mãe me perguntou se eu podia visitá-los naquele fim de semana, como tinha prometido, mas a entrada inesperada no jornal cancelou todos os meus planos. Mais tarde, com o passar do tempo, eu me arrependeria de ter adiado aquele encontro improvisado, em especial depois do que mais tarde eu vim a saber, mas na época eu era uma garota e, caramba, tinha acabado de conseguir um emprego no *Press*.

Eu ia tirar a manhã de folga, mas na minha cabeça tinha sido plantada uma sementinha de esperança em forma de chama ardente. Quando me dei conta, eu entrava às dez da manhã pela porta de uma loja de armas que, à primeira vista, mais parecia uma casa de penhores.

— Que modelo você quer? Se é para defender sua casa, recomendo esta aqui — respondeu um senhor de mais idade com jeito de ser um membro orgulhoso da NRA, a Associação Nacional do Rifle. Tirou de baixo do balcão uma espingarda de cano curto que parecia pesar uma tonelada.

— Não... eu... eu só quero uma pistola. É para me defender.

— Tem certeza? Se invadirem sua casa, você precisa saber que os bandidos estarão com algo assim.

— Sim, certeza absoluta. Uma pistola é suficiente.

A loja tinha paredes e vitrines com armas expostas como sapatos numa sapataria. Espingardas, pistolas, revólveres e fuzis. Era impossível ver aquilo e não sentir pânico.

— Se gastar mais de mil dólares, leva de graça uma caixa de vinte e cinco balas.

— Ah... certo. Está bem. Uma pistola e uma caixa de balas.

O homem riu e apontou para uma vitrine onde havia uma variedade tão grande de modelos e calibres que eu fiquei zonza. Então ele disse que eu teria que preencher um formulário e aguardar o resultado da verificação de antecedentes. Depois perguntou se eu tinha porte de armas, e eu fiquei sem saber o que responder.

— Porte?

— Aqui em Nova York é preciso, filha.

— Não tenho. Eu sou da Carolina do Norte. Lá... bem, lá costuma ser mais fácil.

— Bom, então você deve comprar lá se...

— O senhor não tem mesmo como fechar os olhos? Eu só quero me proteger em casa. Moro no Harlem, é uma zona. No meu prédio já entraram seis vezes — menti.

— Negros, certo?

Fiz que sim com a cabeça. Como era fácil manipular alguém assim.

— Eles pensam que são os donos da porra da cidade e destroem tudo. Para você faço por seiscentos dólares, se me prometer que vai atirar se entrarem na sua casa. Melhor eles do que você, filha.

— Claro... claro — respondi. A ideia de algum dia usá-la me deixava em pânico.

Ele pôs a pistola em uma sacola e me fez prometer que não andaria com ela. Me senti estranha ao sair da loja com a arma na mochila. Definitivamente não era o mesmo que andar com spray de pimenta, que eu sempre levava na bolsa e que me deixava quase tão segura quanto um guarda-chuva. Já a pistola me dava uma sensação diferente, embora eu soubesse que portá-la, segundo as estatísticas, aumentava minhas chances de acabar morta. Não eram raras discussões, roubos e brigas que culminavam com uma arma nas mãos erradas, e um clarão acabava com a vida de alguém que provavelmente deveria ter deixado que levassem sua bolsa ou carteira. Mas eu necessitava daquele sentimento de segurança, mesmo que não tirasse a arma de casa. Não queria vingança, não era para isso, mas precisava reviver a sensação que senti ao ver James Foster em chamas. Às vezes os maus têm que pagar, não?

Chegando em casa, pus a arma debaixo do travesseiro e vi que o CD que o prof. Schmoer tinha me trazido ainda estava em cima da mesa.

Eu tinha algum tempo até as quatro da tarde, por isso inseri o disco no computador, pensando que seria mais do mesmo, para dar uma olhada no conteúdo antes do que viria a ser oficialmente o meu primeiro dia de trabalho.

Era um arquivo com as gravações de quase cem câmeras de segurança além daquelas que ele já tinha me enviado por e-mail. Numa das subpastas, havia mais de uma centena de documentos com transcrições das declarações de moradores do prédio onde acharam as roupas e o cabelo cortado da menina. Pelo que deduzi, era uma cópia integral do inquérito policial, que não sei como Jim conseguiu, mas que parecia ser tudo o que os investigadores tinham naquele momento.

Li as transcrições dos depoimentos, e nenhuma das mais de cinquenta pessoas que moravam no prédio tinha visto alguma coisa. Naquele dia e àquela hora, todo mundo estava na rua para admirar os balões, tentar ver os shows ou fazer compras de última hora para o jantar. Os que não tinham saído não ouviram nada de estranho no número 225. Também foram incluídos os depoimentos de todos os donos de lojas ou barracas de comida na área da Herald Square. A rua 35 Oeste tinha cerca de cinquenta e sete empresas de diversos tipos, mas naquele dia, perto daquela esquina-chave, só estavam abertos dois supermercados, uma lojinha de presentes e seis restaurantes de delivery. Mais uma vez, vi tudo aquilo como um caso impossível e me senti sem esperanças.

Quando me dei conta, eram três da tarde. Corri para a redação, onde, na noite anterior, tudo tinha mudado para sempre. Ao chegar, vi, nervosa, o nome do jornal escrito na fachada e perguntei na recepção pelo meu credenciamento para ter acesso ao prédio.

— Miren Triggs — disse com orgulho para a recepcionista quando ela perguntou meu nome e o andar ao qual me dirigia.

Enquanto ela verificava se estava tudo em ordem, ouvi uma voz masculina:
— Por favor, senhorita, você tem que me ajudar a encontrar minha filha.

Aquela voz parecia estilhaçada em milhares de fragmentos impossíveis de reconstruir. Eu me virei, surpresa, e foi a primeira vez que vi Aaron Templeton. Ele segurava um exemplar do jornal daquele dia com a minha matéria na capa.

41.
LUGAR DESCONHECIDO
12 DE SETEMBRO DE 2000

Por acaso os ladrões não temem ser roubados?

— Mila! — gritou outra vez Will, saindo da casa e olhando em todas as direções. — Mila!

Era quase meio-dia, o sol forte recobria as casas com sua luz branca. Soprava uma brisa de outono.

— Tudo bem, Will?

Um relâmpago percorreu seu corpo. O vizinho, um aposentado do Kansas que morava na casa ao lado, provavelmente tinha visto Kiera e ia descobrir sua história.

— Quem é Mila? — o vizinho perguntou surpreso, do alto da sua varanda. Vestia um macacão jeans com uma camiseta branca, e usava um boné vermelho com o slogan da campanha de George Bush.

— Ah... sim. Ela é... é a gata da família.

— Vocês têm um gato? Nunca vi por aqui.

— Temos... É uma velha gata cinzenta. Sempre esteve conosco, mas nunca sai.

— Não vi nenhum gato por aqui, mas se aparecer eu aviso, está bem?

Will assentiu com a cabeça e o observou por alguns segundos, duvidando da sua expressão amistosa e séria. Iris e Will se dividiram para percorrer a rua nas duas direções. Se alguém encontrasse a menina, seria o fim para ambos.

Iris olhava atrás de cada árvore, de cada lixeira, de cada arbusto, esquadrinhando cada esquina das redondezas. Já Will procurava com raiva e medo, pensando o tempo todo que aquela distração de segundos poderia significar a prisão perpétua.

Enquanto corriam, a pequena Kiera, no quintal da casa, observava com atenção uma borboleta que tinha pousado numa flor cor de laranja. Era a primeira vez que saía em muito tempo, e o brilho do sol a fazia olhar em volta com os olhos semicerrados. O azul do céu tinha um tom distinto daquele que ela via da janela do quarto. Até o quintal, que observava através do vidro, estava diferente, de uma cor tão viva que parecia irreal.

Começou a ficar tonta. Sentiu um formigamento estranho pelo corpo e sentou na grama, pensando que talvez aquilo passasse logo. De repente precisou fechar os olhos, suas pálpebras estavam pesadas, e em seguida, justo no momento em que Iris chegava quase sem fôlego, Kiera começou a ter convulsões.

— Mila?! O que está acontecendo?!

Iris a sacudiu com força, horrorizada ao ver sua menina daquele jeito, tentando em vão tirá-la daquele transe que parecia eterno e incontrolável.

— Mila! — gritou outra vez, desesperada. — Acorda!

Ao ouvir os gritos, Will voltou para casa e, guiado pelo som do choro da esposa, correu ao quintal. Desesperou-se ao ver Mila deitada no chão, com a cabeça de lado, os punhos cerrados e o corpo rígido, tremendo com virulência.

— O que aconteceu, Iris? O que você fez com a garota?

— Que pergunta é essa? O que você está insinuando?

— Faça algo. Ela está tremendo — ele disse, como se Iris soubesse como resolver.

— Não está tremendo, é coisa pior. Você tem que levá-la ao médico.

— Está doida? Prefiro que morra.

Iris lançou um olhar enraivecido para o marido.

— Como ousa dizer isso? Me ajude a levá-la para dentro. Não dou conta sozinha.

Will levantou Kiera da melhor maneira que pôde. O corpo da menina parecia uma tábua, as pernas esticadas e rígidas. Seus braços faziam movimentos rítmicos tão fortes que Will quase a deixou cair antes de deitá-la sobre a colcha laranja na cama dela. Durante a crise, Iris ficou se lamentando, certa de que sua menina ia morrer, enquanto Will não parava de andar de um lado para o outro da sala, pensando em que diabos iria fazer.

Minutos depois Kiera parou de tremer e Iris voltou a chorar, agora de alegria. Ajoelhou-se ao lado da cama e agradeceu a Deus por ter salvado sua filhinha, e então pôs-se a acariciar o cabelo de menina, que parecia exausta. Quando Kiera por fim abriu os olhos, Iris a observava com um sorriso sincero e molhado de lágrimas.

— Por que você está chorando, mamãe? — Kiera sussurrou com dificuldade.

— Nada... querida... foi só que... pensei... — tentou encontrar uma explicação convincente que não preocupasse a filha — que algo ruim tinha acontecido com você.

— Minha cabeça está doendo muito.

— Você não pode sair de casa, Mila. Já viu o que acontece depois. Você fica muito doente — disse Will, tentando usar o incidente a seu favor.

— Doente?
— É, querida — Iris sussurrou. — Pensei que... que eu tinha te perdido.
— Eu não estava perdida... estava brincando perto da janela...
— Eu sei... é que... você não pode sair de casa. É para o seu próprio bem.
— Por quê? — Kiera perguntou, visivelmente cansada.
— A contaminação, as ondas eletromagnéticas, os aparelhos eletrônicos. Tudo isso é muito prejudicial, e é por isso que... quando você sai de casa, fica doente — Iris respondeu, lembrando de um documentário sobre hipersensibilidade eletromagnética que tinha visto num canal de pseudociência.

Segundo esse filme, as pessoas que sofrem de hipersensibilidade eletromagnética apresentam sintomas vários ao ficar perto de alguma fonte de ondas eletromagnéticas: tonturas, coceiras, mal-estar, taquicardia, falta de ar e até náuseas e tosse convulsiva. O documentário mostra a vida enclausurada que uma mulher de cinquenta anos levava em San Francisco, sem sair de casa e quase sem ver luz, porque, segundo afirmava, as ondas do sinal de celular, cada vez mais presentes na rua, lhe provocavam tanta coceira e desconforto que ela chegava a perder os sentidos. Também entrevistaram um rapaz de vinte anos, fanático por informática, que tinha forrado de alumínio as paredes da sua casa para evitar o sofrimento que as ondas misteriosas e onipresentes lhe causavam. O documentário terminava com um dos repórteres ligando e desligando o celular dentro do bolso durante a entrevista na casa do rapaz, e ele não apresentou nenhum sinal de tontura ou coceira, mas essa parte Iris não viu porque começara a discutir com Will.

— Ondas? O que são elas? — a menina duvidou.
— É... uma coisa dos aparelhos elétricos. São emitidas pelas antenas de celular, é por isso que não temos celulares em casa. A antena de televisão também emite ondas perigosas.
— A televisão? Ondas perigosas? — a menina sussurrou.

Antes que tivessem tempo de responder, eles ouviram duas batidas fortes na porta da frente. Iris e Will se entreolharam. Ele fez um gesto pedindo que a menina ficasse em silêncio. Pretendia fingir que não havia ninguém em casa e ignorar aquelas batidas, mas logo ouviu do outro lado da porta uma voz que reconheceu na hora:

— Will! É o Andy, seu vizinho. Está tudo bem?

42.
30 DE NOVEMBRO DE 2003
Cinco anos após o desaparecimento de Kiera

Nem todos os segredos devem vir à tona.

O homem que tentou atacar Miren não sabia que tinha escolhido a vítima errada. Minutos antes, quando passou ao lado dela e entrou nas ruas que levavam aos depósitos, pensou que ela seria uma presa fácil: uma jovem magra, atraente e bem-vestida. Podia estar com dinheiro, o que resolveria seus problemas financeiros nas duas ou três semanas seguintes, mas o mais importante é que era bonita. E ele, um mané que se achava um dom-juan, pensou que já fazia muito tempo que não transava. Puxou um canivete e andou atrás de Miren, olhando para um lado e para o outro para ver se não havia mais ninguém por ali. Mesmo à luz do dia, se conseguisse levá-la para um dos depósitos estaria tudo resolvido.

Observou-a de longe e, quando enfim viu que ela levantava uma das portas de enrolar, sorriu. Em Nova York, que tem mais de oito milhões de habitantes, estima-se haver mais de dois mil estupros por ano: cerca de seis por dia, ou um a cada quatro horas. Aquele ataque entraria na média se a vítima não fosse Miren Triggs.

Desde o ataque que sofrera em 1997, Miren havia mudado. Durante algum tempo, teve medo de sair, de ir a festas, de atravessar o parque, mas, depois de entrar no *Manhattan Press* e encarar sua primeira matéria, descobriu que o medo podia ser combatido caso seguisse em frente, de cabeça erguida e com disposição para mudar as coisas. O artigo sobre James Foster era uma espécie de confirmação de que os bons acabavam vencendo e de que o medo e a escuridão seriam derrotados. Por isso comprou uma arma para guardar em casa, inscreveu-se num curso de defesa pessoal e prometeu a si mesma que nunca mais beberia uma gota de álcool, pelo menos enquanto a lista de agressores sexuais da cidade ainda mostrasse alguém em liberdade.

Quando o agressor a segurou por trás, Miren já tinha calculado em dois segundos o que faria. Uma mordida, um puxão no braço, uma chave rápida e ele estaria no chão. Foi isso que visualizou em sua mente e foi exatamente o que aconteceu. Miren pegou a pistola e a enfiou na boca do agressor.

— Eu também tenho um presente para você — sussurrou, carregando a arma. Estendendo a mão, ela pegou o celular e falou com a mãe.

— Mãe? Você se importa se eu ligar mais tarde? Estou...

— Filha? Espero que não esteja comprando nenhum presente de Natal para mim. Você sabe que eu não gosto de presentes.

— Estou pagando no caixa de uma loja de departamentos. Eu ligo mais tarde. — A voz de Miren parecia até mais doce; antes que a mãe respondesse, ela desligou e deu um suspiro para o agressor, junto com um sorriso inexpressivo.

Uma hora depois, uma ligação anônima feita de uma cabine telefônica solicitava uma ambulância para atender a uma emergência. Quando os paramédicos chegaram ao local indicado, encontraram um homem amarrado à grade entre dois contêineres do porto, com um belo ferimento de bala na virilha. O sujeito não soube explicar o que havia acontecido. Mais tarde, o relatório da polícia registraria que fora um acerto de contas entre traficantes. Na verdade, Miren o ameaçara, dizendo que poderia encontrá-lo porque tinha certeza de que seu nome já constava no registro de agressores sexuais da cidade; ele respondeu apenas com um silêncio mais longo que o necessário.

Miren voltou para seu apartamento com duas caixas com informações sobre o caso. Passou a noite de pijama, olhando outra vez o material; e, mais uma vez, sem se levantar da mesa. De vez em quando bebia um gole de uma lata de Coca-Cola e dava uma mordida numa maçã. Tinha comprado um iBook G3 assim que o modelo foi lançado, abandonando por completo o gigantesco iMac de monitor verde-azulado. Ao seu lado, como último reduto tecnológico daquele apartamento, contrabalançando os avanços irrefreáveis do seu pequeno computador novo, mantinha, iluminado pela luz de um abajur, um pequeno rádio transistor com a antena estendida apontando para a janela.

Em determinado momento, quando se sentiu bloqueada diante dos tantos números que correspondiam a ruas, câmeras de vigilância, entrevistas e códigos postais, Miren olhou a hora e ligou o rádio.

De imediato a voz de Jim Schmoer ecoou no ambiente:

"... a voz viva da esperança. Pois vou lhes contar casos marcantes, muitas vezes desconcertantes, que preocupam a polícia. O caso do menino pintor de Málaga, na Espanha, por exemplo. Em 1987, um garoto com habilidade para a pintura desapareceu. Era o mês de abril e ele saiu de casa para ir a uma galeria e... sumiu do planeta, como se nunca houvesse existido. Ou o caso de Sarah Wilson, que quando tinha oito anos desceu de um ônibus em frente à sua casa, no Texas, e nunca chegou a passar pela porta. Ou ainda o caso da francesa Marion Wagon, de dez anos, que sumiu em 1996 logo depois de sair da escola. Nenhuma criança some assim. Ou está morta, ou alguém não quer que seja encontrada. Mas o caso de Kiera Templeton é diferente. A pessoa que sabe onde ela está quer que ela seja encontrada, ou talvez esteja de brincadeira, ou então só pretende que as pessoas saibam que ela está bem e parem de procurá-la. Não se pode adivinhar o que se esconde na mente de quem está com ela, mas o essencial para todo jornalista investigativo não é encontrar o que está procurando, mas nunca parar de buscar."

Miren assentiu com a cabeça e sorriu. Ela gostava de sentir que, de uma forma ou outra, o prof. Schmoer ainda estava ao seu lado, guiando seu caminho. Depois abaixou o volume e continuou a examinar os arquivos com fotos e depoimentos. Abriu uma pasta no computador onde havia salvado o conteúdo do CD que o professor lhe trouxera cinco anos antes, e voltou a analisar as imagens das câmeras de segurança. Esperava ter uma centelha criativa que lhe permitisse ligar os pontos daquele enigma impossível, e repetiu mentalmente as últimas palavras do professor: "Nunca pare de buscar".

"O que você acha que estou fazendo, Jim?", ela pensou entre um gole de Coca-Cola e uma mordida na maçã.

43.
Lugar desconhecido
12 de setembro de 2000

A maldade pode sentir o cheiro daqueles que dela estão impregnados.

— Esconda a garota! — Will sussurrou, assustado. — Esconda!

Iris se fechou com Kiera no quarto e ficou ouvindo a conversa atrás da porta. Ouviu os passos do marido. Ouviu as gavetas sendo vasculhadas e as chaves soando como um chocalho, mas não parecia o som do único molho que tinha a chave daquela fechadura. Três batidas poderosas soaram novamente, e a voz de Will ecoou pelas paredes.

— Estou indo! Um segundo!

Will abriu a porta com cuidado, pondo a cabeça para fora.

— Precisa de alguma coisa, vizinho? — perguntou, com a porta entreaberta.

— Está tudo bem mesmo?

— Está, claro. Que problema poderia haver? — respondeu, tentando desbaratar a suspeita de Andy.

— Se você precisasse de alguma coisa, não deixaria de me pedir, não é mesmo, vizinho? Gosto de pensar que somos bons membros da... da comunidade.

— Claro, Andy. Por que está me dizendo isso?

— Não quer me oferecer uma cerveja?

Will olhou para trás, escondendo-se por um segundo na abertura na porta.

— É que... sabe... a Iris. Ela não... não está se sentindo muito bem.

— Ué, agorinha ela estava correndo pela rua. Não me venha com histórias.

Andy empurrou a porta, e Will ficou sem reação.

— Acho que não...

O vizinho entrou rapidamente, olhando de um lado para o outro da sala como se quisesse encontrar algo que não deveria ver.

O som dos passos de Andy gelou o sangue de Iris enquanto ela encostava o ouvido no papel de parede florido, que estava mais gelado do que deveria. Da porta, voltou os olhos para a casa de bonecas que Will tinha montado e depois se perdeu no tamanho daquele brinquedo, tentando fugir da dimensão, que agora lhe parecia gigantesca, da sua própria casa, onde se sentia cada vez menor.

— O que você quer, Andy? — Will disse, irritado. — Acho que está sendo... mal-educado. Não é atitude de um bom vizinho invadir a casa dos outros assim de repente e... meter o bedelho nas coisas deles.

— Tem razão. Desculpe, vizinho. Onde... onde está a minha educação? — Andy respondeu, já sentando no sofá e pondo os pés em cima da mesa de centro. — Isso não se faz. Tem toda razão.

Will engoliu em seco antes de falar.

— Olha, Andy, acho que vou ter que pedir para você ir embora. Iris não está se sentindo bem e... quero ficar com ela. Eu quero... lhe dar um pouco de atenção.

— Sabe? — o vizinho disse. — A minha esposa morreu há seis anos. E... enfim, a vida não é justa. Nunca tivemos filhos. Tentamos muito. Nós transávamos todas as noites, até quando ela estava menstruada, por via das dúvidas. Confesso que foi uma boa época. Eu... eu nunca quis ter filhos. Mas ela queria. Só falava disso.

— Não estou entendendo aonde você quer chegar, Andy — Will sussurrou.

— Eu não levava essa história muito a sério, mas ela... ela vivia correndo atrás de métodos para melhorar a fertilidade: chupava cascas de limão pela manhã, esfregava vinagre na vagina à noite. Ir para a cama com ela era a mesma coisa que comer uma maldita salada. Não sei se você me entende.

Will ficou em silêncio.

— Ela só falava disso, e eu... enfim, só ouvia. É isso que um marido faz, não é? Eu ouvia o tempo todo aquelas coisas que ela dizia. Você conheceu a Karen. Ela sempre falou muito. Principalmente com a sua esposa. E sabe o que ela me contava?

Will estava começando a se sentir muito desconfortável.

— Que sempre conversava com a Iris sobre o mesmo assunto. Falavam das dificuldades que as duas tinham para engravidar. Até das posições que vocês inventavam. E eu, entende... nenhuma objeção. As duas compartilhavam boas informações. E nós imitamos vocês em muitas coisas, sabe? O truque da almofada, por exemplo, ou deitar no chão frio da sala, ou transar sempre um número par de vezes. Nós transávamos o tempo todo, em quase todos os lugares da casa. Era uma festa. Até o dia em que ela teve aquele derrame cerebral no supermercado. Estresse, disseram alguns médicos. Hormônios para a fertilidade, disseram outros. Ninguém soube explicar o motivo, mas o fato é que ela morreu e... enfim, acabaram os fogos de artifício. Entende?

— Sim... lembro de tudo isso... Todos nós fomos pegos um pouco de surpresa — Will praticamente sussurrou. — Agora, se você não se incomoda...

— E sabe de uma coisa que sua esposa também contou à minha? — Andy continuou, ignorando a sugestão de ir embora.

— O quê?

— Que vocês não podiam ter filhos. Os ovários dela estavam mortos, e o útero parecia rejeitar qualquer coisa que se instalasse nele.

— Pois é, enfim... É uma coisa que nós... procuramos superar. Ainda estamos tent... tentando, mas já perdi um pouco as esperanças. A idade também não ajuda...

— Eu sei. Imagino, vizinho.

— Andy, se você não se incomoda, eu tenho muita coisa pra fazer e...

— E por isso mesmo eu me pergunto... quem é essa menina que você empurrou correndo para dentro de casa?

— Menina?! — disse Will, numa espécie de grito abafado.

— O que é isso, Will... não me deixe confuso. Eu vi vocês dois desesperados em volta da casa. Está querendo me enganar? Nós somos amigos ou não?

— Olha só, Andy... não tem...

— É Kiera Templeton, não é?

Will teve a sensação de cair num precipício. Não soube o que responder. Sentiu um nó na garganta, uma raiva se acumulando em suas cordas vocais, impedindo-o de emitir qualquer som.

— Vocês estão com aquela menina. A tal que andam procurando há anos. Achei que era ela. Está mudada... mas... que rostinho, não é? Como esquecer? Que recompensa ofereceram? Meio milhão? Nossa... É muita grana, não é, vizinho?

— O que você quer, Andy? Dinheiro? É isso o que quer? Você sabe que levamos uma vida apertada. Quase não dá para pagar a casa.

— Você não ouviu nada do que eu disse, certo, Will? Eu quero... a sua esposa. Quero a única coisa que me faz falta. Tentei ir para a cama com prostitutas... mas... onde fica a espontaneidade? Não é igual. Mas Iris... ela...

— Eu não imaginava que você fosse... tão...

Andy olhou para a porta do quarto de Kiera e apontou.

— Ela está aí? A menina. Posso vê-la?

Will ficou tão perturbado que só conseguiu responder balançando a cabeça de cima para baixo. Andy sorriu e se levantou no mesmo instante. Quando passou ao lado de Will, deu-lhe um tapinha nas costas e depois girou a maçaneta, expondo o interior do quarto. Lá dentro viu Iris, em prantos, e depois notou a menina, sonolenta e alheia ao inferno que se respirava no ambiente. Andy deu um sorriso para Iris e depois se aproximou dela, disposto a enxugar uma lágrima.

— Andy... por favor, não... — ela sussurrou.

— Me entenda, Iris... você sempre foi tão... tão normal. E todas aquelas coisas que Karen me contava que você fazia com Will... Eu sempre imaginei... não vou dizer isso na frente de uma menina... mas... — De repente se aproximou da orelha de Iris e sussurrou: — Eu sempre imaginei você trepando.

Iris ficou ainda mais prostrada e se apoiou em Andy, chorando.

— Calma, mulher... Nós dois vamos... vamos nos divertir. Nós somos... enfim, somos vizinhos.

De repente, Iris se afastou, e Andy captou em seu rosto um suspiro de surpresa:

— Ei, Andy! — Will gritou, na porta. O homem se virou e viu na sua frente o vizinho empunhando um rifle de caça que guardava no armário do corredor, cujo cadeado havia destravado minutos antes.

— Will! — gritou.

O som seco do tiro explodiu o abdômen de Andy, que instantes depois caiu no chão do quarto sangrando pela boca. Alguns projéteis foram se cravar nas paredes, deixando uma marca definitiva do que tinha acontecido. Iris se jogou em cima de Kiera e acariciou seu rostinho quando a viu abrir os olhos por causa do estrondo.

— O que está acontecendo, mamãe?

— Nada, querida. Continue dormindo... Foi só que... que papai se machucou.

O corpo de Andy se esvaía em sangue ao lado da cama, mas Kiera continuou deitada, sem querer se mexer, sem querer olhar, porque sentia que havia algo muito errado naquela situação. Iris beijou sua testa, e a menina fechou os olhos, ouvindo a respiração ofegante da mãe, que queria gritar de pânico mas não podia. Will ficou tremendo ao lado da porta, sem se mover por um longo minuto, olhando para o cadáver do vizinho, cujo sangue se espalhava pelo chão e formava uma poça que crescia rapidamente, como só fazem os piores medos.

44.
Miren Triggs
1998

E quando foi que a vida te tratou bem?

Meu primeiro contato com Aaron Templeton foi devastador. Ele ficou me esperando por mais de duas horas na entrada do jornal, prestando atenção em todos que passavam e perguntando se alguém sabia quem era a tal Miren Triggs.
— Sim, sou eu — respondi, um pouco desconcertada.
— Podemos conversar um instante?
— Eu tenho... tenho que trabalhar. Estão me esperando na redação.
— Por favor... Eu te imploro.
Fiquei penalizada ao ver um homem quinze anos mais velho que eu tão derrotado, pedindo minha ajuda com aquela voz dilacerada, e não pude negar. Parte de mim não queria ficar muito perto do caso Kiera. A proximidade talvez me impedisse de ser objetiva o suficiente para investigar a história sem me envolver demais, eu pensava, mas a quem eu queria enganar? Já estava tão envolvida que me sentia da família. Telefonei para a secretária avisando que ia chegar mais tarde por causa de um assunto importante. Pois é, cheguei atrasada ao meu primeiro dia de trabalho. Isso sim era começar com o pé direito.
Tentei imaginar, pela aparência de Aaron Templeton, o inferno que ele estava vivendo. Por mais que me esforçasse, sabia que ele devia estar pior do que parecia: olheiras profundas, barba descuidada, descabelado, roupa amassada. Quem não soubesse nada sobre ele poderia facilmente imaginá-lo sentado no chão, em frente a um caixa eletrônico, com uma garrafa escondida num saco de papel, estendendo a mão para pedir dinheiro a qualquer um que passasse.
Apontei a direção do café que ficava na esquina, em frente ao prédio do jornal, e ele se prontificou a pagar os cafés. Quando nos sentamos, disse uma palavra que eu não esperava nem achava que merecia:

— Obrigado, srta. Triggs.

— Não precisa me agradecer, por favor — respondi.

— Um monstro morreu esta noite, e assim o mundo ficou um pouco melhor.

— Eu... eu não tive nada a ver com isso.

— Eu sei. Mas graças a você, todos sabem quem ele era de verdade.

— Por favor, não exagere. Eu só sou uma pessoa que busca a verdade.

— Se não fosse você... todo mundo estaria pensando que ele era um bom sujeito que foi tratado de forma injusta. Enfim, todos os jornais disseram isso, não foi?

— Todos menos o *Press*.

— É por isso que vim... porque vocês são os únicos que quiseram saber a verdade no meio de toda essa confusão. Esse sujeito não merecia morrer como herói e... graças a você, isso não aconteceu.

— Ele morreu porque as pessoas queriam justiça, mas confundiram justiça com vingança. Não foi por causa do artigo. Mas... de qualquer maneira, obrigada — respondi, um pouco confusa. — Posso lhe perguntar uma coisa, sr. Templeton?

— Claro.

— É por isso que veio? Para me agradecer por ter desvendado a história de Foster?

Aaron sopesou sua resposta por alguns instantes e depois disse:

— Sim e... não — hesitou. — Vim perguntar o que mais você sabe.

— Mas eu não posso... não posso lhe dizer mais nada, sr. Templeton. Creio que entende que esse tipo de informação só a polícia pode dar.

— Por favor...

Levantei disposta a ir embora. Sabia que aquela conversa não ia me ajudar.

— Tenho que voltar para a redação.

— Por favor... só me diga se viu alguma coisa naquela casa que pudesse indicar que Kiera também poderia estar ali. Só isso.

Suspirei, mas aquela informação não podia fazer mal nenhum. Neguei.

— Nada?

— Não, sr. Templeton. Sua filha não estava nem esteve lá. Sei que isso facilitaria muito as coisas, mas não foi o que aconteceu. A sua filha... não deve ter sido sequestrada por James Foster, nem nada parecido. Mas isso não é tão ruim. Acredite. Talvez Kiera esteja em outro lugar, sendo mais bem tratada do que seria por aquele sujeito.

— Obrigado, Miren, era isso que eu precisava ouvir — ele respondeu.

— Eu tenho que subir, de verdade. Se quiser mais informações, acho que deve falar com os investigadores que estão cuidando do caso. Eu... eu sei muito pouco. Só o que vazou para a imprensa, talvez mais uma coisa ou outra, mas nada relevante.

— Você me ajudaria a encontrar Kiera? — ele perguntou de repente, como se eu pudesse fazer alguma coisa. Era um apelo tão sincero que dava dó ouvir.

— Se acha que precisa me pedir isso, está enganado. Já estou procurando por ela. Mas... não é fácil. Ninguém a viu. Ninguém viu nada. Nem as câmeras registraram, nem ninguém na rua. Não temos nada. Só... só nos resta esperar para tentar descobrir algo novo. Alguém vai cometer um erro, ou então encontraremos um caminho diferente. Mas... não pare de procurar sua filha. Tudo indica que a polícia vai esgotar as opções em pouco tempo, e depois... vocês vão ter que ser fortes para não desabar.

— Miren, promete que vai continuar procurando por ela?

— E você, vai continuar?

— Só sei viver assim — ele respondeu. — Devo isso a Grace.

— E eu sou muito teimosa. Garanto que não vou parar de procurar sua filha.

— Obrigado, Miren, você parece ser uma boa pessoa. Deve ter sido bem tratada pela vida.

Eu ri por dentro. Como ele sabia pouco sobre mim... e com que rapidez chegou a essa conclusão tão equivocada.

— E você, é uma boa pessoa? — perguntei.

— Acho que sim. Pelo menos... tento ser — ele disse, quase aos soluços.

— E foi bem tratado pela vida?

Ele não respondeu, mas fez que sim com a cabeça antes de tomar um gole de café. Antes de nos despedirmos, trocamos números de telefone, a pretexto de passar informações sobre os progressos da investigação e comunicar qualquer coisa que pudesse ajudar. Gostei de Aaron Templeton, mas para mim era difícil discernir se era por pena ou porque seu olhar realmente transmitia esperança.

Depois voltei para a redação e ele ficou no local, observando com os olhos perdidos as pessoas apressadas que atravessavam a rua. Talvez estivesse procurando, no fundo da memória, o que tinha feito de mal para merecer aquilo, mas eu sabia que a vida não funciona assim, que ela está sempre distribuindo cacetadas na cabeça de qualquer um que estiver por perto. Eu já sabia que se a vida descobrir que não tem como dar uma rasteira, dá logo de presente uma bicicleta sem freio, para a pessoa espatifar os ossos de uma vez.

Quando cheguei à redação, sentei diante da mesa e fingi arrumar minhas coisas. Dez minutos depois, uma mulher morena, com jeito de simpática, veio me cumprimentar:

— Você é Miren Triggs, não é? A garota nova.

Eu fiz que sim com a cabeça.

— Parabéns por essa primeira página. Isso é que é entrar pela porta da frente. Meu nome é Nora. Segundo Phil, nós estamos na mesma equipe, e você já chega atrasada... Mas vai se enquadrar bem. E você é mesmo jovem, de fato. Depois vou apresentá-la ao Bob, ele é um pouco chato, mas é um dos melhores. E à Samantha... onde diabos está a Samantha? — disse, levantando a vista e procurando com os olhos pelo escritório.

— Bob Wexter? O lendário Bob Wexter?

— Exato. Mas não é tão lendário assim quando você o conhece pessoalmente. Bob é muito distraído com as coisas do dia a dia. Às vezes nem sabe onde fica a própria mesa.

— Espere um minuto... você é Nora... Nora Fox?

Nora tornou a sorrir. Eu não podia acreditar. Estava conversando com Nora Fox, a autora de uma famosa série de matérias que revelaram uma trama da CIA para ocultar supostos favores sexuais oferecidos a um grupo de senadores em troca do voto a favor de leis relacionadas ao jogo on-line. Ela também havia feito umas reportagens sobre manipulação eleitoral na América Latina que quase conseguiram derrubar governos. Era uma eminência, e falava comigo com uma tranquilidade e uma simplicidade que não combinavam com sua capacidade de penetrar nas entranhas dos assuntos mais tenebrosos do sistema.

— Sou sim. Eu mesma.

— Li muitas das suas reportagens — respondi, tão entusiasmada que meu coração parecia prestes a saltar do peito.

— Miren. Posso te chamar de Miren? Tudo bem? Obrigada. Vou te explicar um pouco como funcionam as coisas por aqui e depois veremos onde você pode se encaixar.

— Sim, por favor — respondi.

— Nós três, Samantha, Bob, eu, e agora você também, nós quatro, estamos sempre investigando algum assunto específico. Bob teoricamente é o chefe, mas na prática não. Não temos chefes. Escolhemos juntos um caso e vamos até o fundo. Nesse momento estamos envolvidos com a história dos empresários que parecem estar desaparecendo em toda a Europa. É uma história meio turva, ninguém fala dela. É nisso que estamos trabalhando. Que tal o seu francês? E o alemão? Enfim, além disso, cada um de nós tem uma pauta própria, ou duas, se conseguir, mas precisa trabalhar nela sozinho. Qual é a sua? Já decidiu?

— Eu... não.

— Do que você gosta? Qual é a sua maior preocupação? Você tem que mergulhar dentro de sua cabecinha de jornalista e encontrar os medos que estão lá dentro. Os meus têm a ver com liberdade de expressão. Eu temo o dia em que não me deixem mais falar.

— O que está me preocupando agora é a possibilidade de desaparecer do mesmo jeito que Kiera Templeton — respondi.

— A garota? Certo, é um bom tema, mas complicado. Os caminhos parecem estar todos fechados, mas... sabe, se você a encontrar, ganha o Pulitzer. É bem pensado.

— Não... eu não quero o Pulitzer.

— Tudo bem, é o que todos nós dizemos. Mas... não se empolgue muito. Isso aqui é jornalismo. Não tem lendas nem glamour, só a verdade. Sua palavra vale na medida em que se vende. E essa é a parte difícil, sabe?

Aquiesci mais uma vez. Enquanto conversava com ela, tive a sensação de que o mundo tinha acelerado à minha volta. Vi que as pessoas não paravam de andar em todas as direções na redação. Dois jornalistas vinham conversando por um corredor sobre o conteúdo de umas páginas impressas, vários digitavam com força em seus computadores IBM, outros atendiam ligações e tomavam notas entre sussurros.

— Posso perguntar uma coisa? — Minha vez de perguntar.

— Claro, manda. Você é muito corajosa para alguém tão jovem. Gostei de você.

Encarei aquilo como um elogio, porque estava bastante nervosa.

— Acha mesmo que eu vou me encaixar aqui?

— Sinceramente?

Esperei que ela continuasse. Sabia que ia prosseguir.

— Vai ser muita sorte se conseguirmos que você aguente mais de duas semanas. Este mundo é mais sombrio do que parece olhando de fora.

— Tudo bem — respondi —, nesse caso não tem problema.

— Por que diz isso?

— Porque eu também sou assim — repliquei, séria, e Nora me respondeu com seu silêncio.

45.
1º DE DEZEMBRO DE 2003
Cinco anos após o desaparecimento de Kiera

E um dia, sem mais nem menos, alguém nos pede que deixemos de ser nós mesmos.

No dia seguinte ao incidente no depósito, Miren chegou ao jornal carregando com dificuldade as duas caixas da investigação de Kiera. Ainda era cedo, e os dois estagiários não haviam chegado. Foi até a mesa de Nora, que digitava com rapidez.

— Não quero falar com você, Miren — Nora disse quando a viu se aproximar.

— Está muito zangada?

— O que você acha?

— Desculpe pela matéria da fita. Devia ter combinado com a equipe, mas... era importante. Fazia muito tempo que eu estava esperando por algo assim, é uma boa oportunidade para descobrir alguma coisa.

— Eu sei, Miren, mas o que tinha de ter saído era a reportagem sobre a indústria da carne. Estamos trabalhando nisso há meses. Você passou por cima de tudo. Mandou seu artigo para a gráfica para substituir o da equipe.

— Eu sei... desculpe... mas...

— Tem coisas que não dá para aceitar, e você sabe disso.

— Mas era importante, Nora. Talvez ajude a encontrá-la.

— Você só se preocupa com você mesma, não é? Não se importa com mais nada?

Miren não respondeu.

— Bob já sabe. Ficou bem aborrecido. Está falando com Phil neste momento.

— Foi você quem contou a ele, não foi?

— Tive que telefoná-lo ontem na Jordânia. Jordânia! Eu nem sabia onde ele estava, ele vive rodando por aí, principalmente agora com a história do Iraque.

— Mas a reportagem sobre a carne não podia mesmo esperar um dia?

— Miren, em Washington estão dando ração de origem animal para o gado. É muito grave. Enviamos amostras para analisar na Inglaterra e... se tudo se confirmar, pode ser um dos maiores escândalos na indústria de alimentos do país. Estamos na frente dos outros e não podemos perder tempo. Era um dos projetos de toda a equipe. Era tão necessário fazer o que você fez?

— Eu pensei que vocês fossem aprovar. Phil parecia contente com o resultado. Estava vendendo bem...

— Mas aqui não se trata de Phil ou do que ele possa decidir. Phil está pensando na guerra do Iraque e no que está acontecendo no Oriente. Nós vamos atrás do que ninguém quer que seja revelado. A história da carne é barra pesada, Miren. Estão chamando isso de doença da vaca louca. Se o laboratório inglês confirmar nossas suspeitas, é um problema gravíssimo. Isso é o que nós fazemos, Miren. Eu sei que você agiu com boa intenção e que... a história da garota é o seu caso pessoal, mas... não pode atropelar todos nós.

— E o que vai acontecer?

— Fizemos uma queixa formal ao Phil. Sinto muito, Miren.

— Sério? Ele tinha concordado. Por que fizeram isso? Agora... agora ele vai ter que se justificar no conselho e...

— Sinto muito, Miren, mas... você não nos deu outra opção.

Miren olhou para a sala de Phil e, vendo que ele tinha acabado de desligar, dirigiu-se decidida para lá. Quando passou pela própria mesa, os dois estagiários, que tinham acabado de chegar, a viram andar com tanta determinação que não ousaram falar com ela.

— Eles me ferraram, não foi? — Miren disse, entrando na sala.

— Miren... você sabe o que eu penso. Eu te dei o sinal verde...

— Só que tem um mas, não é? Eles me ferraram.

— É que... o conselho ficou bem aborrecido. Eles apoiam muito o trabalho de Bob, e isso não tinha sido aprovado por ele.

— Você mesmo disse que a história da fita... era incrível.

— Eu sei, Miren, mas... beira o sensacionalismo.

— Ontem mesmo você me disse que achava bom que...

— E hoje digo que você faz parte de uma equipe e tem que se adaptar a ela.

— Phil... eu só quero encontrar essa garota. Entrei aqui por causa dela.

— O conselho determinou que deixássemos de lado essa história. Eles acham que ela vai se tornar uma isca para os tabloides, que a partir de agora vão pular em cima do caso. E eles têm razão. Você já viu os jornais de hoje? Os programas de entrevistas? Todo mundo está falando disso, jogando merda na família. Isso não é informação. É pura morbidez. O *Press* não pode entrar nessa. E, aliás, você está aqui por ter desmascarado James Foster, essa menina não teve nada a ver.

— Estou com dois estagiários trabalhando nisso. Você me deu carta branca.
— Miren... acho que fui claro.
— O que eu faço? Mando os dois embora?
— Não precisa chegar a esse ponto. Eles podem passar para a editoria de polícia. Sempre estão precisando de uma mãozinha. Vou falar com o Casey.
— Que droga, Phil! Não posso largar o caso.
— Miren, você é inteligente o bastante para entender que o assunto Kiera Templeton terminou aqui. — Fez uma pausa e continuou: — Você é boa, não vai ser difícil encontrar outra história que não seja tão... escabrosa. Não somos sensacionalistas.
— Não é sensacionalismo, pelo amor de Deus, Phil. É a vida de uma menina.
— Isso soa muito bem, Miren, de verdade. Toda vez que falamos do caso vendemos o dobro ou o triplo, mas agora o conselho... está mais preocupado com a credibilidade e a seriedade que com as vendas. Você já ajudou a garota. Graças ao seu artigo e à atenção da mídia, com certeza a polícia vai destinar mais recursos ao caso.
— Desde quando você se importa mais com a seriedade do que com as vendas?
— Desde hoje. O conselho não gosta de dribles na hierarquia. Você deveria saber disso. E acho que... que já dediquei tempo demais a esse assunto, mais do que ele merece.

Miren o encarou de cenho franzido quando ele começou a ler uns papéis, encerrando a conversa. Era sua maneira de fazer as coisas. Sempre agia da mesma forma.

— Você está sendo injusto, Phil — ela disse ao sair do escritório, já avançando como um tufão em direção à sua mesa, onde os dois estagiários estavam à sua espera.
— Oi, chefa — a garota a saudou. — O que tem aí? — continuou, apontando para as duas caixas de papelão que Miren tinha deixado em cima da mesa.
— Meninos... tudo foi por água abaixo. Houve uma alteração de rota — Miren disse, soprando forte para tirar o cabelo do rosto. — Precisamos correr. Hoje é o último dia de vocês na investigação. Depois vão para o andar de cima, trabalhar na editoria de polícia. Você pode gostar — disse, apontando para o garoto.
— Está de brincadeira, não? — ele perguntou.
— Bem que eu gostaria, mas...
— Droga... — ele lamentou. — Ontem mesmo recusei uma oferta pra começar como repórter no *Daily*.
— E por que diabos fez isso? — Miren perguntou. — Aqui você é estagiário. Se te oferecem coisa melhor, vai em frente. Oportunidades assim não aparecem todo dia.

— Sei disso, mas... aqui é o *Press*. Mesmo como estagiário... sei lá, é o *Press*.
— E daí? O importante são as histórias, não o nome do jornal. Se o que você escreve é bom, não importa onde vai sair: você pode mudar as coisas.
— Droga... — o garoto bufou e olhou para o teto.
— Bem, agora é tarde. Isso é uma merda, eu sei. E me deixa puta. Mas... é assim que esse mundo funciona. Um dia você é importante, no outro está encarregado das palavras cruzadas da última página.
— É verdade isso da editoria de polícia?
— É. E você não faz ideia de como estou irritada.

O garoto deu um suspiro profundo. Já a garota parecia se importar menos, mas na verdade era só por fora. Miren não estava irritada por ficar sem eles, mas porque suas asas haviam sido cortadas. Quando enfim quase podia tocar Kiera com a ponta dos dedos, deu de cara com questiúnculas internas de poder. O caso era quente, era interessante, mas... muitas vezes a severidade do conselho impedia avançar mais depressa.

— O conteúdo das caixas é o que temos sobre Kiera. Quero que deem uma olhada em tudo isso, ainda hoje, e me digam o que acham. Eu já vi muitas vezes, agora preciso de outros olhos. Vamos almoçar? Quero convidar vocês, é o mínimo. Alguma restrição?
— E... e as ligações? — ela perguntou.
— Eu sou vegano — ele disse.
— As ligações? Façam tudo ao mesmo tempo — Miren respondeu à garota.
— E você — dirigindo-se ao garoto —, tem sempre que ser tão exigente?
— Mas o telefone não para de tocar. Nós quase não temos tempo para respirar.
— Vocês são dois, certo?
— Somos, mas... também estamos com a lista das lojas de brinquedos e...
— Já conseguiram?
— Só as de Manhattan e Nova Jersey. Faltam as de Brooklyn, Long Island, Queens e... se estendermos um pouco a área, as coisas complicam um bocado.
— Por enquanto está bom — Miren pegou um mapa com círculos e cruzes marcados por todo lado.
— As cruzes são lojas de brinquedos de criança — a garota disse —, e os círculos, as de material para maquetes e modelismo. Ontem ligamos para duas ou três, e elas confirmaram que também vendem casas de boneca.
— Muito bem... Espere um segundo, qual é mesmo o seu nome?
— Victoria. Victoria Wells.
— Não quer saber o meu? — o garoto perguntou, ignorando o telefone que estrilava.
— Por enquanto, não. Alguma outra coisa sobre as ligações, Victoria?

— O papel de parede. Uma mulher de... — Enquanto ela falava, seu colega atendia o telefone, que não parava de tocar, como se houvesse uma fila interminável de pessoas dispostas a contar sua versão ou querendo se sentir ouvidas. — ... uma mulher de Newark diz que tem um igual. O mesmo papel que aparece na fita. Foi comprado há vinte anos numa lojinha da periferia.

— Já é alguma coisa.

— Bem... depois trinta pessoas telefonaram dizendo que aquele papel de parede é um modelo padrão da rede Furnitools, especializada em bricolagem. Eles têm esse modelo no catálogo há vinte e cinco anos. Vendem em todo o país.

— Merda — soltou Miren, com um suspiro. Depois se levantou com o mapa das lojas de brinquedos na mão e ficou andando em volta da mesa, examinando-o com atenção. — Levaria uma eternidade visitar todas elas para ver se ainda têm alguma coisa, uma listagem dos clientes que compraram essa casinha ou sei lá o quê; recibos de cartão...

— Quem sabe... você não poderia pedir ajuda num outro artigo — Victoria sugeriu —, agora às lojas de brinquedos. Muitas ficariam felizes em ajudar.

— Um artigo? No mesmo dia eu estaria procurando emprego com vocês. Essa pauta foi abolida. E é por isso que vocês não podem ficar aqui. Pelo menos não comigo. Vai ter que ser... do modo tradicional. E mesmo assim podemos não conseguir nada.

— Visitar uma por uma? — perguntou o garoto, que tinha acabado de desligar o telefone. Nesse momento o aparelho começou a tocar de novo. Victoria atendeu:

— *Manhattan Press*, alguma informação para nós? — perguntou.

— Existem mais de mil lojas de brinquedos, somando Nova York e Nova Jersey — o garoto disse. — Isso sem contar Queens ou Long Island. E podem chegar facilmente a duas mil, se incluirmos o pequeno comércio e as grandes lojas de departamentos.

— Eu sei, mas... se eu conseguir visitar ou falar nas horas vagas... digamos, com dois estabelecimentos por dia... levaria...

— Três anos — o garoto completou no mesmo instante.

— Raciocínio rápido, boa. Qual é seu nome? Mas, sabe o quê? Melhor não me dizer. Vamos manter essa incógnita...

— Me chamo Robert — ele disse, sem deixá-la terminar a frase. Esse nome trazia péssimas lembranças para Miren, mas era inevitável encontrá-lo de vez em quando.

— O que vocês fazem quando não estão aqui na redação? — Miren perguntou. Uma ideia absurda tinha surgido na sua cabeça.

— Ué... estudamos. Nós ainda estamos na faculdade — Robert respondeu.

— Muito bem. Agora que não vão mais participar dessa investigação, não gostariam de ganhar uns dólares por fora nos finais de semana?

46.
27 DE NOVEMBRO DE 2010
Doze anos após o desaparecimento de Kiera

Imaginemos, por um segundo, que ninguém nos procura ou espera por nós. Não é isso o amor? Sentir-se esperado ou buscado?

O inspetor Miller perambulou algumas horas pelo centro. Ele estava arrasado, não queria voltar para casa tão cedo e ter que contar à esposa o que havia acontecido. Precisava pensar no que ia fazer. A ideia de sair da corporação nunca lhe tinha passado pela cabeça, mas quem sabe aquele empurrão o ajudaria a dar esse passo. Pensou na possibilidade de se desligar dos casos em que estava envolvido, mas não conseguia apagar da memória os rostos felizes daquelas fotografias que toda manhã ele voltava a olhar, sempre, de forma incansável. Lembrou-se de Josh Armington, um menino de doze anos que tinha desaparecido em um parquinho em plena luz do dia; depois pensou em Gina Pebbles, uma adolescente que desapareceu em 2002, pouco depois de sair do colégio, no Queens, e seu rastro se perdeu a dois quilômetros dali, num parque onde foi encontrada sua mochila. Pensou em Kiera, sempre pensava nela, e nas fitas, e no sofrimento dos Templeton, e em como tinha sido destruída a vida daquela família que ele ainda via de vez em quando, para saber como andavam e lhes contar que a investigação não tinha avançado.

Sem saber direito por onde estava andando, seguiu na direção norte, pelo Soho, palmilhando as ruas até chegar ao Washington Square Park. Ali, um chafariz monumental que despontava no centro do parque também lhe trouxe à memória o caso de Anna Atkins, que em 2008 marcou um encontro com um homem naquele lugar e nunca mais se soube dela ou do sujeito com quem supostamente tinha combinado se encontrar. A cidade inteira, apesar de tão populosa, com milhões de habitantes, era um convite ao anonimato, e cada recanto, cada esquina, cada árvore, cada buraco na calçada escondia histórias que talvez fosse melhor não saber. Apesar do número crescente de câmeras de segurança nas ruas, instaladas para tentar controlar e mitigar o vandalismo, era difícil que alguém se lembrasse de uma cara, de um rosto, ou que tivesse visto alguma coisa quando era necessário. Se Nova York tinha algo de bom, é que era perfeita para sumir. Se as câmeras não tivessem registrado nada, dificilmente era possível avançar nas investigações. As testemunhas brilhavam pela ausência em casos como aqueles em que ele se metia.

Perdido em seus pensamentos, acabou chegando ao Union Square Park, onde outro caso lhe voltou à mente. Depois seguiu para o norte, ziguezagueando pelas ruas, e decidiu entrar no Wildberg's Sandwich, um lugar histórico e bastante estreito onde serviam o melhor pastrami da cidade. Sentou no bar, entre um homem de terno e dois turistas. Estava desolado e com muita sede. O garçom o recebeu com um sorriso:

— O que vai querer, amigo?

— Uma cerveja e... um sanduíche de... — Olhou rápido o cardápio. — Um desses.

— Boa escolha. Dia pesado?

— Esses feriados me... trazem lembranças ruins. Tudo fica mais complicado.

— O Natal traz lembranças ruins pra muita gente, amigo. Todo mundo já perdeu alguém nessa época, mas... bem, a vida continua.

— Sim... é isso mesmo. Mas quando se trata de uma me... — Ben não ousou terminar a frase, para não ter que explicar mais do que queria.

— Minha mulher morreu um dia antes do Natal, sabe? — o garçom disse. — E desde então... bem, desde então eu festejo por ela. A gente tem que encarar as coisas assim, senão é uma agonia permanente. Quando aparecer algum motivo para comemorar, amigo, não perca a oportunidade, aproveite. Porque as coisas ruins estão sempre por aí, esperando; o calendário está cheio delas sem a gente saber.

Ben fez que sim com a cabeça e ergueu o copo de cerveja que o outro tinha deixado à sua frente. Um pouco depois, um prato com um sanduíche de ovo e cebola deslizou pelo balcão até onde ele estava, e nesse mesmo momento seu telefone começou a tocar.

— Pode falar, John. Aliás, não precisa falar nada. Você já sabe — disse ao atender.

— Pois é. Que merda. Eu não suporto aquele Spencer, de verdade. Mas, enfim, o jeito é você considerar que são umas férias para ficar com a família.

— É, pode ser. Preciso ligar para Lisa e planejar alguma viagem ou coisa assim. Vamos torrar nossas economias, mas... neste momento não aguento ficar na cidade. Não paro de pensar no trabalho. Talvez me faça bem.

— Bom... foi por isso que eu liguei.

— Não precisa nem falar: vocês não acharam nada na fita nem no envelope.

— Era sobre isso que eu queria falar. Quem tocou neles?

— Até onde eu sei, os Swaghat, a família indiana que está morando na antiga casa dos Templeton, os pais da garota e... eu. Mas eu estava de luvas. Você só deve ter encontrado impressões dos Swaghat e dos pais.

— Então... vamos ver, não sei nem como explicar isso... — John hesitou, do outro lado da linha. — Há mais duas coincidências. Duas outras pessoas no envelope.

— Duas impressões digitais?

— As primeiras são de... Miren Triggs.

— Miren? Como é possível? Não... ela não estava conosco.

— Não dei muita importância ao fato porque sei que ela é amiga da família.

— Isso não faz o menor sentido.

— Bom... o sistema... detectou uma coincidência ainda mais estranha.

— Manda.

— Você já ouviu falar do software que projeta a evolução das impressões digitais, minimizando as distorções nas pontas dos dedos que aparecem com a idade, certo?

— Sim. Você me falou alguma coisa a respeito.

— Bem, é um programa de simulação que roda no Iafis. Ele permite atualizar as impressões digitais em função da idade, com o objetivo de encontrar um padrão ao longo dos anos. Quanto mais você se afasta do ano original, que é a referência, menos precisos são os resultados. É como acontece com a previsão do tempo, por exemplo, mas...

— Ok. Fale de uma vez.

— Também encontramos impressões que têm quarenta e dois por cento de coincidência com as de Kiera. Mesmos sulcos, bifurcações e a mesma posição do núcleo.

— O quê?

— Não é definitivo. Quarenta e dois por cento de coincidências não bastam para um tribunal, mas... é uma porcentagem normal para o tempo em que essas digitais estão no arquivo de Kiera. Lembre-se de que foram colhidas quando a menina tinha três anos.

— Você está me dizendo que Kiera Templeton pode ter tocado nesse envelope?

— Estou dizendo que é muito provável que Kiera Templeton tenha tocado nele.

— Não... não pode ser.

— Você acha que foi ela quem deixou a fita, inspetor? Isso vai ajudar?

— Não, se não conseguir encontrar Miren Triggs. Preciso falar com ela e descobrir por que suas impressões digitais estão no envelope.

47.
LUGAR DESCONHECIDO
14 DE SETEMBRO DE 2000

*Quando cruzamos uma linha, mais cedo
ou mais tarde caímos num precipício.*

Will estava em cima de uma escada, no quarto de Kiera, aparafusando uma pequena câmera de vigilância que tinha comprado numa loja de artigos de segunda mão.

— Pronto — ele disse, depois de verificar que a luz vermelha acendia.

O fio da câmera fazia um percurso em linha reta ao longo da moldura do teto, até o ponto onde Will tinha feito um buraco na parede, acima da porta do quarto, para passar o cabo, que serpenteava pela parede da sala até a televisão.

Iris estava brincando com Kiera no sofá e perguntou:

— Tudo isso é mesmo necessário?

— Eu não quero surpresas, Iris. Olha, no canal oito eu conectei o quarto da Mila; no nove, a câmera da entrada. Apertando aqui, você ativa o som, está vendo?

— Quanto custou esse troço?

— Menos de cinquenta dólares, não se preocupe. É só... por precaução.

— Ela não vai mais sair, Will. Isso não é necessário. Você não vai sair mais, né, querida? — ela perguntou a Kiera, que a abraçava como um pequeno coala assustado.

— Não, mamãe — a menina respondeu. — Não quero ficar dodói.

— E não vai ficar, querida. Lá fora é... perigoso.

— Iris, eu não quero ter mais sustos — Will disse.

— Não bastou fixar a fechadura na parte de cima da porta? Assim não...

— Eu quero ver *Jumanji* — Mila disse, ignorando aquela conversa.

— De novo?

— Quero ver o leão! — ela gritou. Depois rugiu com força: — Roarrr!

— Tudo bem! — Iris concordou, enquanto inseria uma fita no aparelho.

Quando apareceram as letras da TriStar Pictures, Iris levantou e sussurrou no ouvido de Will:

— Você acha... que ela viu alguma coisa?

— Acho que viu... Desde aquele dia ela finge que eu não estou presente. Se você reparar bem, só quer ficar com você.

— É. Percebi. Não desgruda.

— E você, feliz da vida, não é?

— Está falando sério?

— Você está adorando! Assim a menina não sai da sua aba.

— Você deve estar perdendo o juízo. Nós... — continuou ainda mais baixo — matamos o vizinho e depois o enterramos no quintal. Como diabos eu vou...?

— Fale mais baixo! Ela pode ouvir! — o marido sussurrou.

— Você acha que ela não sabe?

— Mamãe, você vem ou não vem? Já está começando.

— Estou indo, querida — Will disse, incluindo-se no programa.

— Não, você não, só a mamãe — Kiera respondeu, dando-lhe as costas.

Will fingiu que não tinha ouvido e sentou-se ao lado dela, rodeando-a com o braço.

— Você não, só a mamãe! — a menina repetiu, enfática.

Will conteve um grito. Levantou e começou a andar um lado para o outro. Aquela rejeição o deixava arrasado. Rememorava tudo que teve que fazer para mantê-la em casa: as visitas às lojas de roupas, as noites sem dormir enquanto ela chorava perguntando pelos pais, os brinquedos que comprou para deixá-la feliz. Nada parecia ser suficiente. Por mais que tentasse, sempre sentia que Kiera o rejeitava. Iris chegou, a menina se agarrou no braço dela, e ele sentiu como se tivesse levado um soco na boca do estômago.

— Eu sabia que isso podia acontecer. Vocês duas! E eu... é como se fosse... como se fosse um criminoso. Eu também moro nesta casa! — gritou.

Kiera o olhou com cara de choro.

— Quer parar de assustar a menina? — disse Iris. — É que seu pai às vezes...

— Ele não é meu pai — ela disse. Uma frase que deu início a tudo.

— O quê? — Will gritou, levantando o punho. Iris apertou as mandíbulas. O punho de Will tremeu no ar, e Kiera começou a chorar com força.

— Encoste um dedo nela, se for capaz — disse Iris.

Will estava a ponto de bater na menina. Nem mesmo ele sabia por que se conteve. Talvez tenha sido a expressão assustada de Kiera ou, quem sabe, o olhar de raiva da mulher, mas nesse momento ele se sentiu tão fora daquela família artificial que desabou no chão, de joelhos, e começou a chorar.

Iris abraçou Kiera, tentando acalmá-la. Will chorava convulsivamente. Quando conseguiu se controlar, estendeu a mão em direção à esposa, balbuciando um tímido "desculpa, sinto muito". Mas ela não lhe estendeu a mão, afastando-se, e esse simples gesto marcou o início do colapso geral, que pouco a pouco foi se estendendo, ao longo das semanas seguintes, até terminar de um jeito que Iris jamais poderia imaginar.

48.
MIREN TRIGGS
1998-9

A vida só é justa se fizermos com que ela o seja.

Minha entrada no *Press* foi mais dramática do que eu gostaria. Assim que cheguei à redação, fui incorporada à equipe de Bob Wexter, Nora Fox e Samatha Axley como estagiária no grupo de reportagem investigativa. Eu era a única cujo sobrenome não tinha um X, e por algum tempo esse detalhe me fez ser alvo de piadas enquanto investigávamos casos que eu nunca imaginaria: vendas governamentais de armas a países do Golfo, escândalos sexuais envolvendo membros do Senado, vazamentos nas altas esferas que revelavam graves escândalos de corrupção. Fiquei entupida de trabalho durante os primeiros seis meses, e o caso Kiera, embora importante para mim, e por mais que isso me doesse, passou para o segundo plano. As provas e os trabalhos que eu tinha que entregar na faculdade se acumulavam, e toda tarde eu estava no *Press*. Meu acordo com o jornal incluía um aumento de salário assim que me formasse, e meu contrato de estágio passaria a ser em regime de tempo integral. Enquanto isso, eu tinha que me virar, ficando até mais tarde no escritório ou fazendo hora extra em casa.

Durante esse tempo, quase não vi meus pais, àquela altura transformados em figuras que me consolavam do outro lado de uma linha telefônica.

Certa manhã, enfim, o prof. Schmoer veio andando pelo corredor da faculdade, agindo como se não me conhecesse, para afixar no quadro de avisos as notas finais, entre as quais se destacava a linda anotação "licenciatura" junto ao meu nome, concedendo-me oficialmente o título de jornalista formada em Columbia. Não nos falávamos desde aquela noite, e antes de sair fui procurá-lo, sem saber muito bem o que dizer.

— Professor — chamei.

— Miren — ele respondeu, surpreso por me ver. — Parabéns.

— Obrigada.

— Você apresentou um projeto final excelente. Não esperava menos de sua parte.

— Gostou mesmo? — perguntei, num mar de inseguranças.

— A nota reflete isso, não é?

— Imagino que sim. Obrigada de novo.

— Não tem nada que me agradecer. Você sabe disso, é a nota que você merece. Você é a aluna mais... — Procurou na cabeça um adjetivo que resumisse uma personalidade complicada, acho, mas desistiu quando o interrompi.

— Só estou no *Press* graças a você.

— Não, Miren, você está no *Press* porque tem valor. A história de James Foster...

— Foi um pouco de sorte. Eu também achava que ele era inocente.

— Não interessa o que você pensava, desde que estivesse atrás da verdade. O problema seria se o que você pensava alterasse a verdade.

— Não é isso que acontece em muitos jornais?

— E é por isso que você vai ser uma boa jornalista. Seu lugar é no *Press*.

— Vai continuar dando aulas, professor?

— Sim. Acho que vale a pena. É importante. Mas quero preencher as horas de orientação acadêmica participando da rádio da faculdade. Talvez você me escute.

— Talvez sim — respondi, meio brincando. — E... obrigada de novo, Jim.

— De nada — ele disse, virando-se e acenando ao ir embora.

— Um instante, professor! — chamei. — Esses óculos são novos?

— Os velhos quebraram — ele disse, numa referência que só ele e eu entendíamos.

Saindo do campus, liguei para meus pais. Eu estava feliz. Finalmente poderia me dedicar por completo ao jornal e retomar a busca de Kiera, que ainda estava na minha cabeça, escondida, vagando pelos recantos da minha mente. Na verdade, nunca deixara de estar, mas o dia a dia e o estresse para me adaptar ao ritmo da redação tinham me afastado da promessa que havia feito a mim mesma e ao pai dela, o sr. Templeton.

— Mãe! — gritei, quando ela atendeu o telefone. — Sou oficialmente jornalista!

Nunca esqueci esse telefonema. Com que facilidade tudo desmorona. A gente pode tentar ser forte, pensar que as coisas acontecem por uma razão que mais tarde ficará clara, que a vida quer nos dar lições, mas a verdade nua e crua é que minha mãe atendeu ao telefone chorando, ofegante, e naquele momento não entendi nada.

— O que aconteceu? O que houve?

— Eu queria ligar para te contar antes... mas... não consegui.
— O que foi? Você está me deixando aflita.
— O vovô...
— O que aconteceu?
— Ele deu um tiro na vovó.
— O quê?! — exclamei.
— Estamos no hospital. O estado dela é muito grave. Você tem que vir para cá.
— Mas por quê...?

Nesse momento eu não quis ver o que era evidente.

Pedi dois dias de folga na redação, e quando cheguei ao aeroporto de Charlotte meu pai me recebeu com um abraço caloroso. Durante a viagem ele não disse uma única palavra, ou pelo menos é assim que me lembro, deixando o silêncio guiar nossas emoções. Só lembro do que ele disse assim que parou o carro no estacionamento do hospital:

— Miren, seu avô também está aqui. Depois de atirar na sua avó, ele pulou da sacada para acabar com a própria vida. Não conseguiu nenhuma das duas coisas. Está em coma. Os médicos dizem que talvez sobreviva.
— Mas por que ele fez isso?
— Ele bateu na sua avó a vida toda. Você nunca notou? Ele sempre agrediu sua avó. Lembra quando ela veio morar com a gente? Foi por isso. O acidente da escada? Não era a escada, era seu avô.

Fiquei congelada.

— E por que eles ainda estavam juntos?
— Nós tentamos nos meter... mas sua avó... gostava dele.
— Mas...
— Eu também não entendo, filha. E sua mãe, muito menos. Por duas vezes ela convenceu sua avó a apresentar queixa à polícia, mas... depois ela retirava e os dois continuavam juntos. Sua mãe passou a vida inteira querendo esconder essas coisas de você. Tentando fingir que estava tudo bem. Seus estudos, sua carreira, sua educação... Bem... acho que a verdade sempre tem que aparecer, não é?

Quando a vi, minha mãe chorava, sentada numa cadeira de plástico da sala de espera. Correu para me abraçar e, olhando-a, me perguntei quando ela havia envelhecido tanto. Talvez fosse só impressão, o baque tinha sido duro. Foi ela quem falou primeiro, disse um leve "me desculpe" dilacerado. Acariciei suas costas.

— Como está a vovó? — perguntei assim que juntei coragem.
— Em estado grave. Está sendo operada e... talvez não sobreviva. Ela perdeu muito sangue e já está bem velha. Eu não deveria ter deixado que ela voltasse para casa...

Engoli em seco. Para mim era difícil falar.

— Você não tem culpa. Foi o vovô.

— Mas se eu... se eu estivesse mais atenta...

— Mamãe, por favor. Não pense nisso agora. Ela vai se recuperar. Você vai ver.

Minha mãe fez que sim, talvez porque precisasse que alguém lhe dissesse que tudo ia acabar bem. Meu pai tinha ido à cantina do hospital para evitar conversas difíceis, e eu me sentei com ela no corredor. Pela primeira vez em muito tempo senti que, no lugar de ser uma carga para minha mãe, eu passara a ser um apoio. Desde que fui atacada no parque, ela estava mais atenta, preocupada, tentando me proteger e me fazendo sentir melhor. Talvez tenha sido por isso que não falava da minha avó. Ficava absorvendo os dramas de todo mundo, deixando sua alma escorrer junto com o choro dos outros e, pela primeira vez, precisava que alguém fizesse isso por ela. Afinal, eram seus pais, ela recordava sua infância com eles, e o pior nesses casos é que a gente sempre procura resgatar as boas lembranças para não perder o juízo. Eu tinha certeza de que ela, enquanto chorava, lembrava todas as vezes que meu avô tinha agido bem, que ela vira minha avó feliz com ele, tentando circunscrever a tragédia àquele tiro, por mais que cada soco, cada grito ou empurrão do passado tenham sido, na verdade, igualmente terríveis.

Pouco depois lhe ofereci um chá, e ela aceitou, para ter algo nas mãos e controlar os batimentos do coração. Fui até a cantina e, no caminho, vi as portas dos quartos do hospital abertas. Em todos havia gente; em todos havia alguém fazendo companhia para outro alguém. Em todos, menos um. O do meu avô.

Entrei e o vi estirado, conectado aos monitores enquanto dormia. Estava de boca aberta, e sua respiração, fraca, embaçava o plástico transparente da máscara de oxigênio. A expressão de seu rosto, de absoluta tranquilidade, mexeu comigo. Enquanto minha avó se debatia entre a vida e a morte na sala de cirurgia, ele parecia dormir em paz.

Observei-o por um tempo, tentei reconstruir uma vida de enganos em que eu só o via como machista, e não como agressor, e lembrei de hematomas inexplicáveis em minha avó e olhares de terror que na época eu não entendia. Quando eu ia passar as tardes com minha avó, assim que ele chegava em casa ela chamava minha mãe para ir me buscar. Agora sei que era para me poupar de ver o que acontecia entre aquelas quatro paredes.

De repente, o monitor que acompanhava a frequência cardíaca do meu avô começou a apitar, e eu vi a pulsação disparar para mais de cento e cinquenta. Depois subiu num ritmo constante até cento e setenta, e, alguns segundos depois, passou para cento e oitenta, enquanto um zumbido estridente aumentava de intensidade. Eu estava imóvel, e ele não parecia ter consciência de nada que acontecia em seu peito. Num dos momentos mais cruciais da minha vida, naquele quarto solitário ao lado do homem que tinha tentado matar minha avó e que eu nunca amei nem admirei, me aproximei da tela em que linhas brancas desenhavam saltos aleatórios e... desliguei o equipamento.

O silêncio voltou a imperar no quarto.

A respiração dele parecia um pouco mais agitada, mas o alarme que indicava aos médicos que o coração estava falhando tinha sido desativado.

Eu o vi ofegar, contorcer-se um pouco por um longo minuto e, por fim, ficar imóvel. Então me aproximei, temerosa, e constatei que a máscara não embaçava mais em intervalos regulares. Voltei a ligar a máquina, e uma linha branca silenciosa se desenhou onde antes se viam as pulsações, mas os zumbidos haviam desaparecido. Quando apareceu na tela uma mensagem de "sem sinal", saí dali como se nada tivesse acontecido, mas sabendo que tudo havia mudado dentro de mim.

Alguns minutos depois, fui sentar de novo ao lado da minha mãe, levando um chá para ela e um café quente para mim.

49.
Dezembro de 2003 a janeiro de 2004
Cinco anos após o desaparecimento de Kiera

Sem compromisso, nada funciona.

À moda antiga, com a colaboração de dois estagiários que começaram a trabalhar para ela nos fins de semana, Miren começou a reunir informações sobre todas as lojas de brinquedos e de modelismo em Manhattan, Brooklyn, Queens, Nova Jersey e Long Island. O jornalismo, na verdade, funcionava assim naquela época. Não havia bases de dados para se consultar, nem era possível encontrar todas as lojas na internet. O jeito era pegar a lista telefônica, abrir na seção de brinquedos e ligar.

A princípio, só a área que eles haviam delimitado bastava para que a tarefa fosse titânica. Pelo plano que tinham traçado, iam telefonar para as lojas sentados numa redação improvisada em duas mesas do bar que ficava em frente ao *Press*. Nessas ligações, Victoria e Robert — Miren pagava a cada um, do próprio bolso, seis dólares por hora — tinham que filtrar as lojas de brinquedos cujo catálogo incluísse "Pequena casa com jardim". Pouco a pouco, e à medida que os fins de semana avançavam, descobriram que eram escassos os estabelecimentos que ofereciam esse modelo, o que parecia ser um bom sinal. O cerco então se reduziu a eles; se Miren conseguisse uma lista de clientes que tivessem comprado em algum momento uma casinha dessas, teria material para trabalhar.

Mas o Natal de 2003 se intrometeu na busca, e as lojas pararam de atender para dar conta da multidão de clientes que precisavam encontrar o presente perfeito. Em janeiro de 2004, depois de apenas três fins de semana, Miren foi conversar com os dois jovens na mesa do bar e quis saber dos progressos.

— Só estas? — perguntou, surpresa.

— Olha, Miren... isso... isso é impossível. Parece que essas casinhas deixaram de ser fabricadas há anos e... é complicado encontrar lugares onde são vendidas.

— Entendi — ela respondeu. Só havia quatro lojas de brinquedos anotadas. — Com quantas lojas vocês falaram nesses últimos três fins de semana?

— Umas quarenta.

— Só?!

— Muitas nem atendem ao telefone, e aquelas que atendem não querem ter o trabalho de verificar se em algum momento já venderam esse brinquedo. Desligam pedindo que a gente vá pessoalmente até lá, porque estão muito ocupados.

Miren suspirou. Aquilo era pior do que ela esperava.

— Bem, e também queríamos dizer outra coisa — interveio Robert, que até então tinha permanecido de cabeça baixa, observando o vapor do café flutuar acima do copo.

— Manda — Miren logo quis abreviar a conversa.

— É que nós não queremos continuar fazendo isso — disse ele.

— O quê?

— Isso aqui. Telefonar para lojas de brinquedos. Eu não estudei para isso, sabe? Peguei um empréstimo de duzentos mil dólares para pagar a faculdade. Acho que meu trabalho vale muito mais. Meus pais me dizem isso.

— Claro. Tudo bem. Mas... a gente tem que começar em algum lugar, não é? Você queria mexer com jornalismo investigativo, e esta é uma maneira, trabalhando algumas horas por fora e ganhando... — Miren hesitou e interrompeu o que ia dizer. — Não estou entendendo nada. Alguém pode me explicar o que está acontecendo?

— Nós conversamos com Nora na semana passada — Robert admitiu, por fim.

— Sobre o quê?

— Ela está saindo do jornal — disse Robert. — Quer montar uma equipe de investigação freelance e vender suas matérias a quem pagar mais.

— E o que isso tem a ver com...?

Os dois abaixaram a cabeça e olharam para seus copos de papel. Miren os observava, estranhando aquela atitude. Não combinava com eles.

— Ah, entendi. Ela quer levar vocês dois.

— Pois é... e é uma boa oportunidade, Miren. Isso aqui... é pior que procurar agulha num palheiro — Robert disse, tentando se justificar.

— Eu sei, mas... o trabalho de um jornalista é justamente esse.

Victoria olhou para ela e negou com a cabeça.

— Isso é uma loucura, Miren. E se eles compraram o brinquedo em outro estado? E se Kiera estiver em outro país? Você vai a todas as lojas de brinquedos do planeta? E tudo isso... para quê?

— Para encontrar uma menina que desapareceu no Dia de Ação de Graças e que agora, a não ser por uma morbidez de merda, ninguém quer ajudar.

— Nós não conseguimos nada, Miren. Você sabe. Isso aqui é perda de tempo.
— Ah, é? E o que vocês pensam que vão fazer com Nora?
— Ela nos prometeu um contrato de seis meses com salário integral. Vai ser o dobro do que ganhamos com a bolsa do *Press* e as horas extras na mesa do bar.
— Mas vão trabalhar com a Nora.
— E qual o problema?
Miren se levantou e pegou os papéis que estavam sobre a mesa.
— Vocês é que sabem...
— Por favor, Miren... entenda. É uma boa oportunidade. Na editoria de polícia nós ficamos levando papéis de uma mesa para outra. Com você... com você nós só telefonamos, mais nada.
— Pode parecer que não, mas essas ligações são importantes. Enfim... tudo bem. Vou dar um jeito. Sabem o que me deixa triste?
Os dois ficaram parados, sem responder.
— É que vocês pareciam diferentes, mas na verdade nem sei por que isso me incomoda. Nesta maldita cidade, todo mundo parece ser o que não é.
E saiu do bar, deixando os dois mudos, com as palavras entaladas na boca. Na rua, olhou para o imponente edifício do *Press*. Uma chuva fina tinha molhado o asfalto, e as calçadas estavam salpicadas de guarda-chuvas coloridos. Atravessou correndo para o outro lado, navegando entre os ruídos de táxis freando bruscamente a centímetros do seu corpo, e entrou no jornal com o cabelo e o casaco molhados.
Quando chegou à sua mesa, entendeu que não tinha outra saída. Discou o número do inspetor Miller e ficou esperando ouvi-lo no outro lado da linha.
— Srta. Triggs, é você? — atendeu a voz no outro lado da linha.
— Preciso da sua ajuda e você, da minha.

50.
LUGAR DESCONHECIDO
21 DE DEZEMBRO DE 2000

Mesmo entre os culpados uma pessoa atenta
é capaz de encontrar uma fagulha de amor.

Will passou semanas cabisbaixo, quase não falava ao chegar em casa depois do trabalho. Assim que entrava, sentava na poltrona e começava a beber, enquanto Iris e a menina brincavam com a casinha de bonecas ou de fazer cócegas uma na outra. Cada vez que a esposa lhe perguntava alguma coisa, ele bufava, e quando ela o repreendia por beber demais, Will se levantava e se servia de outra dose. Ele sentia que seu casamento era um fracasso; sua paternidade, uma farsa. Se havia pensado em algum momento que tudo ia ficar bem, agora elencava mentalmente todas as situações que confirmavam o contrário: não podiam levar a menina à praça para brincar, temiam que ela ficasse doente e se vissem obrigados a levá-la a um hospital, rezavam para que ninguém a visse.

Durante essas noites em que ficava na poltrona até cair derrotado pelo álcool, sem nem sequer ligar a televisão, lembrava a época em que se mudou com Iris para aquela casa em Clifton, no condado de Passaic, em Nova Jersey. Era uma construção de madeira, relativamente exígua, com apenas noventa metros quadrados num terreno de duzentos e cinquenta, pintada de branco e com um telhado inclinado de duas águas. Ficava num bairro tranquilo, que era barato por estar a poucas centenas de metros de uma subestação elétrica, e, embora a vizinhança não fosse das mais agradáveis, eles acharam que aquele lugar era perfeito para tentar formar uma família. Will lembrou como tinha entrado naquela casa com a esposa nos braços, aos vinte e cinco anos, depois de se casarem numa capela de Garfield, a poucos quilômetros dali.

Os dois tinham crescido em famílias disfuncionais; tinham se unido na tentativa de resgatar um ao outro. O pai de Will se enforcou no banheiro de casa quando ele era criança; a mãe morreu de overdose quando ele tinha quinze anos. Will acabou de amadurecer num lar adotivo, criado por pais que sempre se esforçaram para entendê-lo, mas que sempre foram rejeitados por ele. Assim que chegou à maioridade, saiu de casa. Foi trabalhar numa oficina mecânica e por algum tempo morou num conjugado, até que o destino fez seu caminho cruzar com o de Iris, uma lourinha de cabelos cacheados cuja motoneta havia enguiçado. Os dois se apaixonaram como só os estúpidos se apaixonam. Mas havia tantas fissuras nas personalidades de ambos que eles se encaixaram por acaso. Iris tinha crescido da mesma maneira que Will, filha de mãe ausente e pai falecido, rapidamente substituído por uma série de homens desbocados cujos nomes ela nem se preocupava em lembrar, porque só os via uma vez. Mais tarde foi trabalhar num restaurante de fast-food e, com as primeiras economias, comprou a motoneta de segunda mão que a ligaria para sempre a Will.

O namoro andou mais rápido do que eles previam, e ela engravidou aos dezenove anos. Acabaram se casando sem dizer nada a ninguém, e só compareceu ao cartório, como testemunha, um colega de trabalho de Will. Pagaram a entrada daquela pequena casa com as economias que tinham. Quando a mãe de Iris descobriu que a filha não a convidara para o casamento, ficou tão magoada que nunca foi visitá-la. Mas aquela felicidade — que eles viam como uma escadinha que, se se esforçassem para subir, iria permitir que saíssem do atoleiro em que viviam — trombou com uma notícia horrível: uma noite, no sétimo mês de gravidez, Iris acordou sentindo pontadas de dor na barriga e com os lençóis encharcados de sangue.

Esse primeiro bebê que perderam inaugurou uma necessidade inédita. Queriam ser pais. Tinham amado tanto aquela criança cujo nome já haviam escolhido que era impensável continuar vivendo sem ter um filho. Mas os anos passaram e a tristeza foi invadindo a casa em forma de abortos e contas médicas cada vez mais insustentáveis.

A certa altura da noite, depois de ouvir a risada da garota ao escutar uma história de bruxas e ladrões que Iris lhe contava, Will saiu de casa. Iris se preocupou. Deu várias voltas pela casa e foi diversas vezes ao jardim, para ver se ele não aparecia ao longe. Foi se deitar sem nenhuma notícia, mas pensando que ele logo voltaria. Em geral, ele só saía de noite para levar o lixo até a calçada. Talvez tivesse ido ao posto para não perder tempo no dia seguinte abastecendo o carro, ou quem sabe tinha ido comprar alguma coisa numa loja de conveniência, mas nessas ocasiões sempre avisava. Dessa vez entrou no carro e saiu. Simplesmente deu um beijo no topo da cabeça de Iris e partiu em silêncio.

Por volta das duas da madrugada, luzes iluminaram a fachada da casa, e Iris, que não tinha pregado o olho, se levantou para ver se Will havia chegado bem.

Desde o incidente com o vizinho, ele não era mais o mesmo. Tinha se tornado um eremita retraído que quase não lhe dirigia a palavra.

Correu para a sala e esperou que a porta se abrisse para lhe perguntar como estava, mas nesse momento ouviu uma batida e a voz de um homem desconhecido.

— Sra. Noakes?

Iris teve um choque. Quem era aquela pessoa que a chamava? Ligou a TV e sintonizou o canal nove, que mostrava as imagens da câmera da entrada. Viu dois policiais uniformizados olhando para a porta.

"O que você fez, Will?!", pensou. Um milhão de possibilidades vieram à sua mente. Será que ele confessara? Teria contado tudo? Foi até o armário onde guardavam a espingarda e tirou o cadeado. Depois trancou o quarto de Mila, após conferir que ela ainda dormia profundamente.

Ouviu-se outra batida na porta, e ela foi abrir apressada, ainda abotoando o roupão para parecer que havia sido acordada naquele momento.

— Pois não?

— É a sra. Noakes?

— Sim... — ela respondeu, semicerrando os olhos. — Algum problema?

Os policiais se entreolharam, decidindo quem daria a notícia. Um deles, moreno e com aspecto desalinhado, tomou a iniciativa:

— Então... isso não é fácil... mas é que...

— O que houve? O que está acontecendo?

— O seu marido... faleceu.

Iris levou as mãos à boca, horrorizada.

— Um trem se chocou contra o carro dele na passagem de nível da avenida Bloomfield. Ele morreu na hora.

— Não... não pode ser — suspirou Iris.

51.
Miren Triggs
1999-2001

*O mundo inteiro parecia estar se esvaindo
pelo ralo e ninguém fazia nada para evitar.*

A morte do meu avô foi um choque para minha mãe. Ela chorou quando lhe disseram que seu coração tinha parado e que, quando os médicos se deram conta, já era tarde demais para fazer qualquer coisa. Era o pai dela, e era também um filho da puta, mas muitas vezes a morte, mesmo à nossa revelia, provoca o mais sincero dos perdões.

Voltei para Nova York tentando esquecer o assunto, e o turbilhão do jornal me absorveu. Eu era apaixonada por aquele mundo, que a cada dia exigia mais e mais de mim. Era um devorador de tempo e de energia que também me abria as portas e revelava os meandros de histórias difíceis de encarar: uma empresa que explorava meninas asiáticas em oficinas ilegais durante o dia e depois, à noite, repetia a dose em bordéis; uma protetora de animais que vendia a carne de seus protegidos aos restaurantes de Manhattan; um pai que queimou os filhos para se vingar da mãe. Quanto mais eu entrava nesse mundo, mais era afetada por ele. À medida que conversava com meus colegas, fui percebendo que os jovens eram entusiastas cheios de ilusões, e os mais velhos, cínicos que odiavam o mundo. Nem todos eram assim, mas entre as frases que cada um dizia era possível intuir um pedido de socorro, uma demanda por boas notícias para evitar que perdessem o juízo.

Bob insistiu que eu ficasse direto na redação, com tarefas cada vez maiores e mais pesadas. Checagens de balanços de empresas, de orçamentos públicos, de inventários de fábricas. Eu me levantava antes do alvorecer e, quando não estava em algum arquivo ou entrevistando alguém, só saía do jornal à noite, depois de transcrever todo o material que tinha produzido durante o dia.

Uma noite, em 2001, ao chegar em casa, notei que a porta da sra. Amber estava entreaberta. Aquilo não parecia normal: ela era tão desconfiada que suas persianas que davam para a rua principal ficavam sempre abaixadas.

— Sra. Amber? — chamei, empurrando a porta devagar.

O apartamento era quase duas vezes maior que o meu. Nunca o tinha visto direito, ela nunca me convidara para entrar, tomar um chá e ouvir as histórias da sua vida. Eu só tinha vislumbrado, quando nos encontrávamos no corredor, uma luz acesa perto da entrada. Dessa vez o apartamento estava escuro.

— Sra. Amber? Está tudo bem? — perguntei em voz alta.

Não gostei nada daquilo. Há vários tipos de silêncio. Podem ser identificados no ar, nas notas mudas emitidas pelos passos no chão, na quietude de cortinas distantes que naquele momento se moviam ligeiramente do outro lado da sala.

Entrei e tentei acender a luz do corredor, mas a lâmpada estava queimada. Andei no escuro até a sala e reparei nas fotos nas paredes. Numa delas reconheci a sra. Amber, com uns trinta ou quarenta anos a menos, bem penteada e radiante, com um sorriso de orelha a orelha. Numa das imagens ela estava à beira-mar, de maiô ao lado de um bonitão da mesma idade. Em outra, aparecia correndo entre as árvores por uma longa trilha de terra, ao lado do mesmo rapaz, gargalhando. Parecia feliz e animada. Agora mantinha uma atitude sempre reservada em relação ao mundo.

De repente, notei um pé descalço atrás do sofá, ao lado das cortinas.

— Sra. Amber?! — gritei.

Estava escuro, mas percebi que sua cabeça sangrava.

— A senhora está bem? — sussurrei, chegando mais perto para avaliar se a ferida era grave. Não parecia, mas telefonei para o serviço de emergências e dei o endereço. Meus conhecimentos médicos se limitavam a tomar analgésico quando tinha cólica menstrual. Olhei ao redor, acendi um abajur que estava num canto, e quando me virei eu o vi.

A silhueta de um homem me observava de um corredor escuro que parecia levar ao quarto. Estava imóvel, com uma caixa de joias nas mãos, e eu não podia ver seu rosto.

— Se é dinheiro que você está procurando, não sei onde está — eu disse.

— O celular — ele gritou, áspero.

Logo vi que se tratava de um ladrão desesperado atrás de dinheiro rápido. Era final do mês e o Natal se aproximava. Os criminosos também têm que dar presentes.

Joguei meu celular no corredor escuro e a silhueta se agachou para pegá-lo. Meu coração estava a mil, por mais que eu tentasse fingir calma. Com o tempo, descobri que sempre que enfrentava uma situação de perigo, eu viajava para aquele parque. Aquele momento tinha se colado para sempre em mim, e eu tinha que conviver com isso, gostando ou não. Uma situação assim transforma a pessoa, altera tudo o que ela é e pretende ser, mas é impossível prever em que direção. Aquele parque me impeliu para a escuridão e a vingança. As labaredas de James Foster também continuavam a brilhar nas minhas retinas, e o medo de sair de casa se transformou em medo de não agir.

— Estou com uma arma aqui — menti. A arma estava em casa. — Fique com o celular e fim de papo. Se tentar outra coisa, leva um tiro.

De repente notei nele certo medo em sua respiração. Talvez tenha percebido em minha voz a raiva acumulada. A sra. Amber gemeu alto e eu desviei os olhos para ela. Ela estava bem. Aquele gemido serviu para confirmar que a pancada não tinha sido tão forte, e então, como uma brisa que viesse acertar os últimos detalhes da minha personalidade, instilar na minha vida a dose necessária de medo para me fazer gritar, o homem passou correndo em direção à porta e sumiu.

Fiquei uma hora esperando a ambulância e consolando a sra. Amber, enquanto pensava em tudo o que estava acontecendo. O mundo inteiro parecia se esvair pelo ralo: violência, roubos, corrupção, medo de andar sozinha, estupradores. Era depressivo, e parecia que ninguém fazia nada. Pensei em Kiera, a menina que eu não havia mais tido oportunidade para procurar. Decidi que arranjaria tempo para isso, nem que fosse de noite, até altas horas.

A sra. Amber começou a chorar e eu a abracei.

— Obrigada, Miren. Você é uma boa garota — ela disse com dificuldade. A pancada não parecia ter sido tão forte, mas a ferida sangrava e precisava levar pontos.

— A senhora não diria isso se estivesse dentro da minha cabeça — respondi, sendo sincera pela primeira vez. Ela me olhou séria e depois ficou em silêncio por algum tempo, observando as fotografias nas paredes. Então, sem que eu perguntasse nada, falou:

— Sabe, Miren, uma vez eu estava sozinha, como você agora e... me apaixonei. Era um homem incrível. Desses que chegam e deixam você ser quem é, sem tentar mudar nada, e amam cada pedacinho dos seus defeitos, enchem sua vida de fogos de artifício.

— Descanse, sra. Amber... — interrompi. — A ambulância está quase chegando.

— Não... É bom que você saiba. Não quero que leve nenhuma rasteira da vida.

— Tudo bem... — suspirei.

— Como eu estava dizendo... nós éramos felizes. Muito. Esta casa está cheia de fotos desses momentos. Namoramos por dois anos maravilhosos. Uma noite, quando estávamos saindo de um ótimo restaurante no Brooklyn, de frente para o rio, com luzinhas penduradas nas árvores, esse rapaz se ajoelhou e perguntou se eu queria casar com ele.

— E então?

— Eu gritei que sim. Estava feliz com ele, sabe? — Fez uma pequena pausa e olhou uma das fotos. — Chamava-se Ryan.

— Ele morreu?

— Dez minutos depois daquele momento — ela disse à queima-roupa.

Prendi a respiração. A dor parecia estar à espreita em toda parte, esperando o momento certo para causar mais estragos.

— Alguns metros adiante, enquanto esperávamos um táxi, um homem armado nos pediu que lhe entregássemos tudo o que tínhamos. Carteira, relógio, anel de noivado. Eu obedeci, mas Ryan era valente. Valente e idiota. A coragem é perigosa se você não pode medir as consequências. Ele morreu nos meus braços, com uma bala no pescoço.

— Eu... sinto muito, sra. Amber.

— Foi por isso que gritei. Para que você não arriscasse a vida por algumas joias. Não vale a pena. Se o mundo está desmoronando, é porque as pessoas boas estão indo embora antes do tempo.

Assenti com a cabeça, deixando essa ideia penetrar na minha mente, mas a única conclusão a que cheguei foi de que a vida é uma merda, a violência é uma merda, mas mesmo assim era o que tínhamos.

Quando a ambulância levou a sra. Amber, entrei no meu apartamento e peguei a caixa com os arquivos de Kiera. Uma ideia absurda tinha se insinuado na minha mente. Uma fotografia caiu de uma das pastas, batendo nos meus pés. Na escuridão não reconheci que imagem era aquela, apesar de ter examinado centenas de vezes o conteúdo da caixa e dos arquivos. Quando me abaixei e peguei a foto pela margem, com a ponta dos dedos, percebi quem era. Foi nesse instante, nesse momento exato, depois do que aconteceu com a sra. Amber, que decidi vigiar de perto o cara que tinha me estuprado.

52.
14 DE JUNHO DE 2002
Quatro anos após a agressão a Miren

As sombras se movem por medo da luz.

As noites sempre foram mais difíceis para Miren. Nelas, as sombras não são apenas sombras, mas problemas: os criminosos têm consciência de que a falta de luz joga a seu favor, e os lugares para se esconder estão ocupados por gente que tenta fazer o mesmo. Mas nada disso acontece quando se está com uma arma embaixo do casaco. Desde que a comprou, Miren saía de casa nos fins de semana, quando tinha um pouco mais de tempo desde que começou no jornal, para vigiar uma pessoa. Uma única pessoa.

Não era alguém que estava no foco de alguma reportagem, um empresário ou um político poderoso. Na verdade, a pessoa que ela vigiava nem tinha emprego. Ao menos um emprego pelo qual pagasse impostos. Morava em um dos condomínios do Harlem construídos pelo governo para oferecer aluguéis a preços mais baixos à população de poucos recursos. Na teoria, uma ideia justa, mas na prática tinha servido para concentrar pessoas de baixa renda e altos índices de criminalidade em duas ou três ruas. Também havia famílias humildes, que trabalhavam de sol a sol para pagar o aluguel e tentar construir um futuro para os filhos, mas entre essas pessoas bem-intencionadas também se infiltravam delinquentes e usuários de drogas, que viam naqueles aluguéis baratos a oportunidade de, com ameaças de assaltos, roubos e tráfico de drogas, controlar uma área.

Miren morava na periferia desse bairro, na rua 115 Oeste, e à medida que o número da rua aumentava, os problemas em potencial também cresciam. Gangues sentadas nos degraus da 116, carros com vidros escuros circulando devagar a partir da 117. Durante o dia, o lugar não oferecia perigo, era um bairro com parques frequentados por muitas famílias, e lojas de todo tipo que ficavam abertas até o momento em que o sol desaparecia.

Miren saiu de casa com um moletom preto de capuz e jeans escuros. Ficou uma hora na calçada olhando as janelas iluminadas de um prédio na rua 115. Observou um homem e uma mulher andando de um lado para o outro, discutindo, gesticulando. De repente, a mulher apareceu na janela e se debruçou para fora.

Miren se escondeu atrás de um carro. Segundos depois, o homem saiu, e a mulher gritou "desgraçado" e jogou nele um isqueiro, que estourou contra o asfalto. O homem balbuciou alguma coisa que Miren não entendeu e saiu andando. Ela o seguiu a distância.

O sujeito avançou dois quarteirões, e Miren parou quando o viu descer uma escada que levava a um pub. Provavelmente aquele dia não ia ser diferente dos anteriores, e enquanto esperava, Miren não tirou os olhos da porta, por onde entravam e saíam esporadicamente grupos de garotos e garotas bem-arrumados, dispostos a dançar até cair.

Miren pensou várias vezes em desistir, mas sabia que gente como ele exige uma vigilância extrema. Pelo menos era o que se dizia, mesmo sem saber exatamente o que isso significava. A coisa era tão complexa que nem ela tinha ideia do que fazia ali. Tinha adotado uma rotina para todos os fins de semana: saía de casa, ia para as proximidades da porta daquele sujeito e o seguia aonde quer que ele fosse, sem sequer saber com que finalidade. Era como se só percebesse o que estava fazendo depois de algumas horas, quando uma voz lhe sussurrava: "O que você quer, Miren? Por que não vai para casa?". Mas as horas passavam, e ela continuava lá, até que o homem enfim voltava para sua casa, e ela já podia ir embora tranquila, com a sensação de dever cumprido.

Mas dessa vez Miren se surpreendeu ao vê-lo sair do bar rebocando uma garota bastante jovem, que cambaleava e mal conseguia subir a escada. O porteiro lhe perguntou se precisava de ajuda, e o cara respondeu que era uma amiga dele. Miren então ficou em estado de alerta, como uma leoa prestes a caçar uma gazela, ao entardecer, no meio da savana. Só que dessa vez era a gazela que pretendia lanchar o filhote de leão.

O homem ia escorando a garota, que quase não conseguia manter os olhos abertos. Ela estava com um vestido azul, curto, como o que Miren tinha usado naquela noite.

Miren continuou atrás deles. Ela sabia que aquilo não cheirava bem, mas não se atrevia a fazer nada. Por duas vezes o homem teve que levantar a garota puxando-a pelo quadril, enquanto ela, dando risada, lhe agradecia por aqueles cuidados.

Entraram num beco. Miren os perdeu de vista por longos segundos enquanto se aproximava. Ao chegar, engoliu em seco. A garota estava deitada no chão ao lado de uma lixeira, de olhos fechados e com a cabeça encostada numa parede cheia de pichações.

Miren conseguiu ouvir o que ela dizia:
— Me leve para casa, por favor... Não estou me sentindo bem.
Ele não respondeu.
— Acho... eu acho que bebi demais. Onde estão... as minhas amigas?
— Suas amigas já vêm — o homem sussurrou, já desabotoando a braguilha e se jogando em cima dela.
— O... o que você está fazendo? Não!
— Shhiii... é isso que você quer — ele falava ofegante.
— Não... isso não... por favor... não.
— Cale a boca — ele ordenou com um grito abafado.
Depois estendeu o braço e puxou o vestido dela para cima, rasgando um pedaço e preparando à luz da lua um novo trauma.
— Não... por favor... minhas amigas... elas estão... me esperando.
— Não vai demorar — o homem disse baixinho enquanto beijava e manuseava partes do corpo que ele não tinha permissão para tocar, nem ela, consciência para proteger.
De repente, ouviu-se um grito no beco:
— Ela disse que não.
O homem olhou para cima e viu Miren como uma silhueta à contraluz.
— Qual é o problema, caralho?! Vá embora. A gente está se divertindo.
Depois mudou de posição e a olhou desconcertado, sem entender nada.
Miren estava séria, quase rígida, tentando ocupar mais espaço físico do que de fato fazia, como uma tática de defesa de um animal ao se sentir ameaçado.
— Ela disse que não — Miren repetiu. Por dentro tremia de medo.
— Vaza, isso não é com você.
— É comigo, sim — Miren afirmou.
E nesse momento puxou a pistola e a apontou para ele. O metal da arma refletiu o luar, a única testemunha do que estava acontecendo naquele beco cheio de lixo.
— Ela disse que não, seu babaca.
— Eiii! Calma aí! — o cara respondeu dando um pulo e erguendo as mãos. — Eu vou me mandar. Não quero encrenca — ele disse. Depois, quando enfim seus olhos conseguiram focar o rosto de Miren na escuridão, acrescentou:
— Espere aí... A gente não se conhece?
— Não se conhece? — ela repetiu. — Não se conhece? Você nem lembra de mim?
Miren se exasperou. Ela não tinha deixado de pensar nem um único dia no que esse cara tinha feito. Jamais esquecera aquele rosto. Às vezes, quando fechava os olhos, o via com seu sorriso diabólico flutuando na noite.

— Eu não sei... garota... não... estou entendendo. Abaixe a arma, ok?
— Fique aí. Não se mexa.
— Ei... calma... — O homem estendeu os braços tentando acalmá-la.
Ela tirou o telefone do bolso do agasalho e ligou para o 911.
— É da polícia? — Miren disse ao celular, sem abaixar a arma.

Nesse exato momento, o homem pulou e a derrubou, fazendo com que a arma escorregasse de suas mãos e caísse ao lado da garota. Miren uivou de dor quando bateu no chão e se viu debaixo do homem, que a imobilizava com as pernas.

— Caramba... parece que hoje a diversão vai ser a três — ele disse.

Miren tentou lutar e espernear, mas mal conseguia se mexer. Cada tentativa de atacá-lo era neutralizada, seus pontapés só o atingiam nas coxas e não surtiam nenhum efeito. Sentiu-se derrotada, exatamente como naquela noite. De repente, como se por um segundo tivesse viajado para o passado, sentiu o homem puxar seu agasalho para cima, o suficiente para expor o sutiã, e voltou a vislumbrar o sorriso dele dançando no escuro.

— É isso aí... vamos nos divertir — ele disse. — Eu gosto de garotas guerreiras, sabe? — sussurrou. Os dois sentiam a respiração um do outro. O lábio inferior de Miren roçou no superior do homem, e exatamente nesse instante o clarão de um tiro iluminou o beco. A menina tremia com a arma de Miren ainda quente nas mãos, e no mesmo instante o corpo do homem desabou em cima de Miren, cobrindo-a de sangue quente.

Miren saiu com dificuldade de debaixo do corpo, e as duas se entreolharam ofegantes, em silêncio, fazendo uma promessa que não precisava de palavras.

Depois Miren a ajudou a se levantar do chão e guardou a arma. Nenhuma das duas disse nada enquanto andavam apressadas e com certa dificuldade para longe dali. Pararam numa esquina, e Miren limpou o sangue do rosto com o moletom. Depois entraram num táxi, que protestou pela corrida curta, afinal a casa de Miren era ali perto. Ela deixou a garota dormir em sua cama. Passou a noite acordada, olhando para a cúmplice, já sabendo que aquilo talvez fosse o fim, ou um começo. Nenhuma das duas perguntou o nome da outra. No dia seguinte, quando a garota estava saindo do apartamento com algumas roupas que Miren lhe emprestou sem a intenção de recuperar, ela só disse "obrigada", fechou a porta, e as duas nunca mais voltaram a se ver.

53.
15 DE JANEIRO DE 2004 A MEADOS DE 2005
Sete anos após o desaparecimento de Kiera

A maior virtude de uma pessoa tenaz é transformar suas últimas tentativas em penúltimas.

Miller havia concordado em se encontrar com Miren Triggs no dia seguinte. Depois da publicação da matéria, ela lhe passou as informações mais relevantes que extraíra das imagens da fita vhs: o modelo da casinha de bonecas, uma "Pequena casa com jardim" fabricada pela Tomy Corporation, e o tipo de papel de parede, um dos mais vendidos da Furnitools, uma rede de produtos para bricolagem que tinha lojas em todo o país.

O inspetor, por outro lado, solicitou que aumentassem os recursos disponíveis para a busca de Kiera, mas encontrou uma parede impossível de ser atravessada.

Marcaram um encontro na ponte Bow, dentro do Central Park. Miren esperou uns quinze minutos, durante os quais um casal ficou noivo na frente de umas doze pessoas que passavam por ali. E então o inspetor Miller apareceu na outra extremidade da ponte e ela foi correndo em sua direção.

— Quais são as novidades, srta. Triggs?

— Foi por isso que telefonei. Estou com... sérias dificuldades para continuar sozinha. Sei que vocês também estão procurando a menina, mas a próxima etapa vai exigir uma pesquisa muito ampla e eu... não tenho condições de fazer.

— Uma pesquisa?

— Olha, inspetor, nós estivemos checando: esse modelo de casa de bonecas pode ser comprado em quase duas mil lojas de brinquedos e supermercados de Manhattan, Brooklyn, Queens, Nova Jersey e Long Island. Tenho uma lista de estabelecimentos, que inclui grande parte das lojas de brinquedos. Sei que muita gente vem de fora para ver o desfile de Ação de Graças, mas acho que a pessoa ou as pessoas que sequestraram a menina estão nessas áreas.

— Por quê?

— Chovia naquele dia. Quando chove, o transporte público é o meio mais comum de se deslocar para o centro. Leva-se de uma a duas horas para chegar de Nova Jersey ou de Long Island ao centro. O desfile começava às nove. O desaparecimento da menina ocorreu por volta de meio-dia. Minha hipótese é que o sequestrador chegou bem cedo para conseguir um lugar perto da Herald Square. É uma área muito central, de acesso quase impossível se você não chegar cedo. Se o sequestrador queria ter certeza de que ficaria nas proximidades da praça, deve ter chegado por volta das oito da manhã. E se a essa hora ele estava no ponto onde Kiera desapareceu, podemos fazer um mapa relativamente simples das possíveis distâncias e direções do lugar onde o sequestrador poderia morar, juntando o horário dos primeiros trens do dia de cada região com o tempo necessário para se chegar ao centro às oito da manhã.

— Entendo.

— Isso limita os possíveis endereços do sequestrador às áreas que mencionei: Nova Jersey, Manhattan, Brooklyn e Long Island.

— Você chegou a essa conclusão por conta própria?

— É uma hipótese. O trabalho do jornalista investigativo consiste em confirmar uma hipótese, como me ensinou um grande amigo. E acho que essa minha hipótese é mais válida que a ideia de que alguém veio de longe para sequestrar uma menina no meio do desfile mais famoso do planeta.

O inspetor Miller fez que sim com a cabeça e suspirou antes de perguntar:

— E o que você quer de mim?

— Pensei que vocês poderiam fazer uma busca em todas as lojas de brinquedos e de modelismo nas regiões que mencionei. Talvez algumas tenham câmeras de segurança, registros das compras com cartão de crédito ou, quem sabe, acertamos na loteria e descobrimos que alguém comprou a casinha de bonecas, pediu que entregassem em casa e nos deixou seu endereço escrito em algum lugar.

O inspetor tentou reorganizar na cabeça tudo o que Miren tinha contado.

— Sabe quanto tempo pode demorar o que está me pedindo?

— Sei. E é por isso que estou pedindo. O jornal não me deixa tempo para investigar essa história.

— Então você vai jogar a toalha? — o inspetor perguntou.

— Jogar a toalha? Não. É que... está além do que eu posso fazer. Não estou em condições. Talvez vocês tenham mais recursos para... para continuar correndo atrás. Vocês são os especialistas nisso e eu... estou sozinha.

— Infelizmente não é bem assim. Estou de mãos atadas. Todos querem encontrar Kiera Templeton, mas também querem encontrar todo o resto. Quando a imprensa entra num caso, ela faz parecer que ele é o único, mas na verdade há muitos outros, centenas, você nem imagina a lista que eu tenho de pessoas desaparecidas, e ela cresce todo dia.

"O senhor também não imagina a lista que eu tenho", pensou Miren, enquanto vasculhava na memória os arquivos com nomes de pessoas desaparecidas que guardava em seu depósito.

— Mas agora o senhor tem um dado novo para trabalhar. Talvez vocês possam encontrar alguma coisa nessa última fita. Não decepcione essa família, inspetor.

— Vou fazer tudo o que estiver ao meu alcance — o policial por fim concordou.

— Eu também — Miren disse. Logo depois, chegando a uma bifurcação na trilha que estavam percorrendo no parque, continuou: — Eu sei que a informação só viaja num sentido, inspetor Miller. Que o senhor não tem que compartilhar comigo o que já descobriram, mas acho que sabe tão bem quanto eu que não vou parar de procurar Kiera.

— Você quer que eu lhe conte o que nós sabemos, não é mesmo?

O inspetor bufou e olhou para a escultura de um puma à espreita entre as árvores no Central Park; uma bela alegoria daquilo em que aquela jornalista se transformara.

— Temos pouquíssima informação, na verdade. Não existe nenhum retrato falado. Sabemos que era uma mulher branca, de cabelo louro cacheado, mas só. Segundo os peritos, não há impressões digitais na fita nem no envelope, apenas as da família e de um menino que entregou a encomenda, mas que não consegue se lembrar direito da pessoa que lhe deu essa incumbência. Estamos num beco sem saída. Também sabemos o modelo do equipamento de vídeo em que a fita foi gravada, um Sanyo fabricado em 1985, como mostra o padrão na tarja magnética. É uma coisa técnica, mas infalível. Aparentemente, cada modelo de cabeçote reorganiza as partículas magnéticas da fita de um jeito diferente, deixando uma marca reconhecível. É como uma impressão digital, mas não permite identificar o gravador exato, só a marca. Também temos as gravações das câmeras de segurança, mas não encontramos nada. Não podemos investigar todas as pessoas que andavam de mãos dadas com uma criança no Dia de Ação de Graças.

— Entendo — Miren respondeu, séria.

— Se descobrir mais alguma coisa, vai me dizer? — o inspetor perguntou.
— Eu... vou tentar conseguir essa busca nas lojas de brinquedos, mas, para ser honesto, acho muito difícil.

— Pode contar com isso. Eu não quero méritos, inspetor. A esta altura, tudo o que me interessa é encontrar Kiera Templeton e levá-la para casa.

— Posso saber por que é tão importante para você? Existem muitos outros casos como o dela.

— E quem disse que eu não estou procurando os outros também? — Miren respondeu enquanto os dois se despediam.

O inspetor fez uma solicitação para mapear e visitar as lojas das áreas que Miren delimitara. Se conseguissem uma lista de clientes que compraram uma "Pequena casa com jardim", poderiam fazer buscas focadas. Para surpresa de Miller, seus superiores na unidade de pessoas desaparecidas do FBI aceitaram o plano.

Foram designados doze inspetores para visitar as lojas de brinquedos e de modelismo, mas eles se depararam com uma grande dificuldade: quase nenhuma tinha cadastro dos clientes que adquiriram uma casinha de bonecas desse tipo, muito menos dos que as compraram entre 1998 e 2003. Algumas forneceram dados dos clientes de 2003, outras até 2002, e outras ainda até 2001. De um total de duas mil e trezentas lojas de brinquedos, só conseguiram informações de sessenta e uma, que lhes deram os dados de apenas doze compradores desse modelo específico.

Foram visitar os doze, um por um, e só encontraram famílias idílicas, cheias de crianças, que receberam os inspetores com café e panquecas e depois os levaram para fazer uma visita guiada por todos os cômodos de casas onde Kiera, claro, nunca esteve.

Em 2005, o FBI mais uma vez cancelou oficialmente a busca, e o inspetor Benjamin Miller ligou de novo para os pais a fim de lhes dar a notícia.

— Alguma novidade? Encontraram alguma coisa? — Aaron Templeton perguntou logo que atendeu o telefone.

— Nada ainda, sr. Templeton, mas estamos perto. Continuamos com todos os nossos inspetores dedicados a isso. Nós vamos encontrar a sua filha. Não vamos parar de procurá-la, prometo — mentiu.

54.
Miren Triggs
2005-10

A solução costuma estar à vista, esperando pacientemente que alguém a descubra sob o pó que a reveste.

Para ser honesta, eu não esperava muito do inspetor Miller. Dava para perceber que ele estava exausto e abatido, como se cada desaparecimento que investigava tirasse um pedaço da sua alma. O tempo passou, e, com a mesma velocidade com que os inspetores do FBI checaram mais de duas mil lojas de brinquedos, cancelaram as buscas e foram procurar outra pessoa. Eu não os culpava. Precisavam otimizar os recursos, mas eu não podia me furtar a viajar para o quarto de Kiera e sentar ao lado dela, para vê-la brincando de boneca. Gostava de imaginar como seria a sua voz, imaginá-la sorridente e com um olhar cheio de vida, mas intuía que seus olhos deviam estar apagados, como um farol desativado, fazendo os navios que seguiam para a costa encalharem entre as pedras. O inspetor Miller e eu éramos esses navios, e os pais da menina choravam, não por causa dos navios que se chocavam contra os rochedos, mas porque o farol não emitia mais luz.

Em 2007, quatro anos depois da primeira fita, a silhueta escura de uma loira de cabelo cacheado deixou uma segunda fita no antigo escritório de Aaron Templeton, e eu me senti mais viva do que nunca. O jornal consumia minhas horas diurnas, a pesquisa sobre as pessoas desaparecidas consumia as noturnas, mas por algum tempo se avivou em mim o fogo de encontrá-la. Eu tinha me tornado uma investigadora. Não era isso o jornalismo? Procurar. Procurar e encontrar. Desde o desaparecimento de Kiera, eu comecei a coletar informações sobre casos em que houvesse indícios sérios de ter acontecido algo grave: Gina Pebbles, uma adolescente desaparecida no Queens em 2002 depois de sair da escola, cuja mochila foi encontrada num parque a dois quilômetros de distância; Amanda Maslow, uma garota de dezesseis anos sequestrada em 1996 numa cidade do interior; ou

Adaline Sparks, também de dezesseis anos, que em 2005 desapareceu de casa com todas as portas e janelas trancadas por dentro.

Com a segunda fita, a de 2007, tampouco consegui achar alguma coisa, mas o circo da mídia já estava montado. Tentei me distanciar de tudo e mergulhei nos arquivos de Kiera. Esquadrinhei os vídeos das câmeras de segurança, mas as imagens não eram nítidas. Mais uma vez Kiera Templeton aparecia, agora num mês de junho, e logo desaparecia até que a pessoa que mandava as fitas decidisse que o jogo ia continuar.

Telefonei para o inspetor Miller perguntando se eles tinham elaborado um perfil do sequestrador. O uso das fitas VHS era um sintoma claro de alguma psicopatia que eu não conhecia. Aquele filho da puta devia ser fissurado nos anos 1990, e pouco depois Miller me mandou, em segredo, um parágrafo que a seção de análise comportamental havia produzido em Quântico. Dizia o seguinte: "Homem branco. Entre quarenta e sessenta anos. Trabalha com alguma coisa relacionada com mecânica ou consertos. Dirige um carro cinza ou verde. Casado com uma mulher de personalidade fraca. O uso das fitas VHS reflete sua rejeição ao mundo atual e moderno".

Só isso. O FBI tinha resumido o perfil do possível sequestrador em algumas linhas, nas quais qualquer pessoa podia se encaixar. Até meu pai, não fosse o caráter inabalável da minha mãe.

O tempo passou como um furacão e foi devorando os acontecimentos entre uma fita e outra. Quando chegou a terceira, em 2009, poucos antes das eleições que levaram Barack Obama ao poder, ninguém, exceto eu, prestou a menor atenção. Eu odiava o circo que a mídia montava em torno da morbidez de certos casos dramáticos, mas também detestava que a política impregnasse tudo. Onde quer que se olhasse, só se viam os rostos sorridentes de Obama e John McCain prometendo esperança, como se o mundo não estivesse caindo pelas tabelas.

Naquela fita, Kiera me deu pena. Estava com um vestido laranja, brilhoso e desconfortável, e passava o breve minuto da gravação escrevendo sem parar num caderno. Parecia uma boneca quebrada, como eu mesma tinha sido. Houve uma época em que eu estava assim, em que me sentia sozinha, prisioneira do universo, e na verdade talvez ainda estivesse, apesar de ter me reconstruído com uma cola feita de raiva e desesperança.

Depois de assistir àquela fita, senti necessidade de visitar os Templeton. Não sei por quê, mas precisava transmitir alguma luz a eles. Consegui que Aaron aceitasse meu convite para um café, e dessa conversa só lembro de suas lágrimas e do longo abraço que me deu ao se despedir. Quase não disse nada. Estava longe de ser aquele de antes.

Nesse período consegui me firmar na redação. Procurei atender às exigências da equipe de investigação, graças a Deus sem a participação de Nora Fox, e tenho que admitir que gostei da flexibilidade de Bob, com quem criei uma boa amizade profissional.

Ao longo de 2010, trabalhamos em uma única matéria, que consumiu muitos recursos e a paciência de Phil Marks. Era a história de uma dúzia de trabalhadores das fábricas de uma grande empresa de celulares na China que cometeram suicídio devido ao estresse e às condições trabalhistas. Quando a reportagem de doze páginas saiu, no início de novembro, Phil nos deu, além de parabéns, umas semanas de folga.

Mas eu não precisava descansar, só queria encontrar a resposta para uma pergunta que me atormentava havia anos: onde estava Kiera Templeton?

Assisti de novo, várias vezes, aos vídeos digitalizados de Kiera. Criei uma lista de reprodução no programa VLC: quando um vídeo terminava, o próximo entrava de imediato. Passei um dia todo assim, assistindo Kiera crescer, imaginando sua vida, e cheguei até a me questionar se ela precisava mesmo ser resgatada.

Então tive uma ideia: assistir às fitas tal como tinham sido gravadas, e para fazer isso resolvi comprar um videocassete Sanyo de 1985. Encontrei duas relíquias no Craigslist, vendidas para desmonte, e marquei um encontro com um dos vendedores. Na esquina onde combinamos, me deparei com um cara gordo que tinha uma antiga locadora de vídeo e estava vendendo tudo porque ia fechar a loja.

— São cem dólares — ele disse. — Como escrevi no anúncio, não está funcionando, mas é fácil consertar. É só trocar um dos braços de *threading* da tarja magnética e ele volta a reproduzir vídeos.

— Sabe onde posso arranjar a peça de reposição? — perguntei, observando a loja pelo lado de fora para ver se havia algum outro aparelho danificado exposto ali.

— Não é uma coisa que se venda em qualquer lugar. Só existem duas ou três oficinas que consertam essas sucatas. Não vale a pena consertar. O streaming representa o futuro, não é? Mas, olha, se você tem vídeos antigos, este é o caminho. Não há outro.

— Só existem duas ou três oficinas? — Uma faísca se acendeu dentro de mim.

— Exato. E isso incluindo Nova Jersey, que é onde eu moro. Acho que a antiga VidRepair do centro fechou há alguns meses, e olha que esses videocassetes sempre dão problemas. Ficam cheios de poeira dentro, as peças quebram.

— Você tem os nomes dessas lojas? — perguntei, sentindo tambores rufarem no meu coração, como se eu estivesse a um passo de encontrar uma pontinha da verdade.

55.
LUGAR DESCONHECIDO
26 DE NOVEMBRO DE 2003
Um dia antes da primeira fita

Para florescer, a misericórdia sempre precisa de amor e de dor.

Na véspera do Dia de Ação de Graças de 2003, Iris passou a manhã em casa com Kiera.

— Como fica em mim, mamãe? — perguntou a menina, que estava usando uma toalha de mesa laranja como vestido.

— Falta o principal, querida — Iris disse, prendendo um laço da mesma cor na cintura dela.

Ela adorava brincar de princesa com Kiera; não tinha comprado muitos vestidos para ela, para não despertar suspeitas, mas dava um jeito de improvisar figurinos com toalhas de mesa amarradas em sua cinturinha. Isso permitia que as duas brincassem de se vestir de mil maneiras, estimulando a imaginação da menina para criar artefatos e objetos com quase qualquer coisa, o que costumava acabar bem, menos quando Kiera fazia um cetro com a escovinha do vaso sanitário.

— Falta uma coisa. Eu volto já — Kiera disse a certa altura. Ao ver a cara de surpresa de Iris, foi para o quarto dando pulinhos de felicidade. Uma hora depois, ao longo da qual Iris conferiu duas vezes o canal oito para ver se ela estava bem, a garota saiu do quarto com uma tiara feita de macarrão colado num pedaço de cartolina.

— E agora? Estou bonita?

Iris sorriu.

— Está linda, querida — respondeu num tom que deixava transparecer um suave e agradável matiz de orgulho por sentir que a estava criando bem.

As duas passavam a maior parte do tempo brincando, lendo algum dos livros antigos que havia na casa e que nunca tinham sido tocados antes, ou deitadas no sofá da sala assistindo a filmes em VHS da coleção de Will.

A morte de Will tinha ficado para trás. Quando ele morreu, Iris passou uma época tensa e difícil. Precisava sair de vez em quando para cuidar da papelada referente à morte do marido, e sempre que o fazia implorava a Kiera que não abrisse a porta para ninguém nem que pensasse em sair, para não ficar doente como daquela vez.

Tentava demorar o mínimo possível e procurava não marcar dois compromissos no mesmo dia. Fazia uma coisa de cada vez e voltava sempre na hora prevista, suspirando tranquila assim que confirmava que Kiera estava bem. Ao longo dessas semanas, Iris ficou muito preocupada, pensando em como iriam sobreviver. Kiera não podia ficar em casa, sozinha o dia todo, enquanto ela ia trabalhar para ganhar o sustento das duas. Amaldiçoou Will muitas vezes. Chegou a odiá-lo com tanto fervor que não foi ao enterro nem avisou a família mais distante dele. Julgava Will um covarde que pulou fora assim que a situação ficou complicada.

Mas depois descobriu que Will tinha feito um seguro de vida atrelado a seu trabalho na oficina, e o acidente ia proporcionar à viúva uma indenização de cerca de um milhão de dólares. Além disso, a prefeitura concedeu uma bela indenização por não ter sinalizado da forma correta aquela passagem de nível.

Quando o valor total da apólice caiu em sua conta, Iris chorou por horas. A morte de Will não tinha sido um desastre para ela e a filha, e sim um alívio que a fez lembrar do marido como alguém especial que mudou sua vida para melhor. Afinal, fora ele quem lhe dera Mila, e também a possibilidade de ficar com ela o tempo todo.

A morte de Will também reforçou em Kiera a ideia de que o mundo externo era perigoso, não só por causa das misteriosas ondas invisíveis que pareciam provocar seus espasmos, mas porque lá fora ela também poderia morrer, como aconteceu com o pai.

Chegou a um ponto em que Kiera estava tão convencida de que o mundo externo era perigoso que, quando a mãe ia sair, ela lhe implorava que tivesse muito cuidado. Pouco a pouco, Iris foi criando coragem para prolongar cada vez mais suas ausências, e aproveitava para fazer compras. Na volta, se surpreendia ao ver Kiera correr para abraçá-la e agradecer por ter voltado sã e salva. A garota tinha quase tanto medo de sair quanto Iris tinha de que o fizesse. Ainda que por motivos diferentes, isso as unia ainda mais: precisavam lutar contra um inimigo comum, por mais que ele não existisse.

Certa vez, inadvertidamente Iris deixou a porta da frente aberta ao chegar com as compras e, para sua surpresa, Kiera foi fechá-la às pressas:

— Mamãe, por favor, tenha cuidado, eu não quero ficar doente.

Seu cativeiro havia se dado como o adestramento de um elefante selvagem, que primeiro é amarrado a um poste, sem poder se mexer, e depois recebe golpes quando tenta se livrar. Quando os golpes param, o animal desiste de escapar e começa a se sentir protegido com a presença do cuidador, que para ele é quem o salva de seu calvário. Kiera não queria sair daquele ambiente seguro, porque seria dar uma chance a seus espasmos, assim como o elefante também não quer contrariar seu dono cruel.

Nessa tarde, depois de brincar com os vestidos, Kiera ficou penteando o cabelo de Iris, enquanto esta ria de dor devido aos puxões. Depois, inverteram os papéis, mas Iris penteou a menina, cujo cabelo era comprido e castanho, com uma suavidade digna dos melhores cuidados. Kiera ficava relaxada com essas carícias, e passou algum tempo se deliciando com eles enquanto assistia a *Matilda* na televisão.

Quando o filme acabou, Kiera foi para seu quarto cantarolar uma canção de Natal que tinha aprendido em *Esqueceram de mim* e, quando voltou para a sala, viu a mãe chorando com o controle remoto da TV nas mãos.

— Mamãe? O que aconteceu? — perguntou, assustada.

— Nada, filha... é que eu... pensei em umas coisas tristes.

— Você está falando do papai?

— Sim, filha — mentiu. — É sobre o papai.

— Está tudo bem, não? — Kiera perguntou, acariciando o rosto da mãe. — Nós estamos juntas. Papai está bem, lá no céu. É como no filme *Todos os cães merecem o céu*.

— Você está comparando papai a um cachorro? — perguntou, com um sorriso, enquanto enxugava uma lágrima.

— Não! — a menina disse, rindo também. — É só que... eu não gosto de ver você chorar. Quer ouvir uma história?

— Quero sim, amor. Adoraria que você lesse uma história para mim — Iris disse. — Mas antes me deixa dez minutos sozinha? Preciso fazer uma coisa aqui na sala.

— Quer que eu vá para o meu quarto?

— Por que não brinca um pouco com a casa de bonecas e daqui a pouco eu vou para lá também? Pode ser?

— Tem certeza de que está bem?

— Estou, Mila. De verdade — repetiu.

Kiera foi para seu quarto e fechou a porta atrás de si. Pensou que havia algo de errado com a mãe e passou alguns minutos tentando imaginar o que poderia ser. Embora pequena, se preocupava com a mãe e queria vê-la feliz.

Enquanto isso, na sala, Iris ligou de novo a televisão, conectou a antena que permitia receber os canais comuns e, quando voltaram as imagens, deixou o controle remoto no chão. Na tela, um pai e uma mãe choravam abraçados em frente à fotografia de uma menina de três anos. Ela a reconheceu na hora: era Kiera. Os pais estavam abraçados durante um ato público realizado no dia anterior, na Herald Square, que reuniu umas duzentas pessoas, somando amigos e transeuntes que ainda se lembravam do caso. Grace falava ao microfone, com os olhos vermelhos de tanto chorar e o rosto pisoteado pela dor. Em pé, ao seu lado, Aaron Templeton tinha o olhar perdido e o rosto desfigurado. Ambos eram sombras do que já tinham sido. Iris aumentou o volume e, pela primeira vez, ouviu a voz embargada da mãe cuja filha ela havia arrebatado.

— Você estaria prestes a fazer oito anos agora, minha menina — Grace disse ao grupo de pessoas à sua frente. A fotografia de Kiera parecia lembrar como ela era feliz ao seu lado. Era uma imagem diferente daquela divulgada no *Press* e nos apelos que eles tinham feito pela televisão anos antes. Na foto, Kiera ria, na verdade, gargalhava, o que acentuava suas duas covinhas e a forma de suas narinas. Seus olhos irradiavam uma felicidade difícil de igualar. — Quem me dera ter acompanhado seu crescimento, ter visto você cair no chão, ter cuidado do seu joelho, ter continuado a cantar à noite aquela canção de ninar que você adorava, em que eu prometia que jamais iria acontecer nada de ruim a você. — A sra. Templeton fez uma pausa para recompor a voz, que desmoronava entre suas cordas vocais como se fosse uma das Torres Gêmeas. — Quem me dera ter educado você com bons valores, minha menina. Quem me dera ter beijado sua testa muito mais do que beijei, quem me dera estar agora ao seu lado e saber que você está bem, minha querida. Eu peço clemência a quem levou você. Mas se alguém fez uma coisa horrível com a minha filhinha e ela está morta em algum lugar, só peço uma coisa: diga-nos onde está para podermos... — E então começou a chorar, e Aaron a abraçou. Na tela se intercalaram fotos da antiga casa dos Templeton, rodeada de luzes de Natal, enquanto o locutor relembrava em off que, nos primeiros dias do desaparecimento da menina, eles tinham montado naquela casa uma central telefônica que nunca forneceu nenhuma pista.

Iris viu essas imagens com lágrimas nos olhos. Nunca tinha parado para pensar com seriedade no sofrimento que estava causando. Embora soubesse que a garota tinha uma família e que eles estavam à sua procura, ela nunca se dispôs a avaliar claramente o dano que tinha gerado. Agora ela amava a menina com toda a sua alma, e isso também a fez entender o quanto os Templeton deviam amá-la. Pensou em tudo o que esses pais deviam ter passado — e no que ela podia fazer.

Tentou enxugar as lágrimas, mas seus olhos eram uma torrente de culpa. Mudou de canal e sintonizou sem querer o canal oito, no qual viu Kiera, com o vestido laranja improvisado com uma toalha de mesa, brincando tranquila com sua casinha de bonecas.

Soltou uma risada nervosa e ofegante entre as lágrimas. De repente, sem nunca ter pensado nisso, uma ideia absurda se esgueirou em sua mente. Uma ideia de consequências sinistras.

Foi olhar a prateleira com os filmes em vhs de Will e encontrou uma caixa com várias fitas virgens da marca tdk. Passou algum tempo limpando-as com um pano, para se certificar de que não haveria impressões digitais ou qualquer outra coisa que pudesse incriminá-la. Inseriu uma delas no videocassete e, sem querer, sem saber, sem intenção de magoar ninguém, apertou o botão rec e observou Kiera se movendo pelo quarto enquanto a gravava. Parou um minuto depois, e após escrever kiera com um marcador na etiqueta adesiva, limpou de novo a fita para eliminar possíveis vestígios. Depois a inseriu num envelope acolchoado e bateu na porta de Kiera, ainda com o coração na mão.

— O que foi, mamãe? — a menina perguntou quando a viu. — Você está bem?

— Sim, querida... é só que... tenho que sair para entregar um pacote a uns amigos e... estou com medo de que me aconteça alguma coisa — disse Iris, sem querer entrar em detalhes.

— Não sai, mamãe — Kiera respondeu, angustiada. — Deixa eles virem aqui. É perigoso, não quero que aconteça nada com você.

— Eu tenho que ir, querida. Eles não estão muito bem e... com certeza posso ajudá-los. Você vai ficar bem?

Kiera a abraçou e sussurrou em seu ouvido:

— Vou sim, mamãe. Não abro a porta para ninguém e depois apago todas as luzes, mas me promete que vai voltar — ela disse com uma voz doce.

— Prometo, querida.

56.
Miren Triggs
26 de novembro de 2010
Um dia antes da última fita

*Será que o passado nos parecia tão estranho
como agora nos parece o presente?*

No dia seguinte, fui visitar a primeira das oficinas de reparo de equipamentos de vídeo. Ficava em Nova Jersey e, segundo o homem que me vendeu o videocassete Sanyo, era a melhor. Se o dono, um tal de Tyler, não conseguisse consertar ou não encontrasse alguma peça de reposição, ele emprestava um aparelho ao cliente — ele tinha centenas em perfeitas condições de uso — para compensar o tempo de espera.

Era um lugar estreito e comprido, com estantes de metal cheias de videocassetes antigos dispostos em ambos os lados. Assim que entrei tive a sensação de estar pisando num cemitério de cacarecos que haviam mudado a vida de uma geração e foram dispensados assim que apareceu algo melhor. Evolução não é isso? Andar para a frente, sem se importar com o que fica para trás?

De repente, atrás de uma das prateleiras apareceu um homem de uns sessenta anos que me cumprimentou com entusiasmo. Exalava uma simpatia tão reconfortante que parecia saído dos filmes dos anos 1990.

— Posso ajudar? — ele perguntou.

— Olá... meu nome é Miren Triggs, sou jornalista do *Manhattan Press*.

— Uma jornalista aqui? Não sei o que poderia interessar à imprensa.

— Bem, talvez a imprensa tenha muito a aprender com um negócio como o seu — respondi com o melhor dos meus sorrisos. Eu precisava da ajuda dele. Talvez fosse o meu último cartucho; provavelmente não serviria para nada, mas eu tinha que tentar.

— Certo — sorriu. — Este pobre velho pode ajudar em alguma coisa?

— Vou pedir uma coisa bastante improvável, mas... vocês consertaram algum Sanyo vcr de 1985 nos últimos anos?

— Um Sanyo VCR de 1985?

— Sei que é complicado. Mas estou procurando o dono de um aparelho assim.

— Por quê, posso saber?

"Que diabo", pensei. A sinceridade também abre portas. Pelo menos quando serve para unir pessoas bem-intencionadas, o que parecia ser o caso do dono daquela loja.

— O senhor se lembra do caso de Kiera Templeton? A menina que desapareceu e depois mandaram umas fitas em que ela aparece?

— Lembro, claro. Não dá pra esquecer. A história das fitas me chamou muito a atenção. As pessoas perderam o rumo.

— Sabemos que foram gravadas com um equipamento Sanyo de 1985. É o padrão do cabeçote que ficou marcado nas tarjas magnéticas.

— O cabeçote da Sanyo? — ele perguntou, parecendo confuso.

— Isso mesmo.

— Sabia que esse cabeçote também vem nos aparelhos da Philips?

— Como assim? — perguntei.

— Não eram só os videocassetes da Sanyo que usavam esses cabeçotes. A Philips, na época, não tinha produção própria, e seus aparelhos eram produzidos pela Sanyo, que incluía neles seus próprios cabeçotes. Não sei que tipo de acordo eles tinham, mas isso é uma coisa que qualquer amante de videocassetes dessa época sabe — ele riu.

— Então preciso ampliar minha busca e incluir os videocassetes da Philips?

— É isso mesmo — ele sorriu, amável.

— Vocês já consertaram algum Sanyo ou Philips desse modelo?

Ele assentiu com um sorriso. Fechei os olhos e respirei fundo. Talvez aquele homem de bom coração tivesse a resposta para todas as minhas perguntas.

— Se não me falha a memória, nos últimos três anos devo ter consertado uns dez ou doze aparelhos dessas duas marcas. Os braços de *threading* da tarja magnética quebravam com muita frequência. Alguns aparelhos, que não passaram por um bom controle de qualidade, não aguentavam nem cinco anos sem quebrar o braço.

— Cinco anos... — suspirei, tentando pensar. — Portanto, se alguém continua a utilizar um aparelho desses, tem que mandar consertar de vez em quando.

— Sim, se estiver usando uma das unidades iniciais. Os primeiros equipamentos apresentavam mais defeitos, mas isso sempre acontece com a tecnologia, não é mesmo?

— E o senhor teria uma lista dos clientes que trouxeram esses gravadores para consertar?

Ele sorriu mais uma vez para mim.

— Vai demorar um pouco para eu examinar meus papéis, mas... é claro. Qualquer pessoa que traz um aparelho para consertar deixa seus dados e um sinal. Me dá umas duas horas. Vamos ver o que consigo — ele respondeu, e aquela era uma das frases mais animadoras que eu tinha ouvido nos últimos anos.

Esperei com impaciência perto da porta, observando a aparente tranquilidade da rua. Lá, em algum ponto, talvez estivessem Kiera ou alguma das pessoas desaparecidas que nunca mais deram sinais de vida. Duas horas depois, o sr. Tyler foi até a porta e me deu uma página arrancada de seu caderno: era uma lista de onze nomes, com os respectivos endereços. Também havia, ao lado de cada um, o preço do conserto e o registro de algum outro pagamento que essas pessoas eventualmente tivessem feito, junto com a data anotada em sua contabilidade arcaica e manual. Peças novas e de segunda mão, fitas VHS, consertos. Pelo que me contou, ele fazia um registro detalhado de todos os pagamentos feitos com cartão porque não queria ter problemas com os bancos.

— Obrigada. Quem me dera o mundo se parecesse um pouco com o senhor.
— Já parece, senhorita. É só olhar para o lugar certo — ele respondeu, antes de voltar para o fundo da loja.

Como quase todos os endereços ficavam daquele lado do rio, aproveitei para visitá-los antes que anoitecesse.

Eu não tinha nenhum plano. Não sabia o que fazer se me deparasse com algo suspeito. Pensei na possibilidade de ligar para o inspetor Miller, mas isso me faria perder mais tempo, então desisti.

Fui visitar o primeiro da lista, um tal de Mathew Picks. Quem me abriu a porta foi um homem de uns sessenta anos que não teve dúvida, quando lhe perguntei sobre o conserto do videocassete, em mostrá-lo. Ele contou que adorava o granulado que o VHS formava na tela e a magia de esperar a fita rebobinar. Também me disse que a festa do seu casamento tinha sido gravada nesse formato, e que enquanto estivesse vivo ia assistir todas as noites ao vídeo da união com sua esposa, que tinha morrido dez anos antes.

Saí de lá com um gostinho agridoce. Visitei mais três pessoas antes de anoitecer, todas com o mesmo perfil: pessoas que não queriam deixar de assistir aos filmes que ainda não tinham sido convertidos para DVD ou Blu-ray.

Já era tarde da noite em Clifton, no condado de Passaic, Nova Jersey, quando parei o carro nas imediações de uma casinha branca de madeira, que estava com as luzes acesas. Eu não tinha grandes expectativas, o dia havia sido um pouco animador no início e um pouco desafiador à tarde. Quando bati à porta, uma loura de cabelos cacheados abriu com uma expressão preocupada:

— Olá — cumprimentei, tentando esconder o nervosismo. — William... William Noakes mora aqui?

57.
Clifton, Nova Jersey
27 de novembro de 2010
O dia da última fita

*As palavras não ditas significavam
mais do que as que podiam ser ditas.*

— Olá. William... William Noakes mora aqui? — Miren perguntou, consultando uma pasta. Eram dez da noite, e Mila já estava na cama, como sempre. A mãe continuava a tratá-la como criança, apesar de ela já ter quinze anos.

Iris ficou atônita. Fazia anos que ninguém perguntava por ele. Tinha conseguido mudar a titularidade da linha telefônica e das contas bancárias, e aquela pergunta a deixava desconcertada.

— É... sim, ele morava. Era... meu marido. Morreu faz anos.

— Pois é... foi por isso que vim. Detectamos algumas irregularidades no cartão de crédito dele.

— Não é um pouco tarde para... para isso? — Iris perguntou, inquieta.

— É... sim. Eu sei que já é tarde, mas não consegui chegar mais cedo. Sabe... houve um problema com os cartões de crédito dele. Aparentemente, continuaram a ser usados depois que ele faleceu e isso... é uma falha que a empresa precisa corrigir.

— Mas qual é o problema? Eu pago as contas todo mês, sempre.

— Sei, sei. Não existe nenhum problema, na verdade. Eu é que me expliquei mal. Só temos que preencher um formulário e fazer umas perguntas sobre alguns pagamentos feitos com a conta do seu marido para nos certificarmos de que o cartão não foi roubado nem está sendo usado por uma pessoa não autorizada.

— Pessoa não autorizada?

— Acontece mais do que se imagina. Clonam o cartão, e quando a gente vai ver, somem com todo o dinheiro da conta.

— Que horror! Eu não... eu não vi nenhum movimento estranho na minha conta.

— Posso entrar, por favor? É só um minuto. Está frio aqui fora.

Iris fez que sim, ainda confusa, mas não havia outra saída. O vento estava forte e gelado. Aquela mulher não parecia representar uma ameaça. Estava sorrindo e tinha um olhar decidido: parecia ser uma vendedora de seguros.

Miren entrou e logo fez uma rápida inspeção, vasculhando a mesa, o sofá, a TV, o videocassete Philips. O papel de parede era aquele azul com flores laranja.

— Muito obrigada, senhora... Noakes.

— De nada. Você trabalha no banco? É a primeira vez que vejo você — Iris perguntou, sentando-se e convidando Miren a fazer o mesmo.

— Sou da empresa de cartões. Vai ser só um minutinho, prometo.

— Tudo bem — Iris concordou, por fim.

Miren inspecionou o local de novo: corredor comprido, armário verde com um cadeado aberto, janela, cortinas de voile. Ao fundo, duas portas, ambas fechadas.

— Qual é sua ocupação? — Foi a primeira pergunta de Miren, assim que sentou no sofá. Pegou uma caneta e fez como se fosse escrever a resposta.

— Bem... é uma pergunta difícil. Eu... cuido da casa. O seguro nos rendeu um bom dinheiro quando Will morreu. Levando uma vida moderada, acho que vou poder... me sustentar com o que economizei.

Todos os alarmes dispararam na cabeça de Miren: "nos rendeu".

— A senhora tem filhos? Não... não consta na ficha.

Um arrepio percorreu Iris, da nuca até a ponta dos dedos do pé.

— Não... filhos não. Mas sempre gostei de cachorros e... são como meus filhos.

Miren sorriu, mas pressentiu alguma coisa errada. Não tinha visto nenhuma casa de cachorro, não sentira odor de algum animal. O que se sentia de forma muito nítida era um cheiro de lugar fechado.

— Certo. Vamos falar... das despesas. Preciso confirmar uma série de compras.

— Tudo bem.

— Há três anos, no dia 18 de junho, foram pagos doze dólares e quarenta centavos com o cartão do seu marido na Hanson Repair. Aparentemente é uma compra de várias fitas VHS. Foi a senhora que as adquiriu?

— Hanson Repair?

— Uma loja de produtos eletrônicos aqui pertinho. Conhece o sr. Tyler?

— Não lembro... mas se existe esse registro, imagino que sim — ela respondeu.

Miren riscou um dos itens da lista que ele tinha anotado e passou para o seguinte:

— Em 12 de janeiro de 2007, foi feito um pagamento de sessenta e quatro dólares e vinte centavos na... mesma loja, Hanson Repair. Procede?

— Nossa, 2007? Não lembro. Levei umas coisas para consertar lá algumas vezes, mas... não sei dizer se foi em 2007.

— Bem, na verdade, nesse caso só precisamos que nos confirme que o pagamento foi feito pela senhora. Eu falei com a loja. Eles confirmaram que a senhora aparece como cliente. No caso, foi o conserto de um videocassete Philips.

— Ah, sim! Pode ser.

— É esse aí, não é? — Miren disse, apontando para o aparelho.

— É... sim.

— É uma joia. Quantos anos tem? Vinte? Trinta?

— Não sei dizer... Will... o comprou quando nos mudamos para cá. Usamos muito, por algum tempo. Agora... com os DVDs, quase nunca ligamos.

Outra vez o plural. Outra vez o silêncio constrangedor que se seguiu. Mas dessa vez Miren se controlou.

— Perfeito. Acho que isso é tudo de que preciso.

— Resolvido? Posso continuar a usar a conta dele?

— Olhe, a senhora tem que... fechar essa conta apresentando o atestado de óbito e transferir o dinheiro para a sua conta. Seria o processo normal; é um pouco lento, mas é a melhor coisa a ser feita. Assim... evita problemas — Miren respondeu, levantando-se. Era ela. Tinha certeza. Sua mente viajava para a frente e para trás, pensando na melhor maneira de agir. E então lembrou do conselho do professor: "Um jornalista investigativo trabalha confirmando hipóteses, Miren. E para confirmar a sua, só falta o sim ou o não de Margaret S. Foster. E isso é uma coisa que se pode obter simplesmente ao perguntar a ela e observar sua reação".

— É só isso? — Iris perguntou, dessa vez com um sorriso.

— É... acho que... acho que é só isso...

Iris abriu a porta e Miren saiu, mas logo em seguida deu meia-volta. Tinha que tentar, não importavam as consequências.

— ... quer dizer, na verdade tem mais uma coisa — disse de repente. Iris a fitou com um olhar gentil e ao mesmo tempo um pouco desconcertado.

— Pois não.

— A senhora ou seu marido compraram uma "Pequena casa com jardim"?

O rosto de Iris passou da gentileza ao terror em um instante. A casa de bonecas não estava à vista. Ficava no quarto de Mila, e era impossível que aquela mulher soubesse disso. Iris arregalou os olhos como se precisasse encontrar alguma coisa no escuro, segurou com firmeza a lateral da porta, seus lábios se abriram apenas o suficiente para que entrasse um pouco de ar, que começava a lhe faltar. Não disse nada durante tempo o bastante para que a pergunta fosse respondida sozinha e para que o significado dessas palavras não ditas transmitisse tanto quanto as que poderia dizer.

— Não... não sei do que você está falando — ela respondeu, depois de ficar um minuto eterno segurando a porta. — Agora, com licença, tenho muito a fazer.

Bateu a porta e Miren voltou para o carro tentando conter a adrenalina que sentiu percorrer suas veias. Não sabia como agir. Entrou no carro, ligou o motor e avançou até o final da rua, enquanto Iris a observava, de dentro da casa, através das cortinas. Depois, quando Miren enfim desapareceu, deu um berro tão forte que Mila acordou assustada.

— O que foi? — ela perguntou, sonolenta e abrindo a porta no final do corredor.

— Querida — disse Iris, com o rosto banhado de lágrimas. — Vá arrumar suas roupas. Nós vamos embora daqui dentro de uma hora.

— Sair? Ir para a rua? Do que você está falando, mamãe? Eu vou ficar doente.

— Não temos escolha, querida — explicou, soluçando. — Precisamos sair daqui.

— Por quê?

— Querida. Nós temos que ir embora. De verdade.

— Mas para onde, mamãe? — Mila perguntou, assustada.

— Para algum lugar onde nunca possam nos encontrar, querida — disse, quase sem forças para falar.

58.
CLIFTON, NOVA JERSEY
27 DE NOVEMBRO DE 2010
O dia da última fita

Quando se começa a primeira viagem, nunca é a última.

Enquanto Mila preparava e arrumava suas coisas, Iris ficou pensando aonde ir e o que fazer. Não tinham muito tempo. Aquela mulher perguntara sobre a casa de bonecas, e isso significava que seu prazo era curto. Encheu uma mala com tudo que cabia nela e a arrastou com dificuldade para o carro. Era um pequeno Ford Fiesta branco, com mais de dez anos, que adquirira para fazer compras depois que Will morreu.

Mila se vestiu seguindo as instruções da mãe. Pôs um lenço na cabeça e óculos escuros, apesar de ser de noite. A roupa que escolheu só deixava à vista as mãos claras, as bochechas rosadas e os lábios carnudos. No escuro ela quase não enxergava nada com aqueles óculos; saiu andando agarrada à mãe, com medo de ter uma de suas crises.

Em toda a sua vida ela só tivera umas doze, em situações variadas: depois de discutir com a mãe, depois de ver um filme muito forte na televisão, depois de escovar os dentes. A mãe reforçava que se tratava de um problema de sensibilidade eletromagnética provocado por correntes elétricas, sinais de wi-fi e celulares. Ela cresceu temendo o mundo externo como se fosse um ambiente radioativo que poderia acabar com sua vida. Por isso não tinham televisão a cabo em casa; Iris até dava uma olhada de vez em quando, conectando o sinal, mas voltava a desconectar assim que Kiera aparecia. Só assistiam aos filmes em VHS que ela comprava em sebos.

Iris ajudou Mila a entrar no veículo. Era a primeira vez, em muito tempo, que a garota sentia na pele o ar gelado da rua.

— Espere aqui enquanto vou buscar umas coisas.

Iris voltou para a casa e inseriu no videocassete uma das últimas fitas TDK virgens que ainda guardava. Gravou o quarto vazio por um minuto. Pensou que assim aqueles pais talvez pudessem entender que nunca mais iriam receber notícias da filha. Era uma despedida, um adeus sem palavras, porque não podia ser de outra maneira. Não podia conceber uma vida sem Mila, e muitas vezes tinha imaginado, arrependida, como os pais dela estariam. Foi assim, na verdade, que surgiu a primeira fita.

Passou a noite dirigindo de um lado para o outro, indecisa. Mila não tirava os olhos da janela, atenta a um mundo que não conhecia. De vez em quando perguntava o que era alguma coisa: um posto de gasolina, uma padaria que assava pretzels para o dia seguinte, um grupo de sem-teto que havia armado uma barraca ao lado de umas lixeiras. Iris não tinha nenhum plano definido, e quando o relógio marcou cinco da manhã, viu que tinha parado o carro em Dyker Heights, em frente à antiga casa dos Templeton.

Alguns vizinhos já tinham começado a decorar suas fachadas com luzes de Natal, àquela hora apagadas; em alguns jardins se viam renas, papais-noéis e soldadinhos de um metro e oitenta.

Iris estava inquieta, como nas outras vezes em que foi deixar as fitas, mas agora era diferente. Mila a observava sem saber o que estava acontecendo.

— Mila, querida, você pode deixar este embrulho naquela caixa de correio, por favor? — disse. A seguir estendeu a mão para o banco de trás e pegou um envelope acolchoado ocre com a fita que tinha gravado enquanto Mila a esperava no carro.

Sentia uma pena enorme de Aaron e Grace Templeton. Toda vez que lembrava deles temia não ser capaz de levar adiante aquela história e acabar deixando Mila ir embora viver a própria vida, com sua família real, e não a vida que vivia com ela: trancada entre quatro paredes, pensando que algo muito grave iria lhe acontecer se saísse à rua.

Mas agora Iris já não podia fazer isso. A garota era sua razão de viver, só ela a fazia se sentir viva, porque um filho, mesmo roubado, muda a pessoa para sempre. Um filho faz a pessoa ficar viciada em amor, e para ela a coisa mais impensável era imaginar a possibilidade de dizer adeus para sempre a Mila. Quando Miren apareceu na sua porta, Iris não soube como reagir; nas horas seguintes, só conseguia pensar em desaparecer.

— Por que nós estamos aqui, mamãe? O que tem neste envelope?

Iris suspirou e tentou controlar o ritmo das batidas de seu coração.

— Eu te conto mais tarde, pode ser? Temos que fazer uma longa viagem e... é para me despedir de uns amigos.

— Tudo bem, claro, mamãe — Mila concordou, sem entender muita coisa.

Mila desceu do carro e foi até a caixa de correio daquela casa às escuras. Ainda era cedo, e atrás de uma janela num dos lados da fachada ela viu uma árvore de Natal iluminada. Aquele lugar lhe parecia familiar, era como se já o tivesse visto, mas não conseguia lembrar quando. Enquanto lutava com a tampa da caixa de correio, pois nunca havia aberto nenhuma, sentiu uma sombra surgir ao seu lado:

— Deixa eu te ajudar, Kiera — Miren disse no tom mais calmo que podia.

Mila se assustou e deixou a fita cair no chão. Iris desceu do carro às pressas.

— Kiera? — a menina perguntou. — Acho que... está me confundindo.

Miren se abaixou e recolheu o envelope com delicadeza.

— Quem é você? — perguntou.

— Uma... uma amiga antiga dos seus pais.

— Você conhece os meus pais?

— Sim. Acho que muito melhor que... você — respondeu Miren.

— Nós nos conhecemos? — a menina perguntou exatamente no momento que Iris chegava e agarrava seu braço com força.

— Vamos. Nós temos que ir embora, querida. Vá para o carro.

— O que está acontecendo, mamãe? — Mila perguntou, sem entender nada.

— Vamos embora! Ande logo.

— Você conhece essa mulher? — perguntou. — Ela disse que é sua amiga.

— Não é verdade! Vamos embora, volte para o carro de uma vez! — Iris gritou.

Miren introduziu o envelope na caixa de correio e a fechou. Viu Iris arrastar Kiera para o carro e a seguiu correndo.

— Como você conseguiu conviver com isso? — Miren perguntou enquanto Iris empurrava Mila para dentro do carro e dava a volta para chegar ao banco do motorista.

— Você não sabe de nada — Iris respondeu aos berros, antes de abrir a porta.

— E você não vai a lugar nenhum — Miren respondeu, apontando a arma.

Iris prendeu a respiração por alguns instantes, olhando com tristeza para ela:

— Por favor, não. Mila... ela não merece isso. Ela não merece perder a mãe.

— Eu sei disso. Mas também não merecia naquela época — disse Miren.

Iris suspirou, impotente.

— Entre no carro e dirija — Miren disse. Abriu uma das portas traseiras e sentou atrás de Mila, que estava bem assustada. — Kiera tem que voltar para seus verdadeiros pais.

59.
Centro de Nova York
27 de novembro de 2010
O dia da última fita

*Bons amigos sempre estão por perto,
mesmo quando não parece.*

Jim Schmoer tinha passado a manhã dando aula para uma classe que parecia constituída de réplicas de Miren Triggs que lhe faziam perguntas incômodas e discordantes, desafiando sua mente crítica. Estava feliz. Haviam ficado para trás os anos em que ia para a faculdade animado e se frustrava porque raramente identificava uma alma de jornalista entre os alunos. Aquela turma era diferente. Cada vez que ele lançava um tema, descobria que eles já haviam debatido o assunto nas redes sociais e formado uma opinião própria tão heterogênea que, para os amantes das divergências, dar aula para eles era uma guerra maravilhosa. A instantaneidade da internet tinha aberto as portas para a informação e o debate, e o professor sentiu que aquela era a melhor turma que já tivera. As redes também promoviam desinformação, mas esse grupo em particular parecia não confiar nunca no que lia na tela se não fosse confirmado por alguma fonte oficial.

Ele estava tão empolgado com aquela geração que estava crescendo com uma força e uma vontade inéditas que passou o dia procurando inovações que satisfizessem a voracidade de uma turma que tinha mais garra do que ele provavelmente jamais tivera. Naquela manhã, passou seis horas seguidas dando aula, e às três da tarde, quando chegou à sua sala na Universidade Columbia, viu que havia várias ligações perdidas no celular, de um número que ele não conhecia.

Ficou na dúvida entre retornar ou não, mas era jornalista, não podia deixar uma pergunta sem resposta. Ele sempre havia sido movido pela curiosidade.

Discou e ouviu o telefone tocar três vezes antes de uma voz feminina atender.

— Hospital da Baixa Manhattan, boa tarde.

— Alô? — o professor disse. — Recebi várias ligações deste número.

— Qual é o seu nome?

— Schmoer, Jim Schmoer.

— Espere um segundo... Deixe-me verificar... Não... deve ter sido um engano. Não telefonamos para nenhum Jim Schmoer — disse a pessoa que o atendeu, num tom de voz asséptico.

— Engano? Isso não faz sentido. Foram quatro chamadas perdidas. Tem certeza de que não me telefonaram?

— Quatro? Tudo bem. Um minuto... — A voz se afastou um pouco do telefone e pareceu se dirigir a outra pessoa: — Você ligou para um tal de Jim Schmoer, Karen? — Um leve "sim" chegou ao ouvido do professor, e no mesmo instante ele ficou alarmado.

— O que aconteceu? — ele perguntou, assustado.

— Espere um segundo... — E aquela voz foi substituída por outra, mais suave e gentil. — Jim Schmoer? O professor, Jim Schmoer?

— Sou eu. O que está acontecendo?

— Você é o contato de emergência de... deixe-me ver... qual é mesmo o nome?

— Contato de emergência? O que você está dizendo? De quem? O que aconteceu?

O professor sentiu uma súbita onda de calor. Seus pais moravam em Nova Jersey, e de imediato ele pensou que podia ter acontecido alguma coisa com um dos dois.

— Meus pais estão bem? O que houve?

— Seus pais? Não, não. É uma jovem. Se chama... Miren Triggs, você a conhece?

60.
DYKER HEIGHTS, BROOKLYN
27 DE NOVEMBRO DE 2010
Doze anos após o desaparecimento de Kiera

*E se toda aquela escuridão não fosse
mais que uma simples venda nos olhos?*

— Mamãe, o que está acontecendo? — Mila perguntou quase chorando. Ela não estava preparada para o mundo. Sentia medo, aquela situação desconcertante a travou.

Iris pisou fundo no acelerador e o carro seguiu na direção norte, enquanto os primeiros raios de sol começavam a iluminar os arranha-céus que se destacavam do outro lado do rio como gigantescos pilares de ouro.

— Vire aqui à direita, rumo ao parque Prospect — Miren ordenou apontando a arma para Iris. Grace Templeton morava em frente a esse parque. Iris dirigia olhando para a frente, secando as lágrimas de vez em quando e sabendo que tudo estava chegando ao fim. Ao seu lado, uma dúzia de veículos começavam o dia alheios àquele pesadelo.

— Quem é você? — Iris perguntou. — Por que quer tirar a minha menina de mim?

— Mamãe! O que está acontecendo? — Kiera levantou a voz, num uivo.

— Sua menina? Kiera... esta mulher não é sua mãe — Miren gritou.

— O que você está falando? Mamãe, o que ela quer dizer com isso?

De repente Iris pisou mais fundo. Estava a ponto de explodir por dentro. Não virou à direita, mas deu uma guinada e entrou na Belt Parkway.

— O que você está fazendo?! — Miren gritou. — Vamos para a casa dos pais de verdade da garota!

Aquela autopista atravessava o Brooklyn, elevando-se do solo. Prédios comerciais e galpões a margeavam a meia altura, escoltando a imponente vista dos arranha-céus de Manhattan que irrompiam a distância.

— Pais de verdade? — Kiera sussurrou, desconcertada.

— Não dê ouvidos a ela, Mila. Ela está mentindo!

— Você conta ou eu conto? — Miren perguntou ameaçadora.

Iris mal respirava. Aquela pressão era mais forte do que ela podia suportar. Não aguentava mais. Sabia que a verdade algum dia teria que explodir na sua cara, mas sempre conviveu com o autoengano. Sempre pensou que a melhor coisa que podia fazer pela filha, sua princesa, seu tudo-o-que-tinha-amado-na-vida, era esconder a origem dela, protegendo-a de uma verdade dolorosa e asfixiante: que a mãe dela era uma pessoa horrível que a tinha sequestrado e separado dos pais verdadeiros, que sem dúvida lhe dariam uma vida melhor do que a que Iris tinha dado ou poderia dar algum dia.

Iris havia criado Mila numa atmosfera de medo, com a única e egoística intenção de impedir que alguém a tirasse dela. Havia deixado para trás o medo das consequências. Não temia a cadeia, não temia a prisão perpétua, não temia a pena de morte, só temia se separar dela. E esse medo dominou sua existência. A educação domiciliar, a desconexão com o mundo. Mila só tinha conhecido duas pessoas: os dois pais postiços que queriam apenas ter um filho, não necessariamente criá-lo bem. E que, espalhando mentiras e medo, transformaram uma menina risonha numa adolescente prisioneira.

— Você conta ou eu conto? — Miren repetiu, ainda mais ameaçadora.

— Desculpa... Mila. Sinto muito, mesmo... — Iris acabou dizendo, aos soluços.

— O que você está dizendo, mãe?

— Não... você não é minha filha — Iris admitiu com a voz estraçalhada em mil pedaços. — Não... você não tem nenhuma doença. Você pode sair... Sempre pôde...

— O que é isso, mamãe? Por que está dizendo essas coisas? Eu sou doente, sim.

— Eu não sou sua mãe, Mila... — Iris declarou. — Will e eu... levamos você para casa em 1998. Você estava sozinha, chorando na rua durante o desfile de Ação de Graças... Eu te dei a mão e você parou de chorar. Você sorriu e eu já... já me senti sua mãe. Depois disso, não sei por que, você aceitou vir para casa conosco. Enquanto estávamos andando, pensei que em algum momento íamos parar, que daríamos meia-volta e te levaríamos para seus pais, mas a sua mãozinha... os seus passinhos, o seu sorriso...

Kiera começou a chorar como uma menina que havia acabado de se soltar das mãos dos pais num desfile em 1998. Passaram-se vários segundos até Iris se recompor.

— E um dia... quando Will não estava mais vivo... eu vi seus pais na televisão. Os dois choravam e acendiam velas em um ato público na véspera do Dia de Ação de Graças, para lembrar a data do seu desaparecimento.

Miren não quis intervir. Kiera estava arrasada, soluçava de tanto chorar.

— Diz que nada disso é verdade, mamãe. Por favor... diz que não é verdade.

— Me doeu tanto... eu me senti tão mal... quis dizer a eles, de alguma forma, que você estava bem, que não se preocupassem, que havia alguém cuidando da filha deles.

— Você mandou três fitas de vídeo para eles — Miren interrompeu. — Por quê?

— Sim... usei aquela câmera que Will instalou... Gravei imagens e mandei as fitas. Pensei que assim o sofrimento podia passar... mas uma vez ou outra... os dois apareciam de novo, e eu precisava lhes dizer de novo que você estava bem, que ia ser bem criada e educada, como merecia. Que eles não tinham motivos para se preocupar. Eu só queria... que eles soubessem que... que nada de mal tinha acontecido.

— Mamãe... — Kiera estava desesperada.

— O seu nome é Kiera Templeton, não Mila — Iris sussurrou, ofegante. — Eu... sinto muito, querida... Eu... só queria o melhor para você.

— E agora? Eu... eu amo você, mamãe. Está tudo bem, não está? — perguntou, enxugando uma lágrima no rosto da mãe. — Eu quero ficar com você, por favor.

O carro desceu uma rampa e de repente penetrou nas profundezas do túnel Hugh L. Carey, que liga o Brooklyn a Manhattan, escondendo o alvorecer da cidade, agora substituído por uma luz fluorescente que entrava no veículo de modo intermitente.

— Eu sei, querida... mas não podemos mais ficar juntas. Eu não consigo... não consigo me olhar no espelho agora que você sabe. Não posso continuar assim, Mila.

— Mas eu quero ficar com você, mamãe. Eu te perdoo, de verdade. Não me importo com o que fez. Eu sei como cuidou bem de mim. Sei o quanto me ama, mamãe.

— Você tem que se entregar, Iris — Miren interrompeu. — Se fizer isso, talvez eles deixem você receber visitas. — Miren tentou reavaliar a situação, para diminuir a tensão. A princípio, pensava que encontrar Kiera seria o equivalente a resgatá-la, mas como isso era possível se ela fora criada com correntes nos pés? Iris tremia segurando o volante. — Esses pais precisam saber onde está a filha. Isso não é justo nem com eles, nem com Kiera. Faça isso por ela. Entregue-se. O escritório do FBI fica perto da saída do túnel. Entregue-se, e tudo vai acabar bem.

— Você não é da polícia? — Iris perguntou, soluçando.

— Sou jornalista — respondeu Miren. — E só quero o melhor para Kiera, e que os pais dela saibam a verdade.

— Eu também quero o melhor para minha filha — respondeu a outra num sussurro. Depois suspirou, tentando controlar os sentimentos que se amontoavam em seu peito. Kiera se inclinou e abraçou Iris, intuindo que talvez nunca mais pudesse fazer isso.

Iris chorou e por um longo minuto desfrutou do abraço da filha, as duas ofegantes. Nesse momento, lembrou-se de todas as vezes que brincaram juntas, os momentos em que riram enquanto dançavam ao som de canções antigas dos filmes que ela levava para casa. Pensou em todas as ocasiões em que lhe contou uma história inventada na qual ela interpretava a bruxa, e a filha, a princesa. Sua memória viajou para os soluços de Mila quando elas discutiam, e seus abraços sinceros depois de lhe pedir desculpas. Também se lembrou de seu próprio nervosismo toda vez que saía para fazer compras, deixando-a sozinha em casa, e como suspirava aliviada na volta ao ver que ela ainda estava lá, que a esperava com um sorriso. Com o tempo, as duas passaram a ser cúmplices no cativeiro, numa espécie de brincadeira em que pareciam lutar contra um mal externo. Tinham vivido tantos momentos juntas, que se imaginar sem ela era mais difícil do que morrer. Então entendeu Will e a morte dele. Entendeu que ele fizera aquilo porque se sentia vazio sem o afeto da menina.

— Tudo teria sido tão fácil... — sussurrou para Mila.

A luz da saída do túnel iluminou o rosto de Iris e, quando estavam prestes a cruzar aquele umbral ofuscante, Miren percebeu que ela estava acelerando cada vez mais. Tinha superestimado sua capacidade de fazê-la voltar à razão. Mas os verdadeiros heróis, aqueles de carne e osso, também erram, e Miren estava equivocada ao pensar que a situação estava sob controle. É impossível controlar alguém como Iris, é impossível separar para sempre uma mãe de sua filha, por mais que não fossem mãe e filha.

— Pare! — Miren gritou, apontando a arma para a cabeça de Iris.

— Tudo vai acabar aqui, querida — Iris disse, ofegante, para Kiera.

— Mamãe! — Kiera implorou, afastando-se dela. E, sentindo a guinada para a esquerda, apoiou as mãos no painel do carro o mais rápido que pôde.

— Não! — Miren gritou numa última tentativa de evitar a tragédia.

Ecoou um tiro, que quebrou o vidro. A bala passou de raspão na cabeça de Iris e estilhaçou o para-brisa dianteiro. Na saída do túnel, com duas faixas em cada sentido, o carro atravessou para o lado oposto a mais de cem por hora. A sorte quis que na primeira faixa uma motocicleta escapasse por dez centímetros, mas a desgraça, sempre presente nos momentos fundamentais, sempre atenta e disposta a mudar tudo, fez o Ford trombar de frente com um sólido furgão de entregas carregado até o topo.

61.
HOSPITAL DA BAIXA MANHATTAN
27 DE NOVEMBRO DE 2010
Doze anos após o desaparecimento de Kiera

*Quando tudo parece o fim,
na verdade é um novo começo.*

Schmoer avançou pelo corredor do hospital com o coração a mil. Fazia alguns anos que não via Miren, mas nunca deixou de acompanhar sua trajetória no *Press*. Toda vez que lia alguma matéria, sentia uma pontada de orgulho, e em certo momento chegou a pensar em entrar em contato, mas sempre acabava encontrando uma desculpa.

Ele a amava à sua maneira, na lembrança longínqua daquela noite, e tinha a sensação de que talvez ela ainda sentisse aquela conexão entre os dois. Depois de cruzar várias portas duplas, deparou com um novo corredor que parecia mais longo que o anterior. Ao chegar ao quarto de número 3E, olhou pelo vidro da janelinha antes de entrar.

Quando se aproximou, reconheceu-a na hora, apesar de Miren estar dormindo e toda machucada. Telas monitoravam seus sinais vitais e, a despeito da evidente mudança física que ela sofrera desde a última vez que tinham se visto, ele reconheceu nas pálpebras fechadas e no cabelo castanho a mesma garota enérgica e inabalável de tantos anos atrás.

Sentou-se e deixou as horas passarem. De vez quando entrava uma enfermeira para ver se estava tudo bem. Pouco antes de anoitecer, Miren abriu os olhos.

— Ei... você acordou... — Schmoer sussurrou, afetuoso.

— E você... você veio, professor.

— Se queria me ver de novo, não precisava fazer tudo isso... Você... não é mais minha aluna. Não precisa me chamar assim. Poderíamos ter um... um encontro normal.

Miren esboçou um sorriso, com os olhos semifechados.

— Dizem que você teve muita sorte — ele tentou animá-la. — Você é mesmo durona, viu? Pelo que me disseram, alguém morreu no acidente.

— Eu a encontrei... — ela disse, séria.

— Quem você encontrou, Miren?

— Kiera.

— Kiera? Kiera Templeton?

Miren fez que sim, com dificuldade.

— Cadê ela? Quem está com ela? Esse acidente tem algo a ver com o caso?

Miren suspirou e fechou os olhos, e logo em seguida se recompôs para falar.

— Você pode me fazer mais um favor, Jim?

— Claro... — ele respondeu, aproximando-se para ouvi-la melhor.

— Pode pedir aos Templeton que venham até aqui? É muito importante.

Pouco depois, o telefone do inspetor Miller estrilou no momento exato em que ele chegava à Herald Square e via a cidade se iluminar com as luzes de Natal. Estivera vagando sem saber o que fazer nem para onde ir, e afinal chegou aonde a história de Kiera havia começado. Em algum ponto, ali, a menina tinha desaparecido, e Miller sentiu um arrepio ao pensar que o caso ficaria insolúvel. E, se por acaso ele a encontrasse, talvez ela nem se lembrasse dos pais, afinal desaparecera aos três anos. Tentou recuperar uma lembrança inaugural de si mesmo, e se deu conta de que eram simples lampejos que mostravam uma criança de cinco ou sete anos puxando um carrinho de brinquedo.

Atendeu o telefone sem olhar para a tela.

— Inspetor Miller? É o inspetor Miller?

— Sim. Quem fala?

— Meu nome é Jim Schmoer, sou professor da Universidade Columbia.

— Universidade?

— Eu liguei para o escritório, e um colega seu me deu este número. Estou ligando da parte de Miren Triggs. Ela me pediu para avisar ao senhor e aos Templeton. Ela sofreu um acidente, não tinha outra forma de encontrá-los.

— Miren Triggs? Onde ela está? Preciso vê-la... — Precisava checar com ela a presença de suas impressões digitais no envelope.

— Miren está bem. Só teve algumas fraturas e uma leve concussão.

— Em que hospital ela está? — Miller perguntou.

— No hospital da Baixa Manhattan. Avise aos Templeton. É importante... — Fez uma pausa, para ter certeza de que o inspetor ouvia. — Ela encontrou Kiera.

No hospital, o inspetor Miller esperava pelos Templeton na entrada principal. Aaron e Grace traziam no rosto as marcas de todo o sofrimento daqueles anos, mas em seus olhos havia uma esperança contida em forma de lágrimas prestes a saltar no vazio.

O inspetor os recebeu com um abraço efusivo.

— Ben... você tem alguma novidade?

— Acabei de chegar. Mas parece que Miren Triggs quer contar alguma coisa. E quer que todos estejamos presentes. Não avisei ninguém. Não quero vazamentos de nenhum tipo. Pelo visto é importante.

Quando Aaron soltou a mão dele, segurou a de Grace. Pela primeira vez em muitos anos os dois ficaram de mãos dadas.

— Não parece coisa boa — Miller disse, à frente dos dois, indicando o caminho.

Quando entraram no quarto, Miren estava sentada na cama, bebendo um copo de água. Estava um pouco melhor, mas ainda se sentia bastante fraca. Tinha um hematoma no rosto e o braço direito estava enfaixado.

— Inspetor Miller — o professor se apresentou —, sou Jim Schmoer. Sr. e sra. Templeton, imagino que já conheçam Miren Triggs.

— Meu Deus, Miren... o que aconteceu? — Aaron perguntou. — Você está bem?!

Grace ficou parada ao lado do marido, nervosa, impaciente diante daquela convocação inesperada. Os dois sabiam que Miren ainda estava procurando a filha deles, pelo menos era o que ela lhes dizia quando ia visitá-los.

Miren se conteve antes de falar, procurando as palavras certas. Tinha passado anos pensando nesse momento, vislumbrando o instante em que tudo aquilo ganharia sentido. Levantou-se com dificuldade. Primeiro, apoiou suavemente um pé descalço no chão, e depois, puxando o gotejador de soro, foi em direção aos Templeton.

— Miren... você devia descansar — o professor disse, aproximando-se dela.

— Eu estou bem. É só que... não consigo encontrar as palavras para explicar o que aconteceu com Kiera, tudo o que descobri sobre ela.

Aaron e Grace se abraçaram, inclinaram a cabeça e fecharam os olhos. Eles não estavam preparados para aquilo. Na verdade, quem estava? Nem Miren tinha certeza do que ia fazer.

— Eu encontrei Kiera — ela disse, afinal.

Grace levou as mãos à boca e, não conseguindo se controlar, caiu no choro.

— Onde ela está?! Quem a levou? A minha menina... — soluçava.

Miren não respondeu. Para ela também era difícil manter o controle, afinal, sentia que aquela menina era como ela mesma. Toda vez que a via num dos vídeos, imaginava-se naquele quarto, cercada pelo papel de parede com flores laranja, acariciando a própria pele, como se à procura de si mesma. Era como se nunca tivesse tirado o vestido laranja que usava na noite em que sua vida mudou para sempre. Miren via naquela menina seus próprios medos, a sua vulnerabilidade; via tudo o que estava escondido no fundo do seu coração: um enigma, um quebra-cabeça insolúvel feito com pedaços de dor.

Nesse momento, ela entendeu que não podia adiar mais. Todos esperavam uma resposta — os pais, arrasados; o inspetor Miller, inquieto; e o professor, que sentia uma admiração por aquela borboleta ferida da qual ele só conhecera a crisálida.

— Venham comigo, por favor — ela disse, saindo do quarto.

Caminhava com dificuldade, empurrando o soro. Parou alguns metros adiante, em frente ao quarto 3K, e nesse momento Grace e Aaron se entreolharam, aturdidos.

— Grace, Aaron, aí está sua filha — Miren disse por fim, abrindo a porta e mostrando-lhes, lá dentro, a figura de Kiera Templeton adormecida, ligada a vários monitores que indicavam sinais vitais normais. Tinha uma perna engessada e um curativo na cabeça, mas sem dúvida era Kiera.

Grace começou a chorar assim que reconheceu a covinha no queixo, a mesma ainda cravada na sua memória, a mesma que ela acariciava quando a menina dormia ao seu lado. Foi se aproximando do leito com delicadeza, banhada em lágrimas, e Aaron fez o mesmo, seguindo em silêncio os passos da ex-esposa para não perturbar aquela imagem de reencontro doloroso e tranquilo que eles tanto tinham sonhado. Quando Grace enfim chegou ao lado da cama, virou-se para Aaron e o abraçou com força, chorando e sussurrando algo ininteligível que só fazia sentido para os dois.

Miren fechou a porta do quarto e deixou os três sozinhos, as emoções daquela família deveriam ser testemunhadas única e exclusivamente por aquelas quatro paredes.

— Onde ela estava durante todos esses anos? — o inspetor Miller perguntou, pousando uma das mãos no ombro de Miren. — Quem a sequestrou?

— Uma mãe equivocada — ela respondeu. — Mas prefiro contar tudo lá no meu quarto, inspetor. Acho que eles merecem um tempinho em... família — disse ela.

O prof. Schmoer a olhou com aprovação e se aproximou ao vê-la ensaiar seus passos de volta para o quarto 3E. Miren deu um leve gemido ao sentir uma pontada na costela, e o professor a amparou pela cintura para ajudá-la.

— Tudo bem? — ele perguntou com um nó na garganta e um pouco nervoso ao tocar Miren.

— Agora sim — ela respondeu com a voz entrecortada pela emoção, e desenhando um sorriso suave e contido.

O professor a deixou apoiar o peso sobre ele e sentiu o calor de seu corpo sob a camisola. Aquele calor o transportou para uma corrida de táxi, para o fogo de uma noite que nunca parou de arder dentro dele, e o fez pensar que talvez aquele momento jamais pudesse se repetir. Engoliu em seco, tentando sufocar as emoções, porque sabia que essa Miren era muito diferente daquela, mas idêntica à pessoa que sempre deve ter sido.

— Como você a encontrou? — ele perguntou em voz baixa.

— Simplesmente seguindo o seu conselho, Jim — ela respondeu, num tom afetuoso, dando passos frágeis ao seu lado. — Nunca parando de procurar.

EPÍLOGO
23 DE ABRIL DE 2011
Alguns meses depois

— E como está Kiera? Você a viu de novo? — uma mulher sentada no fundo da livraria, com um exemplar de *A garota de neve* nas mãos, perguntou.

— Bem, vi sim — Miren aproximou-se do microfone. Sua voz, mais quebrada e frágil ao ser amplificada, ressoava entre a lombada dos livros enfileirados nas estantes. — Kiera está bem, mas não posso dizer mais nada. Ela prefere... evitar os holofotes. Tenta recuperar o tempo perdido, e isso é uma coisa que ninguém deve tirar dela, por mais que a mídia insista em roubar uma foto ou surpreendê-la num supermercado.

Já havia anoitecido, e a livraria tinha ficado aberta até mais tarde, como sempre fazia quando havia eventos. Era uma loja pequena, de bairro, em Nova Jersey, com cadeira para umas vinte pessoas, e por isso a maioria dos clientes ouvia em pé.

A publicação do livro tinha sido uma bomba midiática que ninguém esperava. Mirem aproveitou a semana que passou no hospital para escrever o último artigo publicado no *Manhattan Press*, que acabou sendo o mais significativo da sua carreira. Contava em detalhes como tinha encontrado Kiera Templeton, como fora a investigação, como um casal com problemas de fertilidade cruzou a linha que separa sonhos de pesadelos. Todos queriam saber o que havia acontecido com Kiera Templeton.

Aquela primeira página do *Manhattan Press* era inesperada como sempre, e muito diferente das outras. A manchete principal, assinada por Miren Triggs, dizia: "Como conheci Kiera Templeton". O visual do jornal mudou um pouco naquele dia, com uma capa multicolorida, estampando a foto de Kiera aos três anos, impressa em papel de alta gramatura para resistir à passagem do tempo. Dobraram a tiragem, que chegou a dois milhões de exemplares, já antecipando uma grande demanda, mas ainda assim foi insuficiente. O público acorreu às bancas assim que circulou a notícia de que uma jornalista tinha encontrado a menina.

Miren teve a companhia dos pais durante sua internação. Um dia, recebeu a visita de uma mulher bem-vestida que se apresentou como Martha Wiley, editora do Stillman Publishing, um dos maiores grupos editoriais do país, e que lhe ofereceu um contrato de 1 milhão de dólares para escrever um livro contando os detalhes de sua busca.

Ao se despedir, a editora deixou um telefone para que Miren entrasse em contato caso decidisse aceitar a proposta. No mesmo dia em que teve alta, ao chegar a seu apartamento no Harlem acompanhada dos pais, Miren viu que a vizinha, a sra. Amber, tinha aproveitado sua ausência para rechear sua caixa de correspondência com folhetos de publicidade. Riu.

Quando entrou em casa, descobriu que tinham arrebentado a fechadura e levado quase tudo o que havia de valor. Na hora telefonou para Martha Wiley e confirmou sua intenção de escrever o livro, cujo título já ecoava em sua mente: *A garota de neve*.

No livro, cujo título ecoava o artigo que havia escrito em 2003, Miren falou de seus medos e inseguranças, descreveu seu primeiro contato com o caso e contou como, pouco a pouco, aquela menina acabou fazendo parte da sua vida, até conseguir encontrá-la doze anos depois, mantendo a promessa que tinha feito a si mesma: nunca parar de procurá-la. Escreveu o livro durante o inverno, num aconchegante apartamento no West Village, alugado com o dinheiro do adiantamento. Uma região bem menos problemática, para a tranquilidade de sua mãe. Quando *A garota de neve* foi publicado, logo se tornou o livro mais vendido no país, e Miren, que não gostava de falar em público, teve que sair da toca para as doze noites de autógrafos estabelecidas no contrato.

Na primeira fila, uma garota levantou a mão.

— Você desistiu do jornalismo? Não está mais no *Manhattan Press*?

— É uma coisa impossível de largar. Sou apaixonada por jornalismo e acho que não saberia fazer outra coisa. Meu chefe me deu uns meses de licença. Quando eu estiver em condições, volto a escrever no jornal. Telefono toda semana para ele pedindo que não deixe ninguém sentar na minha cadeira — ela riu, assim como toda a sala. Ao lado da garota que perguntara, um rapaz de cabelo escuro que parecia ser seu parceiro tomou a palavra.

— É verdade que vão fazer uma série de televisão sobre você?

— Bem, tem algo acontecendo, sim, mas ainda não posso falar sobre isso. Só posso dizer que... que não é sobre mim. É sobre a busca de Kiera. Eu não sou tão... interessante a esse ponto. Sou apenas uma jornalista em busca de histórias.

Ficou mais algum tempo respondendo às perguntas, como se estivesse num jogo de tênis, recebendo e devolvendo as bolas sem mandar nenhuma para fora.

— É verdade que você anda com uma arma na bolsa? — uma mulher perguntou.

Logo Martha Wiley, que acompanhava Miren a todos os eventos, levantou a mão:

— Acho que já é o suficiente... tenho a impressão de que não temos mais tempo para perguntas, se quisermos que ela autografe os exemplares de todos. A srta. Triggs gosta muito de conversar, mas temos um voo para Los Angeles ainda hoje e estamos com pouco tempo. Podem perguntar o que quiserem enquanto ela assina os livros.

— Não se preocupe, Martha — disse Miren. — Acho que dá para responder a mais algumas perguntas, sem problemas.

— Então, você anda armada ou não? — um homem de barba repetiu a pergunta.

— Você tem alma de jornalista — Miren disse, sorrindo. — Não, não ando armada. Digamos que isso é uma... licença poética do livro.

— E o seu caso com o professor? Também é licença poética?

Miren riu antes de responder, e então disse:

— Bem, não nego que poderia ter acontecido.

— Vamos lá... para nós você pode contar. Ninguém vai ficar sabendo.

A livraria lotada de gente caiu na gargalhada.

— Digamos que aquela corrida de táxi foi um pouco curta para mim — Miren admitiu nas entrelinhas, contendo o riso.

Um suspiro bem-humorado invadiu o recinto. Miren ficou em seu lugar enquanto se formava uma fila à sua frente. Pegou o primeiro exemplar, de uma leitora visivelmente empolgada:

— Adorei, de verdade. Não pare de escrever.

— Não vou parar — Miren respondeu enquanto assinava o livro.

Miren suportou com certa dificuldade os elogios que se sucederam. Sentia que não merecia tanto carinho e decidiu dedicar a cada um o tempo necessário para que eles voltassem para casa com uma sensação prazerosa. Uma menina de oito anos com um casaco vermelho, que tinha vindo com a mãe, lhe disse algo que a marcou: "Quando eu crescer, quero ser como você e encontrar todas as crianças perdidas".

Em um lado da mesa se acumulavam cartas e presentes dos leitores. Não eram muitos, e quando Miren parou de assinar e todos foram embora, a livreira, uma mulher de quase setenta anos que passara a vida melhorando o mundo, lhe ofereceu uma sacola de pano, agradecendo-lhe carinhosamente por ter escolhido sua pequena livraria.

— Não tem por que me agradecer, de verdade. Ao contrário, eu é que agradeço por você me dar um lugar entre os seus livros — Miren respondeu.

Entre os presentes havia uma réplica em miniatura de *A garota de neve*, uma rosa branca deixada por um homem que não conseguiu falar nada enquanto ela autografava o livro, e até um exemplar do *Manhattan Press* de 1998, com o primeiro artigo escrito por Miren e uma foto de James Foster em chamas na primeira página. Ficou surpresa ao vê-lo de novo.

As cartas, que geralmente lia quando chegava em casa ou no hotel, costumavam ser pedidos de ajuda para encontrar entes queridos desaparecidos, propostas românticas e até pedidos de emprego. Tentava ignorá-las, mas anotava alguns pedidos de ajuda para rever a história caso houvesse alguma lacuna inexplicável nesses desaparecimentos.

Da pilha de cartas daquela noite, uma chamou sua atenção. Era um envelope ocre, acolchoado, com duas palavras escritas com marcador na parte de trás: "QUER BRINCAR?".

Miren não lembrava de ninguém ter deixado aquela carta durante o evento. Na verdade, ela não tinha como prestar muita atenção, porque em volta da mesa havia muita gente aglomerada, tirando fotos e conversando enquanto ela autografava os livros.

— Com certeza é uma proposta erótica. Abra, vamos rir um pouco.

Miren não estava gostando daquilo. A caligrafia irregular dava uma sensação de desordem que já penetrara sua alma.

— Talvez seja um fã meio doido. Dizem que todos os escritores têm mais de um — a livreira disse em tom de piada.

— Tem letra de doido — Miren respondeu, séria. Uma parte dela lhe dizia para não abrir o envelope, mas outra desejava saber o que lhe deixara alguém que tinha passado duas horas a encarando. Lá fora começava a chover, era como se as nuvens soubessem o que tinham que fazer naquele momento para criar a atmosfera perfeita para um final sombrio. Miren rasgou o envelope e botou a mão lá dentro. Pelo tato não pressentiu nenhum perigo, era só um papel macio e frio. Mas, quando o puxou, viu que era uma foto Polaroid escura e mal enquadrada com uma imagem que bateu com violência em seu peito: bem no centro se via uma menina loira, amordaçada, olhando para a câmera de dentro do que parecia ser um furgão. Na margem inferior estava escrito:

GINA PEBBLES, 2002.

Agradecimentos

Se para o leitor esta parte parece desinteressante, ela é, por outro lado, a que tem mais valor para o autor. Um livro sem agradecimentos é um livro sem alma, porque é nesses nomes desconhecidos da maioria que estão os alicerces de cada página e de cada passo que transforma uma história em folhas impressas, depois num exemplar que viaja até as estantes de uma livraria, e termina aberto no colo de alguém durante um trajeto de ônibus, de metrô ou de avião, ou quem sabe passa algumas horas nas mãos de alguém que procura algo, ou a si mesmo, sentado tranquilamente no conforto de um sofá.

Agradeço a Verónica, como sempre, porque sem ela este livro teria sido escrito sem emoção. Quem tenta escrever sentimentos precisa conhecê-los, e ela me propiciou todos. Cada palavra deste livro nasce graças a tudo o que ela me faz sentir.

Agradeço também a meus filhos, Gala e Bruno, por todo esse amor que um pai transforma em pânico quando imagina algo ruim acontecendo com eles. Entendi que escrevo sobre os meus medos e sobre o que amo, e eles são as duas coisas ao mesmo tempo.

Obrigado a toda equipe da Suma de Letras, que já considero minha casa; apesar da distância, sinto como se morassem ao meu lado. Um agradecimento especial ao Gonzalo, que mais que editor é meu amigo, daqueles que chegam sem avisar e que de repente você já está pensando em comprar cerveja para ele e pôr na geladeira, mesmo que você não goste de cerveja nem tenha geladeira.

Obrigado também a Ana Lozano, por estar a uma distância perfeita para estimular a criatividade e ao mesmo tempo exigir, e por seus olhos que fazem tudo adquirir uma nova dimensão. Também a Iñaki, sempre presente, por mais que se esforce para não parecer que esteja.

Não me esqueço de Rita, tão criativa; Mar, tão tenaz; Núria, tão visionária; Patxi, tão sensato. Obrigado a Marta Martí, por me dar asas e voz; e a Leti, por sempre ter a frase perfeita nos momentos mais especiais. Também a Michelle G.

e David G. Escamilla, por abrirem as portas para mim no outro lado do globo. Obrigado a Conxita e a María Reina, por permitirem que minhas histórias existam em mais idiomas do que é possível imaginar e que minhas palavras viajem para lugares que só podem ser visitados em sonhos.

Obrigado a todos os livreiros que me receberam com tanto carinho, por tratarem meus livros com tanto entusiasmo e fazerem de cada lançamento uma festa.

A melhor parte, ao final dos agradecimentos, é sempre para vocês, leitores. É difícil expressar em palavras tudo que vivo com vocês e tudo o que vocês significam para mim, e é por isso que, pessoalmente, vocês sempre vão ouvir meus agradecimentos por darem às minhas histórias a coisa mais valiosa da vida: o seu tempo enquanto as leem.

Obrigado, de coração.

Poderia estender muito mais estes agradecimentos, em vários capítulos cheios de reviravoltas, surpresas e saltos no abismo na última frase, mas acho melhor fazermos um acordo: prometo não parar de escrever, e vocês prometem que, sempre que alguém lhes perguntar por um livro, se tiverem gostado deste, recomendarão *A garota de neve*, sem contar o final (por favor!) nem deixar escapar nada da trama além da sinopse. Vai ser o nosso pacto, e, em troca, ano que vem eu estarei nas livrarias de novo. Talvez com uma nova história ou, talvez, quem sabe, com *A garota de...*

Javier Castillo

ESTA OBRA FOI COMPOSTA PELA ABREU'S SYSTEM EM CAPITOLINA REGULAR
E IMPRESSA EM OFSETE PELA LIS GRÁFICA SOBRE PAPEL PÓLEN NATURAL DA
SUZANO S.A. PARA A EDITORA SCHWARCZ EM JULHO DE 2024

A marca FSC® é a garantia de que a madeira utilizada na fabricação do papel deste livro provém de florestas que foram gerenciadas de maneira ambientalmente correta, socialmente justa e economicamente viável, além de outras fontes de origem controlada.